革命老区新合之旅

桐庐县社会科学界联合会
桐庐县新合乡人民政府 编

经济日报出版社

图书在版编目（CIP）数据

革命老区新合之旅 / 桐庐县社会科学界联合会，桐庐县新合乡人民政府编. -- 北京：经济日报出版社，2021.9

ISBN 978-7-5196-0921-4

Ⅰ. ①革… Ⅱ. ①桐… ②桐… Ⅲ. ①散文集–中国–当代 Ⅳ. ①I267

中国版本图书馆 CIP 数据核字（2021）第 173353 号

革命老区新合之旅

编　　者	桐庐县社会科学界联合会　桐庐县新合乡人民政府
责任编辑	王　舍
责任校对	蒋　佳
出版发行	经济日报出版社
地　　址	北京市西城区白纸坊东街 2 号（邮政编码：100054）
电　　话	010-63567684（总编室）
	010-63584556　63567691（财经编辑部）
	010-63567687（企业与企业家史编辑部）
	010-63567683（经济与管理学术编辑部）
	010-63538621　63567692（发行部）
网　　址	www.edpbook.com.cn
E－mail	edpbook@126.com
经　　销	全国新华书店
印　　刷	成都兴怡包装装潢有限公司
开　　本	710mm×1000mm　1/16
印　　张	16.50
字　　数	200 千字
版　　次	2021 年 12 月第一版
印　　次	2022 年 1 月第一次印刷
书　　号	ISBN 978-7-5196-0921-4
定　　价	60.00 元

《革命老区新合之旅》编委会

主　任：翁　嫣
副主任：濮忠平　潘武伟　方姬宇　梁　波
编　委：宋华军　赵　婷　裴佳欢　齐闻哲
主　编：王建中
副主编：何正东

序言

　　在喜迎中国共产党成立百年之际，《革命老区新合之旅》付印出版，这是社科工作者辛勤劳作、刻苦笔耕、用心编辑的红色文化丛书之一，也是桐庐党建工作和社会主义精神文明建设的又一新成果。对此，表示热烈祝贺。

　　地处桐庐县境东南部的革命老区新合，不仅红色文化底蕴深厚、内容丰富，在全县首屈一指，而且是一个历史文化悠久、江河山川秀丽、民风民俗多彩、充满勃勃生机的山区小乡。

　　千百年以来，特别是新中国建立以来，在中国共产党的领导下，通过历届乡党委、乡政府和全乡人民不屈不挠的艰苦奋斗，一个交通闭塞、地瘠民贫、灾害频发、民不聊生的"患里"新合已成为历史；而一个山清水秀、环境优美、和睦相处、全面小康的新合迅猛崛起，以崭新的面貌展示在世人面前，给人以启迪，催人奋进。

　　在长期的革命斗争中，新合人民以大无畏的革命精神，全力支持中国共产党及其领导下的革命军队，做出了无私奉献，有的甚至献出了宝贵生命，为后人留下了大量弥足珍贵的红色文化遗产。

红色文化是保留红色记忆的宝贵历史资料，是我党、我军和我国人民不断获取力量的精神支柱与力量源泉。党的十八大以来，习近平总书记更是明确要求，"要把红色资源利用好、要把红色传统发扬好、要把红色基因传承好"。遵循这一点，新合人民在坚定中国文化自信中，继承和弘扬中华民族的优秀传统文化、革命时期的红色文化和社会主义革命、建设中的先进文化，努力挖掘散失、遗留在民间的传统文化和红色文化资源，充分发挥浙东人民解放军金萧支队纪念馆以及革命旧址、遗址等红色基因库的作用，在讲好党的故事、革命的故事、根据地的故事、英雄和烈士的故事，加强党史教育、革命传统教育、爱国主义教育、青少年思想道德教育，传承红色基因，不断提高政治判断力、政治领悟力和政治执行力，确保红色江山永不变色等方面，做出了卓越贡献。

历史诉说着过去，现实展示着当今，愿景憧憬着未来。在这承前启后的大变革时期，新合乡党委、乡政府适时提出"红色新合，绿色崛起"的战略思路，在红色文化引领下，自然资源、生态环境、历史文化、古建筑等得到进一步科学合理的保护和利用。工业小微园区的创立，更是向高质量发展迈出了坚实的步伐。

2021年2月19日，习总书记在给上海市新四军历史研究会百岁老战士们回信时强调，对中国共产党人来说，中国革命历史是最好的教科书，常读常新。让我们重温历史，不忘初心、牢记使命、坚定信仰，为新时代全面建设社会主义现代化国家而不懈奋斗。

潘武伟

（作者系中共桐庐县新合乡党委书记）

目　录
CONTENTS

引　言

在风景秀丽的诗乡画城桐庐，只要一提起革命老区新合，几乎无人不知，无人不晓，对于她的革命历史也都耳熟能详，出现频率最多的是"金萧支队""潘芝山"等几个词汇，更深一步也就是"抗日民主乡政府"，对其他的可能就知之较少。

其实，在新合这块红色土地上，从第二次国内革命战争开始就有了中国共产党的活动。并且在党的领导下，组织浙东农民革命军第一大队，举行了震惊国民党反动派当局的农民武装暴动，其声势之大、范围之广、影响之深前所未有。暴动虽然在国民党反动派的镇压下遭到失败，但在新合这块土地上播下了革命火种。抗日战争时期，这里建立了中国共产党的基层组织，开展抗日救亡运动，组织抗日武装力量，将一批铮铮铁骨的抗日战士输送到苏北新四军部队，为全国抗战的胜利贡献了力量。抗战胜利前夕，全县第一个抗日民主乡政府在这里诞生。她发动群众、宣传群众、依靠群众、组织群众、武装群众，为迎接新四军两渡富春江、开辟金萧路西抗日游击根据地做出了巨大贡献。抗战胜利后，在新四军主力和地方党政军主要骨干北撤、白色恐怖严重的情况下，留下坚持原地斗争的同志紧密团结、不畏艰险、不怕牺牲，在人民群众的支持下，重组革命武装。并从小到大、由弱到强，以星火燎原之势不断发展壮大，使新合这块红色土地成为革命武装活动的中心和可靠的敌后游击根据地。

在长期的革命斗争中，新合这块红土地遭到国民党正规军的多次"围剿"和"清剿"，新合人民接受了战斗的洗礼，经受住了血与火的考验，以无畏的精神和巨大的牺牲，在"反围剿"的凯歌声中埋葬了蒋家王朝，迎来桐庐和全国的解放。

至今，在新合这块土地上仍有 10 多处红色文化遗存。

在历史的长河中，新合的红色文化只是一朵小小的浪花。新合不仅是一块红色土地，而且是一块充满传奇、古老而又神秘的土地。

新合的历史可追溯至唐代。据史料记载，唐宋时期，县以下行政区划编制乡、里，新合为水滨乡桃岭里。元承宋制，乡、里名称均未改。明代，乡以下置管、图，新合为水滨乡四管一图、四管二图。清雍正六年（1728），编行顺庄。其后，或经咸同兵燹，村落已墟；或因粮户毗连，数庄合并；或因人口增殖，一庄数分，故庄数屡有变动。至清末民初，新合有旧章、盛家、外松、盛村、引坑、曹家、高枧、上坊、新店、下坊、坑口、里潘、外潘、大畈、里松等 15 庄，仍属水滨乡；民国时期建制变更频繁；1928 年推行村里制；1930 年改村里制为乡镇制；1934 年编保甲，四管乡辖 8 保、77 甲。1950 年春，分置新四、新民两乡；1956 年 6 月，合并为新合乡；1958 年 10 月，设新合公社；1959 年 3 月，并入窄溪公社；同年 7 月，划归浦江县，为普丰公社新合管理区；1960 年，复置新合公社，隶属于义乌县；1962 年 7 月，复属桐庐县；1984 年 3 月，重设新合乡。

新合位于东经 119°49′42″~119°58′14″，北纬 29°39′48″~29°45′23″，地

处桐庐县东南边缘山区，属浦江、诸暨、富阳、桐庐4个县（市）和杭州、绍兴、金华3个地区交界地。东邻绍兴市诸暨市马剑镇，南与金华市浦江县檀溪镇接壤，西、西北与凤川街道相邻，北、东北仍与绍兴市诸暨市马剑镇相连。乡人民政府驻新四村外松山自然村，距桐庐县城40公里，直线距离26公里。辖区东西最大距离13.6公里，南北最大距离10.4公里，区域总面积74.21平方公里，其中陆地72.62平方公里，水域1.59平方公里，有耕地面积2880亩，山林面积98144亩。全乡常住户籍人口1339户、5510人，是全县人口最少乡镇，人口密度每平方公里仅为72人。下辖新四、新民、新合、引坑、松山5个行政村、20个自然村。

新四村，位于新合乡西部，与凤川街道毗邻，区域面积28.21平方公里，所属有湖田、丁家岭、山桑坞、雪水、旧庄、外松山、店口、下盛8个自然村。全村有农户400余户，户籍人口1400余人；有耕地面积988亩，山林面积27390亩，2019年农民人均纯收入21866元。新四村是浙东人民解放军金萧支队后勤基地所在地和新合乡政府所在地，是新合的政治中心。

该村充分利用丰富的山林资源和红色革命历史优势，大力发展绿色生态农业和休闲红色旅游。拥有桐庐雪水云绿茶叶专业合作社、桐庐横飞岭土蜂专业合作社、桐庐兆丰香榧专业合作社、桐庐德农蔬菜专业合作社等农业领头者，种植高山蔬菜、茶叶、毛竹、香榧等经济作物。打造雪水岭风景区——金萧支队纪念馆及革命教育基地——农家乐及民宿旅游线路，努力提高村民经济收入，走出了一条生态农业发展与休闲红色旅游齐头并进的道路。先后获得市级卫生村、市级美丽庭院创建示范村、市级农家乐休闲旅游特色村、县级文明村、县级先进基层党组织等荣誉称号。

新民村，位于新合乡的东南部，与新四村、新合村、引坑村相邻，区域面积4.85平方公里，所属有仁村、高峰、高枧、曹家4个自然村。全村有农户 290 户，户籍人口 861 人，耕地面积 751 亩，山林面积 4135 余亩，是一个经济薄弱的山区行政村，人口居住相对集中。2019 年农民人均纯收入 25949 元。

近年来，在村两委班子成员及全体村民的努力下，先后被评为市级小康特色村、县先进基层党组织、县特色农业专业村、县健康促进示范村。

新合村，位于新合乡东北部，与诸暨市、富阳市毗邻，区域面积 13.95 平方公里，所属有何家、坑口、山河、雅坊 4 个自然村。全村有农户 443 余户，户籍人口 1397 人，耕地面积 1015 亩，山林面积 23953 亩，主要种植高山蔬菜、毛竹等经济作物。2019 年农民人均纯收入 25741 元。

新合村是新合乡的经济、文化中心，是乡工业功能区所在地，乡工业区共有企业近 40 家，产业涉及制锁、制尺、水晶、纺织、电子配件、数控机床等；同时，新合乡文体中心、桐庐县图书馆新合分馆也设置于此。2010 年，新合村被确定为桐庐县中心村，村级积极开展美丽乡村建设，经过几年建设，村庄面貌有了较大改善，群众的生活品质不断提高，先后获得市级卫生村、县级文明村、县级平安村、县级农机安全村、县级生态村等荣誉。

引坑村，位于新合乡东南边缘，与浦江相邻，与新民村、松山村、新合村、新四村相连，区域面积 10 平方公里，距新合乡政府所在地 2.5 公里，四面环山、环境优美。全村有农户 257 户，户籍人口 755 人，耕地面积 865 亩，山林面积 21716 亩，茶叶基地 370 亩，水果基地 180 亩，建设用地 5.2 公顷。2019 年农民人均纯收入 26565 元。

近年来，该村结合各项创建活动，深入开展社会主义新农村建设，有效推进乡村亮化、净化、美化工程。先后获得省级卫生村、市级文明村、科普示范村、都市农业专业村、文化特色示范村、县级生态村、健康教育示范村等荣誉称号。2016 年，被列入第四批中国传统村落名录；2018 年，入选浙江省第六批历史文化村落保护利用重点村；2020 年，被评为"浙江省 AAA 级景区村庄"。

松山村，是一个千年古村，位于新合乡北部，东与诸暨交界，西南与新四村相连，北与凤川街道相邻，区域面积 18.08 平方公里，所属有里松山、大畈、外潘 3 个自然村。全村有农户 265 户，户籍人口 792 人，耕地面积 515 亩，山林面积 23425 亩，人口中 85% 以上为钟姓。2019 年农民人均纯收入 24981 元。

该村四面环山，林木茂盛，全村有毛竹基地 1800 余亩，茶叶基地 600 亩，香榧基地 1700 余亩。近年，先后获得省级卫生村、市级文明村、全面小康建设示范村、廉政文化建设示范点、县先进基层党组织、最清洁村等荣誉。

新合乡地形西宽东窄，略呈三角形。由于地处龙门山脉余脉，全境被崇山峻岭所怀抱，处处谷深崖陡。尤其是境西部，地势高峻，界上黄榧岭、龙涎顶、山桑尖海拔均在 900 米左右。南、北边缘隆起，区划分界线上多个山头海拔亦在 800 米以上。境东部地势比较开阔平坦，源出浦江县廿四都王家村曹源口的壶源溪，于瓦檐山东入新合乡，曲折北流入诸暨县，随后又入富阳县境，于清江口汇入富春江，境内流长 10 公里。全乡60% 的耕地散处于该溪两侧，为全乡主要耕作区。

清澈见底、蜿蜒曲折的壶源溪，如一条玉带，串联起引坑、高峰、仁村、曹家、高枧、何家、坑口、雅坊等村庄，不仅滋润着新合的大半耕地，也孕育出沿溪两岸的瓦檐潭、石柱山、葭浡花潭、双虹滩、荫霄山、上坨潭、后坨玉屏等诸多尚未开发、奇丽无比的自然景观，赋予重峦叠嶂、群山环抱的新合以生机勃勃之灵气。古时的壶源溪，她那婀娜多姿、粗犷优美的曲线，与架在壶源溪上的引坑、仁村、高枧、汲港、何家、下坊 6 座高架木桥相辉映。蔚蓝似镜的溪水，与山水一色的倒影，共同勾画出一个虚无缥缈的神仙世界，将大自然的壮观与神秘尽揽怀中。

为了更好地利用壶源溪的水利资源，勤劳勇敢的新合先民，用智慧与坚韧不拔的毅力，先后在壶源溪上筑起独石、高峰、乌珠、清渚、高枧、上坊、小江、隔溪等8条长百米以上、坝高2~3米、坝顶宽3~5米的堰坝，引水自流灌溉两岸耕地，其他尚有各小溪溪流堰坝上百条，其数量之多、规模之大为桐庐县罕见。其中引坑独石堰，长140多米，坝高3米、宽3.5米，引水渠长达4华里，在没有科学仪器和机械设备的古代，其工程的艰难与为此所付出的心血可想而知。为方便村民出行，大堰坝之上大部分筑有矴步。

境内尚有源出黄泥湾曲折西流的东源溪（现称松山溪），和源出雪水龙潭曲折东流的西源溪（现称旧庄溪），于外松山合流后，曲折西流至仁村注入壶源溪。九龙潭、天堂谷、嵩山小黄山、龙潭等自然风光点缀两溪之间。

新中国建立前，地处边远山区的新合乡，由于自然环境较为恶劣，旱、涝灾害经常光顾，山货滞销，加上交通落后，信息闭塞，经济社会发展缓慢，基本上处于日出而作、日落而息的原生态状况，村民生活贫困。

新中国建立后，新合人民以自己的勤劳、勇敢和智慧，依靠集体的力量，想前人不敢想、做前人不敢做的事。实行林、粮生产并举的方针，建库蓄水，筑坝造田，粮食产量持续上升，达到自给有余。山林生产稳步发展，全域山林面积9.8万亩，森林覆盖率达90%以上。社会经济各项事业欣欣向荣。

工业，因地制宜，就地取材，从小木加工、小水电，从无到有，逐步发展。特别是进入新世纪，随着市场经济的发展，新合乡坚持主攻工业，实施"工业强乡"战略，从激活民间资本和招商引资入手，克服区位优势不足、土地资源紧缺、发展空间狭小等困难，建起了生产生活配套、设施齐全的工业园区，为发展老区工业、促进农民就业和新合社会事业的全面发展提供了优越平台。

全乡以建设"名茶之乡"、香榧基地和农业特色专业村为切入点，走科技化、品牌化、市场化路子，大力发展特色效益农业。依托茶叶、毛竹基地，顺利通过茶叶无公害农产品产地认定、竹笋无公害基地，成功组建蜜梨合作社、雪水云绿茶叶合作社，提升了乡农业特色产业的品位，特色农业日趋成熟，规模初显。

近年来，新合乡全力贯彻"绿水青山就是金山银山"的发展理念，积极创建省级生态乡，先后完成全乡的改水工程，及雅坊、高枧、外松山、旧庄防洪坝和引坑村的田青舍水库等水利工程的修建，提高了防洪灌溉能力；建成乡政府所在地、引坑、松山等多处污水处理场；关闭多家塑料粒子厂、废旧橡胶炼油厂等污染企业，各企业通过清洁生产达标验收，极大地优化了人居环境，生态与环境在这里得到最好的保护。同时，在松山村无人居住的深山老林建立饮用水源保护区，使新合的水资源真正做到"纯天然、无污染"，越来越美的原生态的自然环境逐渐成为展示老区风貌的金名片。

随着县级文明村建设在各村的铺开，建起了村级健身苑、篮球场等娱乐设施，村容村貌焕然一新；通过加大教育投入，促进教育资源整合，添置教育教学设施，极大改善了办学条件；通过大病合作医疗的推广，人人享有完善的医疗保障；通过实施农村垃圾分类，统一集中处理全乡垃圾、成立保洁员队伍等措施，建立健全卫生管理长效机制，达到洁化、美化村庄的良好效果。

乡党委政府按照"抓稳定、谋发展、办实事、聚民心"的工作思路，努力创建"平安新合"。认真开展"四五"普法，提高干部群众的法律意识和法制观念。建立联合调解委员会，与相邻三地区乡镇建立联席会议制度，维护了周边稳定；落实信访工作责任制，坚持每月 15 日党政班子成员接待，加大矛盾排查调处力度，依法维护人民群众的合法权益；建立综合治理工作中心、警务室，将工作阵地前移，组建民兵夜巡队常年开展夜间巡逻，加强安全防范，排查不稳定因素；组织企业进行技防，安装监控设施；大力开展生产安全、食品药品安全整治活动，有效地维护了革命老区乡的社会稳定。

在加快物质文明建设的同时，精神文明也同步进行。

为进一步"弘扬革命精神，传承光荣传统"，乡政府将金萧支队 12 个革命遗址等资源整合推出"红色旅游"，依托雪水岭"天龙九瀑"景点，将景点与纪念馆等革命旧址、遗址串珠成链，扶持沿途村庄发展"农家乐"。同时，努力挖掘整合新合历史文化，提升"游在新合"的人文内涵。

在取得以上成果的基础上，2018 年新合乡又提出"红色新合，绿色发展"理念。

通过举办"红色茶乡踏青来""老区乡长红色宣讲""重走革命路""手榴弹投掷训练""游击体验战""芳华照相馆""新合红军餐"等各项活动，与游客互动，把人们带回到革命战争年代，感受峥嵘岁月的艰难，体验幸福生活的来之不易；将茶乡古道与乡创集市相融合，开设"雪水云绿品茗""飞花令""投壶""汉服快闪"等传统文化体验环节，让游客们在闯关当中感受传统文化的魅力和内涵。活动中，通过大学生"校花"直播模式，将当地的"雪水云绿名茶、索面、发糕、大肠粽、土蜂蜜"等农产品进行现场和网络推广，力争将新合打造成为"红色旅游+绿色农产品+互联网"的最 IN 农旅 IP。

经过历届领导班子的不懈努力，新合乡先后荣获"全国环境优美乡镇""中国绿色名乡""省教育强乡""省体育强乡""省兴林富民乡镇""省防灾减灾示范乡镇""省级卫生乡""市先进乡镇党委""市卫生强乡镇""市民族民间艺术之乡""2018 年小城镇环境综合整治省级样板乡"等一系列荣誉。

纵观新合的发展史，钟氏家族做出了重大贡献，功不可没。

1300 多年前，新合是一片人迹罕至的荒山野岭，也是桐庐、浦江、诸暨、富阳 4 县都不管的尚未开发的处女地，更是各种野生动物繁衍栖息的天堂。

唐龙纪元年（889），时年 46 岁的江苏丹阳尚德村（今胡桥镇）人钟珊（字尚质，号逸轩），因尚德村地处金陵要津，厌兵革之频，携带妻子郭氏及儿子共三人前来现今高枧自然村居住。同来的尚有曹氏一户，落脚于高枧对面，即今曹家。自此两户人家，遥望相对，互相照应，各自勤奋开拓。后其子娶曹氏，生希汤、希明、希哲三子。自此，钟氏家族在新合这块土地上繁衍生息。因远避战祸，自种自食，安居乐业，钟氏家族人丁兴旺，不断向外扩展。

宋太祖开宝乙亥八年（975）三月初三，钟氏第八世孙钟厚在里嵩山出生。

钟厚，字惠民，号德政，从小聪颖，虚心好学，尤其爱好习武，秉性耿直，体魄强健，臂力过人。成年后，以烧炭和做木炭、山货生意为生，由于善经营，因而家境殷实。据传，曾在东坑坞接受异人传授过武艺，练就一身好本领，能独手举鼎，左右开弓射箭，百步穿杨，尤善使棍。

宋真宗景德元年（1004），契丹南侵，澶渊（今河南濮阳县西）兵起，钟厚闻听，义愤填膺，毅然罢商投军。在抗辽战斗中，钟厚奋勇争先，屡立战功，被授予游击将军大先锋。在金沙滩"双龙会"中为救真宗皇帝，阵亡澶渊，享年 31 岁。

北宋庆历三年（1043），宋仁宗敕追封钟厚为"忠救王"，敕封钟氏家族为"忠义之门"。后人曾在椿树坞口（今合德堂）立杆高悬"忠义"之旗。在水口（东源溪与西源溪交汇处）建鼓楼钟台，当年"义门"风光可瞩。南宋建炎二年（1128），南宋高宗又敕加封钟厚为"天官明王"，立庙祀之，并赐田一顷，永为祭享之需。古代帝王的两道圣旨不仅是钟氏家族骄傲，也是新合乡不可多得的宝贵历史文化遗产。

钟氏家族自公元 889 年迁入新合，至今已经走过 12 个多世纪，在 1131 个春夏秋冬、寒暑交替、人事变革中，钟氏家族在新合历史舞台上演绎出一个又一个出彩的故事和人物，创造出一个又一个奇迹，钟氏家族已经从一棵小树苗成长为枝繁叶茂的参天大树。全乡 5400 多人口，钟姓有 2300 多人，新合乡已经形成以钟姓为主，何、潘、阮、周、叶等多姓氏和谐共存的格局。

处于龙门山脉余脉东支的新合乡，山地面积占 85% 以上。由中生代火山岩系组成的龙门山脉余脉，其最大特征是山体基岩大面积裸露，山势陡峻，坡角一般大于 30°，这一特征为新合孕育出诸多如诗如画、风光绮丽的山水风景。真可谓山上树木郁郁葱葱，山脚泉水叮咚，处处是美景，村村有故事。因山岭阻隔，长期封闭的环境，使新合形成了具有自我特色的民俗文化和美食文化。钟氏大家族的健康创新发展，不仅涌现出象"忠救王"一样的民族英雄人物，而且也留下了以"三星堂"为代表的古建筑文化，为后人留下了宝贵的精神财富和物质财富。

小小新合乡其历史之悠久，底蕴之深厚、景点之丰富、内容之新颖、形式之多样、地域之集中为县内所罕有。

2020 年 9 月 28 日，习近平总书记在十九届中央政治局第二十三次集体学习时的讲话中指出："历史文化遗产不仅生动述说着过去，也深刻影响着当下和未来；不仅属于我们，也属于子孙后代。保护好、传承好历史文化遗产是对历史负责、对人民负责。我们要加强考古工作和历史研究，让收藏在博物馆里的文物、陈列在广阔大地上的遗产、书写在古籍里的文字都活起来，丰富全社会历史文化滋养。"

新合以革命遗址群、纪念馆为代表的红色文化，以九龙潭为代表的自然景观文化，以"雪水云绿""天堂莲芯"为代表的茗茶文化，以"忠救王"、董邦达为代表的历史文化，以"三星堂"为代表的古建筑文化，以新合板龙、大马为代表的民俗文化，以索面、灰汤粽为代表的美食文化，以高山蔬菜、香榧基地为代表的农耕文化，以"义门钟氏谱志"为代表的谱牒文化等九大文化，为其发展全域旅游奠定了坚实基础。

进山之路

从县城驾车出发，沿 320 国道驱车 5 公里，转入柴雅线，一过老凤川，一排巍峨的大山就如挡在眼前，这就是雄踞在桐庐县境东部、分布于富春江以东、由中生代火山岩系组成的龙门山脉余脉。

沿着大源溪边弯弯曲曲的公路，向西行驶 3 公里左右，就是始建于 1958 年，建成于 1963 年，集雨面积为 108 平方千米，库容为 1005 万立方米的肖岭水库。

肖岭水库的建成，加速了进山之路进程。经过几年的艰苦奋斗，在原来库区工程遗留下来手推车小路基础上拓宽而成的简易公路慢慢向大山深处延伸。1978 年 7 月，肖岭至三源段公路正式开工建设。1980 年，完成四级标准的泥结碎石路面公路，进山之路延伸至原三源乡乡政府所在地。

肖岭水库的公路依山傍水，一边是悬崖峭壁，一边是幽深的库区，弯多而路窄，崎岖难行。小心翼翼前行 4 公里左右到达钟家庄，这里就是 20 世纪 70 年代原三源乡乡政府所在地，源自南端倒山岭的大源溪和源自杨家岭小源溪也在此汇合。由于两溪之水源远流长，集雨面积大，水灾频发。举目四望，两溪溪中乱石嶙峋，洪水冲刷的痕迹历历在目。在现代，虽然用钢筋水泥和机械化经过多次整治，但没有得到彻底根治。2009年8月13日，台风"莫拉克"肆虐桐庐，山洪暴发。原新合乡党委副书记、乡长陈柱平和原副乡长钟伟良深夜乘车赶往新合，因柴雅线公路钟家庄至东茆村路段多处被洪水冲毁，俩人绕道桐浦公路。当晚11时30分左右，车行至富春江镇芦茨村段时，道路突然塌方，车子瞬间坠入水位暴涨、水流湍急的芦茨溪中。除驾驶员挣扎逃生外，两位英雄乡长永远消失在滚滚的洪流之中……可想而知，在没有钢筋水泥、没有机械化、生产力低下、缺乏抵御自然灾害能力的古代，人们的生活与出行是多么的艰难，因此历史上三管、四管曾被称为"患里"，"患"是患难、遭受灾难之意，"里"是指一个地方，"患里"是指经常遭受灾难的地方。

据史料记载："水滨乡三管、四管等图，皆穷源滩谷，民居四散，田鲜土瘠，水旱频加。考诸各乡，惟三管为甚，素称极末患里。""申文勘得水滨患里，穷源僻坞，溪漫山陬，垒石成地，填坑成田，一经骤雨，民居水底，鱼跃山巅，倏而余田变溪，倏而陷地作潭。居民怀倾荡之愁，行人抱穷途之苦。土无定恒，民屡逃窜，所有子遗虎蛇接害，作不佚息。所存瘠土，鸟兽交侵，种不偿收。以致国税空输，民遭极苦。亘古迄今，延名'患里'。"也正因为此，明嘉靖年间，朝廷垂怜患里民情，批定（赋税）三分图分，承当正课征三免七，其余杂办差役，俱各尽行蠲免。并准勒"蠲免患里碑记"，竖立于县衙仪门前，永为遵守施行。

综上所述，古时三管、四管民众生活的困苦由此可见一斑。

进出新合之路历来有东、西两条路线。

东线之路经黄场坞、松香坞翻越杨家岭过外潘，至原钟家祠（现乡政府所在地），尔后经野狐岭、引坑、荡江岭，到浦江县界。

杨家岭位于三源、新合交界之处，因岭北山麓昔为杨姓居地而得名，是远近闻名交通要道。作为桐浦古驿道要冲的杨家岭，海拔641米，于岭脚仰望岭顶，高耸入云，令人望而生畏。上山之径筑有一米多宽、上下约3000多级的石阶，翻越需一个小时左右。如此规模之道路，在古代可算是一项重大工程，可惜建造年代与建造者已无考。拾级而上，一路有供过路行人歇息的步云亭、望云亭、登云亭，据史载为清光绪二十五年所建，现亭塌径在。在新合乡未通公路前，过往客商、公干出差和求学之人常年络绎不绝。

西线之路自钟家庄，经张家山下（中巡）、西茆村、东茆村、戴家畈翻越雪水岭，经雪水村、丁家岭、湖田、旧庄至钟家祠，与东线之路会合。因雪水岭不处于交通要道，路况不如杨家岭，一般都是山间小路，有些地方甚至是羊肠小道，崎岖难行。而且路程也要比东线远五六公里，所以除西线沿途村庄外，东线沿途村庄的人们一般不会从西线进出新合。

新合境内因为山多、溪多，交通十分不便。老百姓出行主要靠两条腿，上县城要翻山越岭，起早摸黑走40公里路；村与村之间也要爬山、趟水过溪、走碇步才能相互往来，一不小心就会湿身，因此民间流行一首民谣：壶源十八渡，渡渡要脱裤，一渡不脱裤，裤裆滤豆腐。有的村虽然建起简易木桥，但也时常有人掉入溪中，尤其是雨雪天气，更是险象环生。

所有出产的农、副、土、特产品，全靠强劳动力人工挑运到桐庐窄溪、浦江浦阳、诸暨草塔、富阳场口4镇出售，然后再买回布匹、食盐、日用品。大宗物资，如毛竹、细竹、什竹、木材、木炭等则依赖壶源溪丰水期涨水时，用竹筏运至富阳场口镇。竹筏是古时一种原始的水运工具，取丈余之大竹八九枝，炙其首而楛之使翘如笏，凿孔于颈腰间，楔以横杙贯成一排，俗称竹排。其特点是浮力大、吃水浅，溪涧中不可通舟者，大宗货物运输皆依赖于此。时雅坊、何家、坑口、高枧4村，竹筏多时曾到60余张，引坑鹅翼膀、嵩山溪口炭场均为水运固定起点。

由于交通闭塞，长期阻碍了新合的经济发展和人民生活的提高。

20 世纪 70 年代初，桐庐至浦江公路通车，新合的交通状况有所改观。人们可以乘车到浦江然后转车到潘周家，辗转至新合。1974 年，当地人民开辟外松山至浦江潘周家 7 公里简易公路，货车和拖拉机开始进入境地。但到桐庐县城仍需绕道浦江，兜一个大圈，交通依然不便。开辟新合至桐庐县城的公路，已成新合人民的美好夙愿。

1978 年初，为方便边远山区群众生产生活，促进山区经济发展，实现乡乡通公路，县政府把修建三源至新合公路（简称"三新公路"）列入议事日程。

同年 8 月 1 日，就公路的线路走向进行现场踏勘。首选目标是东线杨家岭，这条线路不仅里程短，而且沿线村庄土地损失少。

现场踏勘后第三天，工程师包宗明就带着一批工程技术人员进行路线测量。从三源钟家庄开始，翻越杨家岭，终点至新合乡政府。

开工筹备工作紧锣密鼓地进行，炸药与雷管、工具与设备部分已经运抵乡政府。然而此时据说有个中央文件，为加强农村基本建设，要求村村通公路。

于是有人建议"三新公路"应该走西线雪水岭，虽然路程远点，但能把三源、新合两个公社的大多数村庄串连到一条线上，受益面更广，最后选择了这一方案。

雪水岭位于三源公社与新合公社交界处，属龙门山脉余脉，东北山顶有龙潭瀑布，遥望如雪，曾因戴殿泗的一篇《泄水龙王请雨灵应记》而在周边几县闻名遐迩。附近有海拔八九百米以上的山峰多座。放眼四周，山峦层层叠叠，连绵起伏，云雾缭绕，景色壮观。

经过前期的勘测、设计与准备，1981 年 7 月，新合人民盼望已久的"三新公路"正式开工建设。为确保工程建设，县交通局抽调人员组成工程指挥部。

"三新公路"全长 25.83 公里，开工后，采取分段建设的办法，1982年起先后完成新合至雪水岭和三源至雪水岭的路基工程建设。

在那还没启用机械化的年代，开山筑路并没有像现代人想象的那么简单。

为了早日把公路修到雪水岭的山那边，建设者们冒严寒、顶酷暑，数年如一日地苦战在荒无人烟的深山僻壤之中。

白天，他们腰系保险带，攀援在悬崖之间，站立在峭壁之上，手抡八磅大铁锤，对准凿在岩石上的炮钎，一锤一锤地狠命敲打，抡锤者没有丝毫犹豫，扶钎者没有半点畏惧，叮当叮当的敲打声，嗨呦嗨呦的号子声，与大山中呼呼的风声交织在一起，震撼着整个山谷。

夜晚，就挤在临时搭建的茅草棚里。这些专供狩猎者或管山人用的茅棚，小的只能容纳二三个人。他们忍受着大山中潮湿闷热的煎熬、奇痒难受的蚊叮虫咬、漫漫长夜的寂寞无聊，付出了常人难以想象的艰辛。

在他们一日三餐的餐桌上，没有鸡鸭鱼虾，没有山珍海味，除了米饭还是米饭，除了榨菜还是榨菜，为了"三新公路"早日通车，他们苦苦坚守在工地上，只有前进，没有退缩。

在建设者不畏艰险的苦战下，一边是悬崖峭壁，一边是万丈深渊的"三新公路"不断向大山纵深延伸。

1985 年 2 月 13 日，柴埠至仁村公路全线贯通，新合老百姓舞起板龙、跳起竹马，狂欢庆祝。尔后，在交通部门支持下，新合乡又完成境内自乡政府驻地经仁村至雅坊沿壶源溪修筑 6 公里公路，和诸暨、富阳交通线相衔接，途中修筑起汲港、雅坊、何家 3 座平板桥，工程十分艰巨。全乡人民自力更生，出钱出力，经过 3 年奋战终于胜利完成。1987 年，柴埠至雅坊公路全线建成通车。至 1988 年底，新合实现全乡村村通公路，从此结束了肩挑步行的历史。1991 年 10 月，富春江大桥（一桥）建成通车，老区人民实现了真正意义上的乘车直达县城的夙愿，进出新合交通称便，基础设施建设也走上了快速道。1997 年，投资 150 万元，建成新合至诸暨油路，全长 10.3 公里、宽 4 米，新合到邻县的交通状况也大为改善。

1998 年 10 月，在庆祝金萧支队成立 50 周年之际，来自全国各地的100 多名金萧支队老战士故地重游，来革命老区新合参观。当车队途径海拔近千米的雪水岭时，金萧支队老战士对弯弯曲曲、经常塌方堵路、险象丛生、崎岖难行的盘山公路路况表示极为担忧。

2001 年，浙江省新四军研究会会长、原省人大常委会副主任杨彬，中国老区建设促进会副秘书长宋俊生到新合乡了解新四军研究会工作，谈到新合的交通状况时，提出建设雪水岭隧道的建议。

老同志的建议引起新合乡党委、政府的领导的高度重视，他们开始为建设雪水岭隧道四处奔忙，通过金萧支队老同志们的关系千方百计跑项目、跑资金。

为筹集建设资金，新合乡党委、政府主要负责人积极与国家、省市有关部门沟通，风尘仆仆奔走于首都北京、省会杭州之间，千方百计争取中央、省、市相关部门的支持和帮助。曾在新合战斗生活过金萧支队老战士、原省人大常委会副主任杨彬同志，也积极为雪水岭隧道建设出谋划策。

在老同志不顾劳累、无私奉献、四处奔波下，引起国家发改委和中国老区建设促进会高度重视，原国家发改委曾培炎主任亲自作出批示，浙江省发展和改革委员会以及省、市交通部门也积极支持，将雪水岭隧道建设项目列为浙江省重点项目之一。

在老同志关心、各相关部门领导的支持和新合乡自身的努力下，新合革命老区有史以来最大的基础设施建设项目——雪水岭隧道工程终于在2003 年 4 月 20 日动工兴建。原空军副司令员王定烈、原省人大常委会副主任杨彬等老领导参加典礼，时任浙江省委书记习近平同志、副省长章猛进同志发来贺电表示热烈祝贺。

桐庐县柴雅线雪水岭隧道工程是杭州地区最长的公路隧道，是桐庐县（杭州地区）连接浦江县（金华地区）、诸暨市（绍兴地区）的交通枢纽，它的建成不仅可以提高通车能力和过往车辆行车的安全性、舒适性，大大改善老区的交通状况，彻底解除制约新合革命老区经济社会发展的"瓶颈"，而且还可以进一步改善桐庐县通往绍兴、金华地区的交通条件，带动新合乃至整个桐庐县的经济社会发展，经济效益和社会效益十分显著。

雪水岭隧道由中铁隧道杭州分公司承建，经过施工单位两年时间艰苦奋战，于 2005 年 1 月 19 日胜利通车。

雪水岭隧道位于县道柴雅线 24K+635 处，为二级标准公路隧道。主隧道长 1952 米，辅隧道长 73 米，两隧道宽 10.5 米，行车道宽 2×4.5 米，隧道净高 5 米，引线路基 1003 米，另有桥梁两座 64 米，涵洞 3 道，总投资近 5000 万元。

在雪水岭隧道建设期间，2003年，新合乡实现乡级公路硬化。2004年投资400万元的柴雅线公路水泥路面浇筑工程竣工。

2005年11月7日，一座二级标准、总投资500余万元的荡江岭大桥正式开工建设，并于2007年初建成通车。

"巍巍雪水岭，崎岖盘山路"，10多年前到过新合的人们总是对崎岖难行的盘山公路望而生畏。雪水岭隧道工程顺利完工通车，彻底改写了老区交通不便的历史，40分钟的车程瞬间拉近了老区与县城的距离。荡江岭大桥的建成，开辟老区通往浦江、义乌的致富快车道。

雪水岭隧道通车后，乡政府又花大力气对境内公路进行了两次拓宽与整修，现在一过雪水岭隧道，进入新合境内，高山流水，满目青翠，犹如进入一片崭新的天地，一条宽阔而平整的大道在群山的怀抱中、在两旁白墙黛瓦民居的映衬下延伸那如诗如画、充满梦想和希望的远方。

神州第一龙潭——天龙九瀑

　　天龙九瀑景区位于"雪水云绿"茶的故乡——雪水岭东麓，距县城30公里，与浙江省爱国主义教育基地——浙东人民解放军金萧支队纪念馆近在咫尺。

　　驱车穿过雪水岭隧道，洞口一块"雪水岭风景区"的石碑屹立于公路边，左转即是天龙九瀑景点，古称龙潭瀑布。

　　据史载：龙潭瀑布位于新合西北部雪水岭。瀑高25米，宽1米。崖壑飞流，如雪霰交下，景色优美。岩壁冲刷成槽，中呈黑色，两侧呈暗红色，并列极规则，犹如乌龙潜卧水中，蔚为壮观。其下有龙潭、龙王庙。

　　龙潭瀑布自古驰名，从光绪浦江县志稿卷十三中查考得悉，南宋户部尚书进士毛洪（建德人）曾撰《泄水龙王庙记》一文，文中记载："在县东北近桐庐界泄水山，宋绍定三年，建邑人毛洪有纪云"，"纻浦皆山也，其界桐庐僻坞，有山于东，名曰泄水。山以水为名，岂山下出泉之义乎？"其意是围绕"浦"的地方四周都是山，而在桐庐界内偏僻山坞，有座山位于东面，山名叫泄水。这座山以水为名，是不是山下出泉水，而取其意。

"群志虽无所考，然自绍兴庚申跨今凡百余"，志书上虽无记录也无所考查，但从绍兴庚申至今也只有百余年，从这里我们可以推断，泄水从绍兴庚申开始有名。其间"崇山峻岭吞云吐雾，古木苍藤含烟罩目，皎皎乎如鳞斯辉，凛凛乎如角斯触，半山飞瀑之泽也，一江卷雪涧也，澜陁朝暮晦明，万千形状"，描写了大山的优美风景。"邦人异之，谓有灵物在焉，孰为灵龙是也。"大山中竟有如此优美之风景，大家都感到非常惊奇，认为有灵物在山中，最熟悉的就是灵龙。"春秋左氏传曰：深山大泽实生龙蛇。晋赵至传曰：龙啸大野，大而深邃，而又容时飞时潜，隐见变化，腾百川而洽万物，谓之灵也则宜。"春秋左氏传认为：深山大泽是生龙蛇之地。而晋赵至传认为：龙啸深山老林，大而不可捉摸，时而出现，时而隐藏，只能隐隐约约看见它的变化，飞腾在百川之上而滋润着万物，说它灵也比较恰当。"于是信之、敬之，且记岁早用祷则有验。"于是就相信它、敬仰它。而且还有早年祈祷求雨灵验的记载，所以更加相信。"初焉一邑，次又一郡，又次则杭越衢婺，闻风而至者总总也。"开始时一个县的人相信，后来一个州的人相信，最后杭州、越州、衢州、婺州的人都相信了，闻风而来的人越来

越多。这是目前发现对雪水龙王庙灵验之说的最早文字记载，其当时盛况究竟如何，后人不得而知。

清嘉庆二十年，翰林院编修戴殿泗回浦江省亲，正值当地大旱，稻田龟裂，禾苗枯黄，遂与乡民沐浴更衣，做好抬轿，在天未明前，往泄水九龙潭求雨。时辰一到，先是焚香祭拜，然后由长者念龙王咒，在火把的照耀下，只见潭水向上翻涌，小鱼小虾浮起跳跃，司仪就用法器舀起鱼虾放入瓶中，装到带来的轿中抬下山去。途中忽闻檀香自空而至，馥郁殊甚。过了几日，乌云显现，大雨滂沱，旱情顿除。为此，戴殿泗写了一篇《泄水龙王庙灵应记》。回京后，把求雨的情况写成奏章，呈送嘉庆皇帝浏览，帝阅后感其恩泽于民，遂降旨，赐封"泄水龙潭为神州第一龙潭"。

源自于大自然恩赐的龙潭瀑布因戴殿泗的一篇《泄水龙王庙灵应记》而更加名噪一时。

书上得来终觉浅，绝知此事要躬行。欲亲自体验和浏览古老而又神秘的龙潭瀑布，车可直接开至大门口。

进入景区，前行百步就可望见一山峰高耸入云，有一水柱从山嘴喷薄而出，如一条洁白的哈达从山腰抛向人间，抛给四方来宾。飞溅而出的水星随风飘飘洒洒，宛如来自天外之圣水，偶尔落到脸上，竟觉得清凉而惬意，恰似景点以最尊贵的礼节，欢迎客人的到来。据说这就是龙头山，山嘴即龙嘴，从龙嘴喷薄而出的圣水飞溅到身上，还真有吉祥之意。

悬崖如壁的山峰旁有一小庙，大门正中央悬挂着"龙王庙"三字的匾额，出自唐代著名诗人刘禹锡《陋室铭》中"山不在高，有仙则名，水不在深，有龙则灵"的诗句，作为楹联悬挂两边。

龙王庙始建于何年已难以考证，不过据记载，公元 1230 年，此庙做了扩建，建德进士毛洪在公元 1269 年作《泄水龙王庙》一文，也详细记载了"龙王庙"的地理位置、求雨的传说及当时在此荒无人烟之地建庙的艰辛。因此根据文献记载，此庙至少应该有700多年的历史，而且是屡毁屡建。到清嘉庆年二十年，皇帝的老师戴殿泗带领晚辈后生在此接龙，并在老家马剑筑坛祈雨，因其灵验，特赐予"有求必应"匾额一块，使"龙王庙"名声大噪。从志书的记载中也可以看出，自宋以来，每逢大旱，这里便是百姓接龙祈雨的灵山圣水之地。

从龙王庙左侧的边门而出，一条狭小弯曲的栈道沿着悬崖峭壁盘旋而上，这儿就是浏览九龙潭的起点。

站在起点，环顾四周，群峰叠翠，林木茂盛；仰望山顶，飞流百丈，行云流水；周边锦岭秀峰连绵，植被丰富，苍翠如巨龙。最高峰龙涎顶海拔917米，其间潺潺溪流随山势而流淌，自悬崖峭壁之上飞泻跌落，形成九瀑九潭，落差全都有数十米，为桐庐境内乃至浙西境内所罕见，说她是桐庐境内最美的瀑布群景观也不为过。

沿悬崖峭壁盘旋而上的栈道，为2005年景区开发后人工所筑。而在此之前，九龙潭仍处于原始的荒芜之中。戴殿泗《泄水龙王庙灵应记》中记载"浦江北境有马岭，西行至桐庐之羊角岭"，笔者认为，此句有误，不知是作者笔误，还是转抄者抄错。因为马岭与羊角岭，马岭在西，羊角岭在东，应该东行才对。"孙吴祖墓两过峡处也"，孙吴祖墓似说桐庐天子岗。"其间，崇山峻岭，人迹不到，盖几百里，而泄水龙王托居其间。"这中间有几百里崇山峻岭人迹不到的地方，居住着泄水龙王。"龙潭有九，层累而下。下三潭，上二潭可到，中四潭望见之而已，不可至也。"说明在没有修建栈道的古代，龙潭虽有9个，并层层而下，但只有下三潭，上二潭可到，中间四潭只能遥望而不可及。而现在栈道建成，安全措施到位，游客可随心所欲，逐个细细欣赏龙潭的魅力所在；也可无限放大你的想象力，给喜欢的景点贴上自己的标签。

拾级而上，九级龙潭，大小不一，形态各异，风味迥然，四季有别。丰水期，山泉咆哮，声若雷鸣，奔腾而下，气势磅礴；枯水期，涓涓细流，轻声细语，瀑如少女，亭亭玉立。

九龙潭中最为壮观的是青龙潭，最为神秘、最有灵气的是接龙潭。

青龙潭位于九潭之中第三潭，面积 40 多平方米，瀑高 25 米，四周绝壁环绕，瀑布奔腾而下，冲击着潭面，水花四溅，发出震耳欲聋的隆隆之声，青龙在龙潭中上下翻腾，似有一飞冲天之意，蔚为壮观。

接龙潭位于九潭之中第六潭，顾名思义，接龙潭就是求雨时来此接龙王的潭，所以此潭的灵气和名气为九龙潭之最。接龙潭面积不大，却深不可测。据记载：自宋以来，每逢大旱之年，远近城镇村落都来这里接龙求雨。原先这里还没修游步道和栈道的时候，上下潭极不方便，所以到这里参与接龙仪式的人并不多。大多是在天未明之前，几个人手足并用猿挂而下到这里。时辰一到，先是焚香祭拜，然后由长者念龙王咒，在火把的照耀下，只见潭水向上翻涌，小鱼小虾浮起跳跃，司仪就用法器舀起鱼虾放入瓶中，装到带来的轿中抬下山去。这时等在山下的人放起鞭炮，奏起鼓乐，热热闹闹的直奔求雨的祭坛而去。

接龙潭接龙回去，能否帮助各地解决旱情姑且不论，因为虔诚者则灵，不信者就当别论。然而，让人惊奇的是，在这荒无人烟的高山之巅居然还存在小鱼小虾这样的小生灵，并且还有人亲口尝到过这种山珍海味，不得不让人感叹大自然神秘莫测。

在这个潭的旁边，有一个千百年来香火袅袅、众人跪拜的祈雨坛。

关于"祈雨坛"有一个美丽的传说。九龙潭原来无龙，唐初，山东有一男一女两个老者，托梦给当朝宰相魏征。控告泾河龙王在河北、山东一带降雨时，雨量不足，旱情未除，百姓怨声载道，请魏公作主，讨回公道。魏征听后十分恼怒，当即拔剑，去找泾河龙王。泾河龙王闻讯，急忙带着9个龙子乘风而逃。一日到了雪水龙涎顶，见一泓清泉从山崖中飞出，连跃九级，形成9个天然龙潭。而四周重峦叠嶂，荒无人烟，环境幽静，是个藏龙卧虎好地方，于是决定留下来。龙王告诫众龙子要接受以往教训，安分守己，多做善事，好好生活，自己化作一阵清风直上天庭，向玉帝请罪去了。

自此以后，凡遇干旱之年，远近农民前来求龙降雨，九龙子有求必应。雪水九龙潭因此名声大振，龙王庙香火鼎盛。

古老的传说美丽而动听，细数九潭，却不见九龙。从上到下九潭依次为：金锅潭、聚龙潭、功德潭、接龙潭（神州第一龙潭）、龙爪潭、雪水潭、青龙潭、回龙潭、寄闲潭。笔者认为，既然传说中有九龙居住其间，正好一龙居一潭，而每龙也必须有其尊名，是否可以用"圣水天接，神秘聚精华"9个字来表达，其意是：龙涎的圣水与天际连接，神秘之地聚集着山水之精华。

"圣水天接，神秘聚精华"作为九龙之名，分别为：圣龙、水龙、天龙、接龙、神龙、秘龙、聚龙、精龙、华龙；潭以龙名，依次为：圣龙潭、水龙潭、天龙潭、接龙潭、神龙潭、秘龙潭、聚龙潭、精龙潭、华龙潭，瀑可随潭名。如有特殊意义之潭，可另加说明，比如聚龙潭又名青龙潭……这样九潭配九名，既与美丽的传说相契合，使人读之朗朗上口，思之有理，观之有物，记之省力。亦可作宣传语，将它镌刻在高高的、醒目的悬崖峭壁之上，使人对景区的文化内涵一目了然。

为让游客尽情欣赏山水之精华，现在在山腰筑有一座"观瀑亭"。站在"观瀑亭"，眼看"飞流直下三千尺"壮观飞瀑景观，耳听龙吟虎啸之声，一切美好尽在不言中。

将目光转向南面，雪水岭近在咫尺，那条蜿蜒曲折的盘山公路，在开通20年以后也已成为过去，一去不复返。于2005年通车、全长1952米的雪水岭隧道从岭脚穿膛而过，不仅拉近了新合老区与县城的距离，也改善了景区的交通条件。

废弃的盘山公路，两边已经杂草丛生，宛若一块没有开垦的处女地，静静地躺在雪水岭上。如果稍作改造，便是喜好登山露营者和自驾探幽者难以寻觅的好地方。在这远离喧嚣的城市，远离光污染的地方，更是摄影爱好者拍摄星空的绝佳位置。宁静的夜晚，开口呼吸着清新的空气，抬头仰望星光灿烂的天空，耳听四周的松涛声声，喓喓虫鸣，是多么浪漫而惬意。

离开"观瀑亭"，沿着在峭壁上开凿出来的山道往前走，来到七星桥。如前所述，九龙潭的分布是上二潭、中四潭、下三潭，上二潭在龙涎之下的幽谷之中，余七潭则在天龙山的悬崖峭壁之上，呈北斗七星状排列，桥下三潭构成七星的长柄，从桥里右侧山崖转折而上的四潭构成七星的长勺。

伫立于七星桥，给人以无限遐想，脚踩万丈深渊，头顶蓝天白云。由山脚仰望桥上之人，仿佛其凌空置身于星辰之中，蓝天触手可及，白云就在身边。偶遇大雾天气，更有飘飘欲仙之感。

天龙九瀑闻名遐迩已有几百年的历史，然而形成这样的景观却时间更长，年代更久。让人不敢相信的是，巍巍天龙山的崖壁上，那一条条、一个个，大小不一、错落有致、表面光滑的凹槽与龙潭，竟然是龙涎顶那一股从岩缝里流出的清清山泉，经几万、几十万、几百万年，长年累月"滴水穿石"的精神长期冲刷而成。从第一潭开始，层层跌落，为泾河龙王的9个龙太子建造了九级龙潭，并形成岩壁中"有青赤黄黑之状，皆纯石，无杂碎者。而白石如筋，亘络其间"。排列极规则，形似乌龙潜水，跃跃腾飞的雄伟壮丽的景观。

大自然的鬼斧神工不谓不巧，"神州第一龙潭"实至名归。

九龙潭胜景，景区内植被丰富，空气质量优良或优于二级标准的天数达到 340 天以上，细颗粒物（PM2.5）浓度年均值（ug/m³）低于 35，负氧离子含量达到 6 万个/立方厘米，被誉为天然森林氧吧。优质的自然生态环境是健康长寿的秘密所在，紧邻景区的雪水村全村总人口 60 人，其中 90 岁以上 2 人、80 岁以上 8 人，是"健康养生"的福地。

龙潭游记

从雪水村，上雪水岭的油路尽头，一座大山挡住去路，迫使公路135度大转弯，才开始上这座大山。拔地兀立、又高又尖的峰峦直刺蓝天，与连绵起伏、层层叠叠的群峦相连。其峰似首，其尖如角，逶迤回环盘旋的群山，恰似蜿蜒庞大的龙身，一脉相连，滚滚舞蹈，巍峨威武，先人就名之曰"龙头山"。满山薪木茂密，花草葱茏，青翠丛中万紫千红。白云徜徉其间，山色秀丽迷人。

龙头山形态秀丽，层次分明。摩天尖峰是龙角，龙角下是庞大的龙额，离地十多米处，横卧座悬崖，正如龙的嘴巴。走到龙嘴下，翘首仰望，宽大的龙嘴里倒银练似的瀑布从上而下，缓缓冲泻，滔滔不绝，晔晔歌唱，注入地面第一个龙潭，又溅起晶莹而多芒的水花。然后又像一朵朵小小的白梅，微雨似地纷纷落下，最后静静地躺下。

潭面有百来个平方，三面环山。石崖巍峨壮观，青灰黑黄的底面二镶嵌着纵横交错的白色条纹。林木笼罩，阴凉爽快。潭水清澈无比，一无污染，甘冽清纯，分外爽口润喉，惬意可口，惹人或掬或捧，先饮为快。潭底卵石铺就，形态逗人，色泽可爱。

山不在高，有仙则名。水不在深，有龙则灵。古人拟这座天作巨龙是神，特在潭的右边建造龙王庙，塑起龙王爷，常年祭祀，已有500余年历史。遐迩百姓敬神虔诚，每逢干旱灾劫或来庙里，或迎神去当地求雨祛灾。旗锣伞铳香烛祭品，礼仪甚为隆重，但求确保一方平安。

"自古华山一条路"，龙头山上没有路，只有正面山坡上留有一条山农上山作业踩出的羊肠小径，蜿蜒而上。

龙潭分九级，级级姿态别样，风味不同。潭水沿着山形地势，依着涧床山岩，曲曲弯弯，蛇行斗折，一道飞瀑，一壁清潭。上段三处与下段两处，可以攀至近观，中段四处只可望而不可攀近。九泓龙涎，有如一条细白的纱巾，有似轻柔飘逸的素绢，有像两丈银练飘舞。有潭如盆、如泉、如池，有大有小，有浅有深。造型优美，洁白晶莹，淙淙作响，人在泉上过，水在脚下流，声貌动人，乐于与游人对歌，其乐无穷。

登上顶级龙潭，宽阔平坦，顿觉豁然开朗，其潭面积更大一些，一道山泉，从左边山脉源源流淌入潭。水质晶莹澄澈，终年不干。登高远眺，万般气象。山鹰掠过，好比蜻蜓点水，让人飘然若仙，仿佛来到瑶池，"山光悦鸟性，潭影宜人心"。"天上一日，地上十年。"这令人魂牵梦萦的龙潭水啊，令人陶醉，令人向往。

龙头山、龙王庙、龙潭瀑，旅游胜地，千古奇有。

泄水龙王庙记

环睦皆山也，踞桐庐之僻，有峙，有峙南乡者，名曰泄水。山以水得名，岂山下出蒙泉之义乎？郡志虽无详注，然自上兀庚申，距今数百余年。峻冈崇岭，吐雾吞云，古木苍藤，含烟罩日，如鳞斯甲，凛凛其风。如角斯触，半山飞瀑巽水之泽也。炎为百年计区画一力开创，而庵宇成。是役也始于绍定月，益砌成大殿。纸库泡亦粗备。又惧傍无栖止，孰奉香用矢一瓣心香，肯出死力，如只影募众，缘珠积寸，累日培古灵岩胜景必有祠，此山独无之。仅一小庵，与望缺甚。是梦，翊日，雨大沛。梦可诬，雨不可诬信矣！灵物之在山也。自人钟姓等诣山下，露宿忘餐，沥血忱以签，凡七日。是夜有至，盖踵相接。戊申岁旱太甚，华林释者周觉明悯之，偕里祷，则有验初焉。闻一邑，次邻郡。又次，则杭、婺、衢、越、闻风而胜百川而洽万物，谓之灵也。则宜于是，敬之信之，岁旱处龙蛇赵志曰：龙啸大野，窈而深邃。而有容时，潜现变化，有灵物在焉孰为娄龙是也春秋左传曰：深山大川，实生一汪雪渊之也朝明暮辉万千容状邦人异之，谓三年。越明年终竣事，此其志。盖欲无忝于对。越瘫然一翁，心劬力备勿顾也。然则祠可少乎？昔，杜老有神龙积水诗，杨子有龙从天飞句。夫如是，则龙蟠上下，出没无方，山巅水涯，特其遇耳。一祠以建，或者未称。觉明曰：神灵固无定在，崇奉当有定所。即墙风存之意，曷其奈何，弗敬夫。觉明一寠人也，托身空门，粥盂饭钵，庄计萧然，非有、西畴南亩，祈甘雨介黍稷也。其力祷空山，累日不息，非垂涎下珠也。其寸片瓦，肩任背负，非恶逸喜劳也。斯人也，万有辛苦无凯幸，以心而求，良可嘉也邻峰崇因院，主僧照临，照约，偕里人祥符主簿钟肯声，具以实俾志巅末，子亦幸乡，邦之有基，人奚敢辟。

时宋咸淳四年戊辰四月之吉
赐进士第朝奉郎、松江口大制置司参议官、赐紫绯书袋毛洪撰

泄水龙王庙灵应记

浦江北境有马岭，西行至桐庐之羊角岭，孙吴祖墓两过峡处也。其间，崇山峻岭，人迹不到，盖几百里，而泄水龙王托居其间。龙潭有九，层累而下。下三潭，上二潭可到，中四潭望见之而已，不可至也。未至下三潭，有青赤黄黑之状，皆纯石，无杂碎者。而白石如筋，旦络其间。由别路至上潭，势险。其中有古杉一株，植立水心，大如秤杆，长尺许。摇之不动，拔之不能，相传为数千年物也。复至二潭，乃无可着足，猿挂而下于此。接龙潭甚小，清洁无一物。旁有石山一座，极高大，挺出似龙脑。上有巨松两株往日齐列，如龙角，大似七石瓮，不知岁月。相传，有欲取此松者，非腹痛，则迷不知道，后遂无欲取者。其山，土人不名为山，直呼曰龙，而九龙潭居山之腰胁。云庚辰岁旱太甚，求神不应。侄孙畲堂遇人，言泄水龙王之奇，归言之未允。侄孙书松，有桐庐过客，亦极言龙王灵异，特出谒求之，未果。侄孙春渠谋曰：有事弟子服其劳，何不于小辈中，约二十余人迳往接乎？因以六月十三日朝往，夜二鼓才至，往返百二十里。到潭者，畲堂与书松也，至则春渠力任之。十四夜，闪电盈天。侄麟书同畲堂等四人，于途中忽闻旃檀香气自空而至，馥郁殊甚。相谓等是神灵至止也。须臾，寂然无闻。十五，阴云乍合，而南风吹散，无一存者。至晚，红霞四照，忽风长空中巨龙特异鳞爪并现。且于霞光中备见双角棱，唯尾不见。须臾隐，而雨欲西也，风约之使东。欲东也，风约之使西，皆往。在建溪正中处，有神庙住人家，不净则大树桠下坠，打折栋梁，倾半屋焉。盖不雨几匝月矣，则畅甚，特求继泽耳。越四日，皆似欲雨，而午后南风散之。十八、十九日，余恐风雨之势太烈也，命侄监之，侄孙德枢等，于坛上跪念"黄庭经"七十几遍，以求样和之气焉。二十日，余竭诚往拈香，宿坛者言："昨将晚，有青蛇现于坛上，其大如柱，二人巫磕头忽不见。"是日，至晚无雨。忽夜三鼓，有云兴如小盘，遂滂沱大集。越二日，未申之交，雨又大集。雨之行也，初来自富阳，至北山，欲至即止。于是见黑云中，有奋然而起者，往三十都大潭尖迤逦而上，乃始集于马剑腾头诸处。有北山樵夫，见坛上黑云中神龙显相焉。二十五日送还潭宅，以立秋近，不可久淹也。二十四日，有青蛇蟠于坛上。次早，又蟠于宗祠前。见者四十余人，青苍之色，宝光溢目云。泄水土人言，回坛之雨，例在三日不宜拆坛。且言此处龙王，惟青龙最寿，且最醇和，故迎龙者，必以青爷为最也。至二十七日，午后累震不止。至申刻，雷雨盈阵，且四面均至。虽不甚大，而雷声之长，夜至亥刻始住，于以见龙王之灵异真不虚言也。是役，涉手者皆后辈，或以为不宜独麟书。侄甚不然之，曰："人家诸事谂之前辈固巳，倘前辈不在，而后辈无任事者，岂关事耶？如此诚心，如此劳力，有可取实无可议。此番致雨凡四次，所感龙王之者，和静吉祥，有风雷之益，无冰雹之虞。闻泄水迎龙有十三村，未有一处得雨者，然则非诚求之心，固不可云泄水请龙必能致雨也。"

时宋嘉庆二十五年庚辰六月二十八日
清嘉庆翰林院编修、文渊阁书理戴殿泗记

神州第一龙潭

嘉庆二十年，翰林院编修戴殿泗回浦江省亲，正值当地大旱，稻曰龟裂，禾苗枯黄，遂与乡民沐浴更衣，做好抬轿，在天未明前，往泄水九龙潭求雨。时辰一到，先是焚香祭拜，然后由长者念龙王咒，在火把的照耀下，只见潭水向上翻涌，小鱼小虾浮起跳跃，司仪就用法器舀起鱼虾放入瓶中，装到带来的轿中抬下山去。途中忽闻檀香自空而至，馥郁殊甚。过了几日，乌云显现，大雨滂沱，旱情顿除。为此，戴殿泗写了《泄水龙王庙灵应记》，回京后，把求雨的情况写成奏章，呈送嘉庆皇帝浏览，帝阅后感其恩泽于民，遂降旨，"泄水龙潭为神州第一龙潭。"

"雪水云绿" 原产地——天堂与雪水

浙江省名茶 "雪水云绿"

"雪水云绿" 为浙江省名茶, 而她的原产地就是新合乡的天堂与雪水。

"潇洒桐庐郡, 春山半是茶。新雷还好事, 惊起雨前芽。" 这是北宋名臣范仲淹的著名诗词《潇洒桐庐郡十绝》之一。

雪水云绿茶叶基地

桐庐生态环境优美，早在唐朝，诗人吴融就曾有诗云："天下有水亦有山，富春山水非人寰。"桐庐地处浙西北钱塘江水系中游的富春江畔，境间周边有龙门山脉、昱岭山脉、天目山脉千峰环抱，中部富春江、分水江两水交萦，秀色独绝。境内气候属北亚热带南缘季风区，四季分明，温和湿润。产茶山区气温特点是"冬寒、夏凉、春秋暖"，常年多云雾，空气清新，昼夜温差大，夏季多雷阵雨，林间多漫射光。土壤以黄壤亚类的山地黄泥土和黄红壤亚类居多，土层较深，一般有机质、全氮、速效钾含量丰富，PH 值在 4.3~5.5 间。自古以来，产茶历史悠久，可谓"山山有茶""山因茶而显秀，茶因山而得美"。茶生长在山高水秀的环境中，具有"天生丽质"，品第上乘，蜚声海内外。唐朝诗人陆羽在"茶经"中写道："西扬、武昌、庐江、晋陵好茗，而不及桐庐。"

历史上桐庐盛产茶叶，而茶之精品在新合。

新合地处龙门山脉余脉，境内崇山峻岭环抱，"雪水云绿"原产地——天堂山和雪水岭海拔均在千米左右，山上云雾缭绕，空气清新，环境优美，方圆百里山峰连绵，人迹罕至。

天堂山是解放战争时期浙东人民解放军金萧支队被服厂、修械所、后方医院、金萧报社等后勤机关所在地，附近的雪水、山桑坞、丁家岭 3 个小山村则是金萧支队的红色堡垒村，曾为桐庐的解放做出重大牺牲和贡献。

雪水岭是桐庐著名自然景观天龙九瀑景区所在地，景区内群峰叠翠，林木葱郁，云蒸霞蔚，瀑泉飞流；周边锦岭秀峰连绵，植被茂盛，苍翠如巨龙。最高峰龙涎顶海拔 917 米，其间潺潺泉水随山势而流淌，自悬崖峭壁之上飞泻跌落，形成九瀑九潭，落差全都有数十米，为桐庐境内乃至浙西境内罕见之瀑布群景观。

"雪水云绿" 冠名小插曲

好山好水好地方，得天独厚的生态环境，孕育出"雪水云绿"名贵之茶。"雪水云绿"现在已经驰名中外，然而关于茶名之来历，还有一段小小的插曲。

1988年4月7日，原金萧支队老战士李群、周挺、林宏等一行9人故地重游，前来桐庐访问革命老区山桑坞。恰逢高级农艺师卢心寄正在炒制新茶，而新茶上市之命名未定。据卢心寄介绍，新茶采自离山桑坞10华里、海拔近千米的天堂山和雪水岭，以野生为主，茶树分散而难采，数量不多，然品质绝对一流。以前这里的历史名茶有"谷芽"和"莲芯"两个品牌，曾获1915年的巴拿马万国博览会金奖。听完介绍，老战士们七嘴八舌，认为好马配好鞍才能跑得快、行得远，好茶要有好名才能叫得响、打得赢。"谷芽"和"莲芯"名字虽好，但它体现不出茶叶本身长在高山、雪水浇灌的高贵气质，而本地地名"雪水"就很好，一看就知道有雪水的地方肯定是高山，加上是长在云雾之中的绿茶，两者是一个完美的结合，所以大家一致首肯以"雪水云绿"为名。"雪水云绿"不仅表达了茶叶产自雪水岭的乡土地名特点，同时也体现了金萧老战士曾在雪水岭这一带崇山峻岭中战斗过的历史情结。同时，建议从制作特点和改进包装上打响"雪水云绿"这一品牌。很巧，金萧老战士林野是在上海专业从事美术工作的，他一口承诺包装设计由他负责。果然，"雪水云绿"品牌一经推出，一路走红。

新合乡的桐庐雪水云绿茶叶有限公司，是农业部茶叶质检中心的首批宣战企业、杭州市农业龙头企业。公司所产"雪水云绿"茶叶，继登上全省"斗茶舞台"，被评为浙江省优秀名茶之后，1991 年又荣获浙江省名茶证书；并蝉联首届、第二届中国农业博览会金奖；1999 年、2001 年分别被认定为中国·国际农业博览会名牌产品；2001 年至 2004 年连续荣获浙江省农业博览会金奖，其产品质量达到现代同类产品的国际先进水平，深得广大消费者青睐及专家好评。

"雪水云绿"茶的研发，是县政协为帮助老少边地区发展经济，在继"天尊贡芽"茶恢复研发获得成功后提出的新课题，获得县委、县政府的高度重视。1987 年秋，经县政协会同有关部门商定，课题由县农业区划办、县土产公司、新合乡政府共担此任。卢心寄为课题主持人，钟为有、郑樟林、钟为淦、陆爱群为课题组成员。1988 年春，择新合乡山桑坞自然村为试点，当年该茶分别获市名茶奖和省一类名茶奖。后经层层技术培训，名茶生产三年间扩大到全乡。1991 年 6 月，由杭州市科委组织专家组对该名茶开发研究课题通过鉴定，1995 年起普及全县。随着历年评比的屡屡夺金，知名度和美誉度的逐年提升，现已成为镶嵌在富春江畔潇洒桐庐的一颗璀璨明珠。

"雪水云绿"茶的采制工艺十分讲究，鲜叶的采摘标准为单芽，要求朵朵完整，不采雨水叶、虫病伤叶、紫芽叶。手工制作工艺分鲜叶摊放、簸片、杀青、初焙、整形、复烘、**辉**炒等工序；机制工艺按鲜叶摊放、杀青、簸片、初烘、理条、整形等工序；所制毛茶必须再经精制分级，才达商品茶规格。

成品茶品质特点：外形造型似莲芯，挺直玉翠、汤色明亮、香气清高、滋味鲜醇、叶底全芽。特别是冲泡时，芽芯上下浮沉，碧芽水底立，生机益然。具观赏美与品味佳的完美结合，深受广大消费者的青睐和专家学者的赞誉。

1991 年 7 月，全国政协副主席、中国佛教协会会长、著名书法家赵朴初先生在品尝此茶后，亲笔为"雪水云绿"题字。

"雪水云绿"茶的原产地保护

1998 年始，全县以名优茶生产标准化为依据，重视名茶品牌建设，制定雪水云绿名茶种植、采摘和加工制作地方标准，组织雪水云绿机制技术培训，雪水云绿遂成县内优质名茶之魁首。1992 年至 2003 年，雪水云绿 6 次获全国名茶评比金奖。为保护名茶生产，2005 年 3 月成立桐庐县雪水云绿茶产业协会，会员中有经销加工单位 38 个、茶叶生产大户 18 个、行业管理和服务部门 10 个。并在县委、政府及有关部门重视下，以整合商标为突破口，做好"雪水云绿"商标的转让、注册等工作。同年 12 月，通过国家工商局审批，成功获得"雪水云绿"商标，随后又相继注册 10 余个相关门类的"雪水云绿"文字商标。为加强名茶的生产和质量管理，协会对"雪水云绿"实行统一品牌、统一标准、统一监管、统一宣传、统一包装的"五统一"。是年，雪水云绿产量 335.8 吨，产值 8572 万元，分别占全县茶叶总产量 22.9%、总产值 78.3%，占名优茶产量 61%、产值 84%。

随后又成功注册"桐庐雪水云绿茶"证明商标，实现了原产地保护。同时，制定施行"雪水云绿茶"市级地方标准等一系列监管措施，加强对"雪水云绿茶"的质量管理，推进品质上水平；多层次推介桐庐雪水云绿茶，普及茶科学，弘扬茶文化，提升茶效益。

中国针形茶的鼻祖——"桐庐雪水云绿茶"有了自己的原产地保护地域。桐庐县人民政府专门下发相关文件，首次对本地名茶"雪水云绿"的产地区域进行了细致划分。"桐庐雪水云绿茶"自从 1988 年创制以来，一直以其高品质受到大众的喜爱，并先后多次在国际、国内的茶叶评比活动中获奖。然而，随着该茶叶名气的不断扩大，各地种植、仿制"雪水云绿茶"的情况越来越多，造成产品质量不稳定，极大地影响了"雪水云绿茶"在市场上的形象。为了进一步保证桐庐"雪水云绿茶"的品质特征，县政府依照桐庐"雪水云绿茶"的原料要求、各产茶区的自然环境条件及茶树的适制性，对全县该茶产地区域进行合理划分和保护，将境内"雪水云绿茶"的产地区域界定在新合、钟山、分水、百江、合村、瑶琳、凤川、横村及富春江等 9 个乡镇的 59 个村，并对这些区域的茶园设置原产地域标志。在划分地域的同时，全面普及标准化的生产、加工技术；对未按标准进行生产、加工的产地，一经查处，即取消原产地保护地域资格。产地区域的划分，既保证了"雪水云绿茶"的品质，也极大地保障了茶农的利益。不仅可以促进"雪水云绿茶"今后的发展，同时也为当地茶农增收提供了帮助。

2006 年，"雪水云绿"荣获杭州名牌和杭州市著名商标称号；2007 年荣获浙江省名牌产品称号；2008 年荣获浙江省著名商标称号，同年 11 月，被评为杭州"七宝"，桐庐县亦多次被评为"全国重点产茶县"。

"雪水云绿"为浙江现代新创名茶，属绿茶类针形茶，其形似银剑出鞘，茸毫隐翠，具有外形绿润细扁、汤色嫩绿明亮、香气清雅、滋味醇厚、叶底完美匀齐的特点，深受文人墨客所喜爱。

"启之，形似岫玉和翡翠雕成的短剑；沏之，若仙女散花，根根飘逸而出；饮之，腹里管里喉里，林间香气馥郁缭绕，三刻不绝，不禁称奇。"这便是"雪水云绿"茶带给人们的感受。

原全国政协副主席、佛教协会会长赵朴初不仅亲笔为"雪水云绿"题名，并作诗一首："酪干熟嚼即醍醐，禅味欣欣茶味俱。想见雪山初下日，一瓯乳胜造浮图。"

当代书僧月照有诗云："雪山高万丈，泉水飞龙潭。天堂云雾露，孕育嫩绿香。"

"雪水一江流，云绿千家醉。"这是浙江省作家协会主席黄亚洲先生带领浙江知名作家"潇洒桐庐行"文学采风活动在桐君山上品此茗时即兴泼墨挥毫写下的诗句，赢得在场作家们的齐声赞叹。

知名作家孙侃先生撰写的《一片云绿煮雪水》一文中云："……毫无疑问，产于'山山皆有茶''村村摘新芽'的桐庐，且作为芽型茶精中之精的'雪水云绿'价值几许，已经很清楚了。……剪一片云绿、煮一壶雪水。馨香不绝的桐庐清茶显然是这片美丽土地走上永续发展之路的绝妙象征。"

"雪水云绿"茶的创新

"雪水云绿"名茶的创建已经功成名就，然而新合并没有就此止步。作为"雪水云绿"茶原产地，新合人深谙"茶产业文化化，茶文化产业化"之道，凭借山上漫山遍野生长着的野生茶，及所产茶叶香气清高、滋味爽醇之优势，注册新合特有的"壶源牌"商标。自此，"壶源牌"雪水云绿在市场竞争中始终独占鳌头，还走进了人民大会堂，成为绿茶中的佼佼者。

为了扩大名茶品牌效应，新合乡党委、政府扶持成立茶叶专业合作社，鼓励企业实施县、市、省级示范园区建设等项目。在雪水云绿茶的基础上开发引进珍稀茶叶品种，创新茶叶制作工艺，提升茶叶的附加值。

一般茶叶是春季出产，而桐庐雪水云绿茶叶有限公司却别出心裁。2009 年，在茶叶基地上套种桂花 10 万余株，将桂花与雪水云绿茶叶自然地有机结合，开发出新型秋冬花茶——桂花茶。这款由优质雪水云绿茶与鲜桂花窨制而成桂花茶，汤色绿明，滋味醇爽，香气清雅，芬芳持久，一上市就受到客户一致好评。2010 年，又引进珍稀茶叶品种"黄金芽"45 万株，种植 160 余亩。在此基础上，公司对茶叶产品进行了结构上的调整，成功开发雪冰云绿白茶和湖源金芽黄茶等高端茶叶，同时积极探索与研究相关红茶的制作工艺。

新合是革命老区，早在 2006 年浙东人民解放军金萧支队纪念馆建成以后，就开启了革命老区的"红色之旅"。然而，由于地处偏远，交通不便，再加上其他客观因素，仅仅依靠挖掘红色旅游本身潜力来拓展更大的发展空间显得举步维艰。"要想取得更大的成效，就要不断提升旅游品位，丰富旅游内涵。这其中，创新是最好也是最难的出路。"意识到这一点后，新合乡精心谋划，紧紧抓住被列入省 60 个红色旅游重要景点群契机，致力于"红色茶乡游"的升级发展。新合既是革命老区，又是雪水云绿的"故乡"，两者若能互动交融，必将实现两者更好更快地发展。在精心制定旅游发展规划的基础上，新合乡对旅游资源进行有力的调整和提升，一方面实施革命烈士纪念碑改建项目、金萧支队纪念馆提升改造工程，一方面开始筹备桐庐雪水云绿茶艺馆建设工作，以求将红色旅游与茶产业巧妙结合，实现以雪水云绿为新引擎，加速推动红色旅游发展的目标。

以茶为媒的"雪水云绿"茶艺馆

2014 年 4 月，在旧庄溪的另一侧，一座散发着绿色茶香的建筑——桐庐雪水云绿茶艺馆正式开馆，形成了与金萧支队纪念馆隔岸交相辉映的新格局，为红色茶乡游增添了新的靓丽风景线。"以茶为媒聚缘新合"，作为桐庐县首家综合性茶艺馆，该馆历经17个月、投资360余万元而建成，是以"茶"为主题，把茶文化与生活相互融合的新概念主题绿色茶艺馆，集茶文化展示、品茶、餐饮、住宿为一体，自然受到了各方茶友的欢迎。

在开馆当天，来自杭城的50余位游客成为首批游客，他们在两馆之间徘徊后，又再次迈开脚步，或是在茶山茶园品味茶之清香，或是在革命旧址追寻先辈足迹。"我一直比较喜欢喝绿茶，对新合的雪水云绿也是青睐有加，所以此次也算是慕名而来。不过，来了之后才发现，新合不仅雪水云绿茶香诱人，原来还是革命老区，真是了不起。""这里可以吃土菜、品茶香，那边可以了解历史，增长知识，一举两得啊。"……游客们的欢声笑语萦绕在青山绿水间。

碧波荡漾的茶海，如织如梭的游人，构成一幅自然和谐的美丽画卷。伴随着红色茶乡游的不断发展，让人们多了一条认识新合、了解新合、走进新合的渠道，也产生了明显的生态效益、社会效益和经济效益。我们也更有理由相信，红色茶乡游将成为新合又一张新的名片，一曲和谐的茶旅互动进行曲将让新合更加动人。

雪水云绿茶艺馆，以茶为媒介，努力打造可食、可品、可赏、可玩的新概念，倡导健康、休闲、时尚的生活方式，让游客在这里一边喝茶，一边看茶道表演，一边聆听制茶人或医生讲解茶叶的悠久历史、茶叶的奇特药效及如何合理饮茶。有兴致的话，三五成群地去茶园走走，那绿绿的叶芽肯定会令你浮想联翩，得到意想不到的收获。也可去茶艺馆对面的"浙东人民解放军金萧支队纪念馆"，了解一下革命先辈、先烈们在战争年代的艰苦岁月、可歌可泣的英勇事迹和为人民的解放事业甘愿抛头颅、洒热血的崇高品德。而所有这些收获待在城市里是一辈子也无法获得的。

凭借雪水云绿茶艺馆这座展示平台，它让天涯海角的游客认识新合，传播名茶，发挥效应。雪水云绿茶通过游客之手带到各地，通过游客的口宣扬到四方，销量大增。周边县市如诸暨、浦江、富阳、义乌等地纷纷有人前来洽谈请名茶师傅去开发经营当地茶园。雪水云绿茶艺馆不仅使新合乡名茶生产产量速增，也激活了周边县市的茶叶市场。因为旅游业的介入，名茶收入有了新的增长。

优异的生态环境和宜人的气候条件，保证了"雪水云绿"茶叶的品质，先后荣获：第二届中国国际茶博览会金奖，第二届、第四届中国国际茶业博览金奖，第七届、第八届中国国际茶叶博览会金奖，上海国际茶文化节金奖，宁波国际茶博览会金奖，中国杭州国际茶文化节文化名茶奖，中国济南国际茶博览会金奖，第十六届上海国际茶文化节"中国名茶"金奖，中国（上海）国际茶业博览会"中国名茶"金奖，首届、第二届中国精品名茶博览会金奖，首届、第二届、第三届、第四届中国农业博览会金质奖，浙江省首届斗茶会优秀名茶奖，浙江省第七届、第八届、第九届、第十一届名茶评比会一类名茶奖，第一届、第二届、第三届浙江绿茶博览会金奖，8次荣获浙江省农业博览会金奖，等等。近年来，新合乡在提升茶叶品质的同时，努力向茶产业多元化发展，不断做大做强"雪水云绿"品牌。

为进一步推进茶叶产业化的发展，新合乡结合农业综合开发项目建设，着力改善茶叶园区生产条件。同时，大力实施低产茶园改造工作，加大新品种种植力度，综合提升茶叶品质。

如今，全乡已拥有茶园面积 4000 余亩，年产绿茶量 60 余吨，产值 4000 余万元，有茶叶生产企业、合作社 8 家，其中省级示范性专业合作社 1 家。

浙江省党史教育基地——金萧支队纪念馆

沿柴雅线穿越雪水岭隧道，前行 3 华里左右，一座硕大的牌楼矗立在柴雅线的右边、旧庄溪的左边，上书"金萧支队革命教育基地"。驶过横跨于旧庄溪那座长 10 米、宽 5 米左右的石拱桥，右转就是坐落在山桑坞口的"浙东人民解放军金萧支队纪念馆"。

历史上金萧支队有前金萧、后金萧之分，前金萧为抗日战争时期的金萧支队，全称为"新四军浙东游击纵队金萧线人民抗日自卫支队"，后金萧为解放战争时期的金萧支队，全称为"浙东人民解放军金萧游击支队"。前金萧与后金萧的共同之处是两支部队都在金萧地区活动。

金萧地区，是指浙赣铁路金华至萧山段两侧，西临富春江、兰江地区，东抵会稽山的广大地区。是浙东抗日根据地和浙东敌后游击根据地的重要组成部分。

新四军浙东游击纵队金萧支队

新四军浙东游击纵队金萧线人民抗日自卫支队，是中国共产党领导下的金萧地区抗日武装，是在 1942 年浙赣战役时金萧地区的几支小型游击队基础上发展壮大而来的，与金萧人民有着血肉般的联系。

1942 年 5 月，日本侵略者为打通浙赣线、摧毁衢州等地机场以减轻盟军飞机对日本本土轰炸的压力，发动了浙赣战役，诸暨、义乌、金华、衢州等地相继沦陷。上述各地人民，在党的领导下纷纷组织武装，奋起抗击侵略者。

是年 5 月下旬，中共诸暨县特派员朱学勉根据绍属特派员杨思一的指示，通过共产党员、公开身份为诸暨县泌湖乡乡长的何文隆在诸（暨）北大宣村组建了泌湖乡抗日自卫队。不久，自卫队相继扩建为诸北"四乡联队""八乡联队"。部队名受国民党当局节制，实由共产党掌握。6 月，由我党领导、活动于浙东"三北"地区（余姚、慈溪、镇海三县姚江以北地区）的第三支队第二大队（"三支二大"）由蔡群帆率领挺进会稽地区，在诸北会合"八乡联队"后并一起行动。因而被民众称为"三八部队"。11月，"八乡联队"随"三支二大"赴四明山参加浙东第一次反顽自卫战，于12月被编为第三支队第六中队。"三八部队"去四明山后，会稽地委副书记马青遂组织"三八部队"留在诸北的伤病员以及地方骨干，重新建立起一支小型武装。为利于"灰色隐蔽"，初时称北乡义勇警察中队，不久改称姚江区自卫大队。由于部队的纪律作风和战斗精神一如"三八部队"而被群众称为"小三八"部队。

同年7月，在中共金（华）属地区特派员陈雨笠领导下，义乌县特派员江征帆等人在义（乌）西下宅组建了金（华）义（乌）浦（江）抗日自卫大队。为作"灰色隐蔽"，该部通过关系取得当局"钱南别动军第一支队第八大队"番号（简称"八大队"）。

1943年8月，江征帆率八大队第二中队挺进诸（暨）义（乌）东（阳），会合由陈流所率的"陆军坚勇部队"（亦称"严州中队"）合编成立"坚勇大队"。

在义乌，还有由彭林（共产党员、原红二方面军第六军团模范师政治委员）和俞慕耕等领导的"白皮红心"部队——义乌县抗日自卫独立大队，也是由我党掌握的一支抗日武装。

1943年11月中旬，国民党顽军调集重兵对浙东抗日根据地再次发起"清剿"，浙东第二次反顽自卫战爆发。浙东区党委和"三北"游击司令部为从外线牵制顽军以减轻四明地区的压力，于12月5日派杨思一、蔡群帆等率三支六中（即原诸北"八乡联队"）返金萧地区，整合当地人民武装，组建金萧地区的抗日主力。三支六中到达诸北与"小三八"部队会合后，部队开抵诸（暨）义（乌）边境白峰岭，与第八大队和坚勇大队会合。12月18日至19日，在义（乌）北大畈举行军政扩大会议，决定成立金萧支队。21日，部队移师诸暨萃溪乡黄家店，宣布金萧支队成立。

金萧支队归浙东"三北"游击司令部（同月 22 日改称浙东游击纵队，1945 年 1 月后亦称新四军苏浙军区第二纵队）建制。支队长蔡群帆，政委杨思一。下辖第一、第二两个大队和一个直属机炮中队，共约 500 人。1944 年 1 月 8 日，金萧支队正式列入新四军战斗序列。

金萧支队成立后，即投入浙东第二次反顽自卫斗争，在诸（暨）嵊（县）边境苦竹溪一带及四明地区梁弄镇前方村与顽军作战。其后，部队返回金萧地区流动游击。

1944 年 4 月 2 日，由彭林、俞慕耕率领的义乌县抗日自卫独立大队 300 余人枪在诸北北大宣村编为金萧支队，为支队独立大队。同年 6 月，金萧支队缩编，撤销独立大队建制，人员分别充实到第一、第二大队。

1945 年 2 月，蔡群帆率支队第一、第二大队去四明山充实浙东主力，留下的支队部人员与部分地方自卫队在诸北泰南村重组金萧支队。支队长彭林，政委杨思一。支队下辖三个中队，继续转战于金萧地区。

是年 5 月和 7 月，金萧支队两次接应东渡富春江的苏浙军区第四纵队主力，并通过诸北办事处、路西县抗日民主政府发动民众筹集和运送军粮，支持、配合四纵主力的会稽山战役，打通浙东、浙西两根据地的联系。嗣后，金萧支队多次主动出击，实施对日伪军的反攻作战，直至抗战胜利。

1945 年 6 月，中共路西县工委和路西县抗日民主政府在桐、浦、诸交界地区成立中共平湖区委和平湖区抗日民主政府，区委书记张月珍、区长毛冰山、区中队长潘芝山。同年 8 月，在桐庐县四管乡（现新合乡）高枧成立新民乡抗日民主政府，乡长何关宏。

抗日战争中，金萧支队及其所领导的地方武装，在广大金萧人民的支持下，与日伪作战百余次，歼敌 2000 余人，缴获轻、重机枪 30 余挺、步枪 700 多支，队伍也在战斗中不断壮大，先后开辟了诸（暨）北、金

（华）义（乌）浦（江）兰（溪）、诸（暨）义（乌）东（阳）以及路西根据地，设立了具半政权性质的办事处或县抗日民主政府。

1945 年 9 月下旬，金萧支队奉命北撤。在上虞丰惠镇，支队和同时北撤的金萧地区地方武装合编为浙东游击纵队第六支队。10 月 6 日，部队北渡杭州湾离开浙东赴苏中根据地。11 月"涟水整编"，第六支队与第三支队合编为新四军第一纵队三旅八团。其后，随纵队进入山东，参加解放战争直至全国解放。

金萧支队是我党领导的革命队伍，它忠于党；忠于人民，不怕困难，不怕牺牲，在金萧乃至浙东大地与日伪顽作生死搏斗。在斗争实践中造就了其坚定的理想信念，坚强的党性原则，自觉的大局意识，顽强的拼搏精神，高超的斗争艺术的"金萧精神"。这是金萧人民的光荣，是留给后人宝贵的精神财富，永远值得珍惜和传承。

1945 年抗日战争胜利。党中央为了实施国共两党合作，决定将新四军在浙东等江南所属的部队北撤长江。浙东纵队的指战员约 15000 人，其中金萧支队 1500 余人，约占纵队人数的 10%，北撤至苏北涟水，改编为华东野战军（简称华野）一纵队，参加解放战争。至 1949 年初，全国解放军进行统一整编，华野的浙东部队改编为中国人民解放军二十军六十师。新中国成立后，参加了解放一江山岛和抗美援朝等战役，建立丰功伟绩，涌现出杨根思等众多的战斗英雄。

浙东人民解放军金萧游击支队

抗战胜利后，蒋介石的内战阴谋日益暴露，引起我党和全国人民的高度警惕。1945年9月14日，中共浙东区党委发出紧急通知，指出"顽军主力已逼近杭甬地区（的）城市、交通要道，但其部署完毕，在大城市落脚已稳之后，可能即转向我进攻，尤其三北地区，因此内战危机紧迫"。18日，浙东区党委又发出指示，强调："浙东内战危机已是非常紧迫和不可避免"，"我全体党政军必须不仅在思想上，而且应该在组织上争取目前战争爆发（前）之空隙时间，采取紧急有效的办法，进行必要准备，争取主动，以便应付即将到来最坏环境"。

9月19日，中共中央发出指示，规定我党我军在全国的战略方针是"向北发展，向南防御"。同日，周恩来在"重庆谈判"中提出：我军将从广东、浙江、苏南、皖南、皖中、湖南、湖北、河南（豫北不在内）8个省区的根据地撤出。9月20日，中央指示华中局：浙东、苏南、皖南部队北撤，越快越好……同日，华中局转发中共中央电令：新四军浙东游击纵队及地方党政干部，除留秘密工作者和少数秘密武装外，必须在7天内全部撤离浙东，开赴苏北。9月22日，华中局就北撤工作具体安排电示浙东区党委，电示要求：在党内外做深入的动员解释，对外宣传在出发后进行，以免增加行动困难；注意保密，随时备战；部分不能转移之地方武装与干部，不宜勉强北撤，留下部分熟悉地形、民情，与群众有密切联系的干部，领导群众坚持原地斗争，并组织新四军后方留守撤退或隐蔽，对多余的物资和粮款，应尽量救济困难的抗属和群众；部分无法转移隐蔽的干部，依靠群众，依靠山地，组织短小精悍的秘密游击队，准备开辟游击基地；党的组织以绝对保密、精悍为原则。

9月23日，浙东区党委在上虞县城丰惠召开扩大会议，传达了中共中央、华中局和新四军军部关于北撤的命令和指示，对北撤后浙东的工作作了具体布置。会议决定，组织"新四军浙东游击纵队留守处"，由王剑鸣、朱洪山任正副主任，以公开合法的身份，就我军北撤后的善后事宜与国民党谈判。部队北撤后，留下一部分党员干部，继续领导根据地群众进行斗争。坚持时期的工作方针和任务是：改党委制为特派员制；树立党的旗帜，依靠群众、依靠山地，组织短小精悍的秘密武装，以便在严重的环境里亦能保存力量，等待时机。

会议还决定，如果环境极端困难，国民党搞自新登记时，允许党员以群众组织的名义，杂在群众中，前往登记，以便隐蔽和保存力量。

中共路西县委在接到中共金萧地委转来的中共浙东区委关于北撤的紧急通知后，坚决执行有关规定，确定了留下来坚持原地斗争的干部和武装人员，其他党政干部和武装部队随机关于9月底赶赴上虞县丰惠镇集中，然后北撤。浙东游击纵队、浙东党政机关及地方工作人员共约15000人，自9月30日分批北撤，至11月中旬，到达苏北涟水，胜利完成北撤任务。部队被整编为新四军第一纵队第三旅及新四军独立第一旅。

主力北撤后，国民党陆军八十八军新编二十一师很快进入我根据地，全面恢复区、乡、保、甲的反动政权，表面上仍维持着和平，暗中却磨刀霍霍。诸暨、浦江、义乌、富阳、桐庐等国民党县政府先后召开清乡、清剿会议，建立清乡委员会、宣抚团，配合国民党二十一师疯狂地进行清乡清剿，他们大肆抽丁、征粮、收税、派款，一些土顽则带领军警残害、捕杀我党员干部和抗日积极分子。顷刻间，昔日轰轰烈烈的抗日根据地乌云密布，到处充盈着杀气腾腾的气氛。

金萧地区坚持原地斗争的同志，没有被敌人的气势汹汹所吓倒，在中共金萧地区特派员马青、中共诸北特派员蒋明达和中共路西特派员蒋忠等同志的领导下，展开了针锋相对的英勇斗争。

1946年1月，组建"诸暨人民自卫队"，陈相海任队长，公开贴出《诸暨县人民自卫队告各界父老同胞书》，拉开了金萧地区反对国民党反动派的武装斗争序幕。

1946 年 6 月 26 日，蒋介石悍然撕毁停战协定和政协协议，大举进攻中原解放区。浙江反动当局紧紧跟随，由浙江省保安司令部制定了在全省范围内分区进行军事剿匪、政治剿匪的计划。浙保二团团长陈柬天奉命率部清剿诸、富、桐、浦、萧等县边境地区。8 月 3 日，反动派在诸暨枪杀了坚持原地斗争的干部沈昌凡和我政治交通员孙大毛。9 月 1 日，在富、桐、诸、浦边境一带享有较高群众威信的原平湖区区中队长潘芝山又被敌杀害。

潘芝山的牺牲，不仅使我党失去了一位值得信赖和依靠的当地群众领袖，而且也使我党在路西地区重建革命武装和游击根据地的计划受到挫折。为了替潘芝山报仇，更为了打开路西地区沉闷的局面，缓解日趋紧张的形势，同志们决心以牙还牙，以血还血，狠狠打击敌人的嚣张气焰。

1947 年农历正月初五黎明前，天下着鹅毛大雪，坚持原地斗争的同志在极端艰难困苦的条件下，集合 20 多人枪，在蒋忠和杨光同志的率领下，神不知鬼不觉地包围了雅坊村，就地镇压了 4 个民愤极大的杀人帮凶。天亮后，人们发觉"为潘大哥报仇！""以血还血！以牙还牙！""与人民为敌绝无好下场！""打倒国民党反动派！"的标语贴满全村，大家高兴地奔走相告，"金萧支队又回来了"的消息不胫而走。

通过这次行动，极大地鼓舞了革命群众的斗志，使路西地区土顽反动势力的嚣张气焰得到收敛，初步打开了这一地区的局面。

1947 年 2 月 16 日，诸暨人民自卫队改编为路西人民救国先锋队。陈相海任队长，杨光任指导员。

同年 6 月 30 日至 7 月 2 日，在浦江县上塘坞（今属诸暨）成立中共路西工委。蒋明达任书记，蒋忠、赵子逊为委员。

同年 7 月 15 日，路西人民救国先锋队、会稽山抗暴游击队在诸暨同山捣臼湾会师，合编为会稽山人民抗暴游击司令部。蒋忠任副司令、蒋明达任副政委、张任伟任参谋长。

同年 8 月 1 日，中共路东县委和县政府成立，蒋明达任书记兼县长，何志相任副书记、副县长，吴人为县委委员兼武工队指导员。9 月 1 日，中共路西县委、县政府成立，蒋忠任书记、县长，杨光任副书记、副县长。9 月间，中共金义县委成立，赵子逊任书记。

1948 年 6 月 21 日，中共江东县工委、县政府在浦江塘波村成立，工委书记蒋明达（兼），委员周挺、胡文，县长陈一文（挂名），副县长金良昆，下设兰浦、桐浦、建浦 3 个区。同时，成立会稽山人民抗暴游击司令部第三大队，大队长黄新兴。

自 1947 年 9 月至 1948 年 8 月，在敌强我弱的形势下，抗暴游击司令部所属武装力量与国民党军进行大小战斗 10 余次，粉碎了国民党当局的"八县围剿"。

1948 年 9 月 15 日，中共浙东临委为贯彻依靠路西、发展浙西、打通浙皖通道的战略部署，在浦江马剑乡石门村（今属诸暨市）成立浙东人民解放军金萧支队。同年 12 月，中共浙东临委决定，中共路西工委改称中共金萧地委，加强对金萧地区党组织和军队的统一领导。

金萧支队建立后，以浦江、诸暨、桐庐、富阳毗邻地带为游击根据地的中心，在桐庐四管乡（现新合乡）先后建立被服厂、修械所、金萧报社、后方医院等后勤机关，使四管乡成为金萧支队巩固的后勤基地。以游击根据地为依托，金萧支队接连进行 7 次外线出击，取得重大战果；

第一次，首战肇峰山，粉碎"五县围剿"。1948 年 10 月 5 日，国民党一〇二旅一个营，第八、九专署两个搜索大队、浙保突击队和诸、浦、富、桐、建 5 县的常备队共 1500 余人，对我发起"五县围剿"。政委张凡率"一大"跳出敌人包围圈，突袭浙保突击队王之辉部在桐庐翔岗的营地，缴获背包 100 多只及其他一些军用物资。王之辉恼羞成怒，率 300 余人尾追七天七夜。10月17日午后，在兰（溪）、建（德）、浦（江）边境的肇峰山向我发起攻击。我军利用有利地形，居高临下狠狠反击。经5小时激战，打退敌7次冲锋，毙伤敌32人，缴获轻机枪2挺、长短枪10多支，敌狼狈溃逃。我仅伤2人，取得了以少胜多的重大胜利，沉重打击了敌人的嚣张气焰，粉碎了"五县围剿"。

第二次，北向萧山，扩大路西。1948年10月下旬至11月上旬，部队北向萧山出击。11月4日，张凡率"一大"自富阳东奔袭萧山戴村，捣毁敌警察所和乡公所，打死打伤敌10余人，俘敌30多人，缴获机枪1挺，长短枪30多支，我无一伤亡。

第三次，向南出击，为路北奠基。1948年11月中旬，张凡率"一大"自诸西进入浦东平原活动，捣毁敌浦江炉峰乡公所；进入金华东北，摧毁敌岩屏乡公所，俘国民党乡长等5人。12月2日拂晓，突袭敌诸暨大桥三义乡自卫队。同月7日，围攻翙岗国民党桐庐县自卫总队陈标中队，促其阵前起义。

12月10日，金萧工委决定成立路北县工委和县政府，以"八大"为路北主力，调李铁峰为书记兼"八大"教导员，季鸿业为县长。

第四次，东出路东，奇袭陈蔡。1948年12月19日，张凡率"一大"向路东活动。次日上午，与路东诸北武工队会合，袭击了敌墨城坞乡自卫队，缴获步枪10多支；第三天进至诸嵊边境的若竹溪，与二支队会合。25日晨，奇袭号称"剿匪堡垒"的国民党陈蔡据点，全歼敌一个中队。

与此同时，路西县大队和武工队进至桐南活动，缴获敌深澳乡公所长短枪13支；渡过富春江，袭击国民党渌渚警察所；在杭严公路上，截获并烧毁敌军车8辆。

1949年1月初，金萧工委在下方召开连以上干部会议，提出"大刀阔斧，放手发展；雷厉风行，加速工作"的号召，金萧地区的游击战争进入大发展的阶段。

第五次，西征皖南，打通浙皖通道。 1949 年 1 月 16 日，张凡率特遣中队 100 人枪，从茶源坑出发，向皖南进军。当晚在七里泷西渡富春江，捣毁芝厦警察所，至溪西宿营。20 日下午，在淳安张坑宣布留下陈风江、丁有进等 10 余人，组成江西武工队，陈风江任指导员，负责开辟江西游击区。27 日，在皖南绩溪县双蟠溪与苏浙皖赣人民解放军皖浙总队司令唐辉部胜利会师，当晚召开军民联欢会。在共同欢度 1949 年春节后，于 2 月 4 日返回，陈新副司令率两个连送行。途中，和皖南部队一起，取得五战五捷的辉煌战果：

第一仗，5 日拂晓，在淳安赵家坪全歼国民党淳安县自卫总队第一中队，击毙敌副总队长以下 20 余人，俘 45 人；缴获轻机枪 3 挺，长短枪 47 支。战后，陈副司令率一个连返回皖南，另一个加强连随我部回访金萧地区。

第二仗，10 日傍晚，在新登三溪口附近，击溃国民党新登县自卫总队一个中队，毙敌 1 人，俘 5 人。

第三仗，11 日上午，在新登大老坞口全歼国民党（临安）九区独立营第一、三连，毙伤敌 10 余人，俘连长以下 68 人，缴获机枪 3 挺，步枪 40 余支。

第四仗，12 日上午，在新登渌渚，截获敌国防部辎重汽车兵十一团军车 42 辆，俘敌 140 余人。

第五仗，同日中午，在东梓关附近偶遇王之辉部溯江而上装运枪支弹药的一轮两拖船队，双方展开激烈战斗，打的敌船千疮百孔，狼狈逃窜，我胜利回到根据地深澳宿营。

此次西征皖南，历时 1 个月，足迹遍及浙西、皖南 10 个县，行程千里，实现了临委的意图：一是为开辟江西游击区留下了一支小武装；二是打通了浙皖通道，加强了与皖南的联系；三是消灭敌人部分有生力量，打出了军威，鼓舞了群众。

1月下旬，为适应大发展的需要，调陈相海为江东县工委书记、县长，周挺、佘明光为工委委员；2月4日，将路西县划分为路西、江南两个县，由杨光任路西县工委书记，蒋谷川为副书记，委员杨春潮、赵平；江南县工委书记李群，委员杨仁、章文英。2月17日，将"一大"三个中队扩建为三个大队：一大队长钱伟英；二大队长陈志先，教导员孟勇；三大队长应鹏飞，陈丹生任副教导员。

3月1日，浙东行署第三专署在马剑成立，蒋明达任专员。同日，金萧工委决定建立江西县工委，王伯达为书记，陈风江、丁有进为委员；5日，成立江西县大队（第五大队），大队长吴长春，教导员王伯达兼；3月14日，江西县政府成立，县长陈一文（挂名），副县长丁有进。

第六次，再出浙西，接应分水起义。 1949年3月初，政委张凡率部在窄溪渡过富春江，3月3日凌晨进入分水县城，接应在金萧支队策动下起义的国民党分水县长项作梁部回根据地。回归途中，任命赵文光为党的特派员，留在江北开辟游击区。

3月7日，金萧工委和支队部在栗树坪召开庆祝专署成立和欢迎分水起义同志大会，并举行有2000民兵参加的大检阅。会议宣布起义部队改编为金萧支队第四大队，大队长廖伟，教导员项雷。

3月13日，成立江北办事处，主任赵文光，建立官山等4个区。到解放前夕，发展到380多人枪，活动范围伸展到杭州郊区。

第七次，进军严衢，攻入寿昌。 1949年3月中下旬，浙东临委在诸暨陈蔡召开第三次扩大会议。为保障会议安全召开，张凡率"三大"和直属队近200人从浦西曹源出发，前往严衢地区活动。沿途先后袭击了敌建德大洋警察所、兰溪女埠国民党五十一师师部等敌据点，摧毁国民党13个乡镇公所和4个警察所，并开仓济贫。25日凌晨，一举攻入寿昌县城，俘敌

40 余人，缴获长短枪 32 支。27 日，在建德姜山宣布成立严衢办事处和严衢中队，钱方为党的特派员兼办事处主任、中队长，留下 10 余人武装，负责开辟严衢地区。

3 月 29 日，"二大"与路西、江南县大队一举攻克楼家塔敌据点，歼敌萧山县自卫队一个中队，给萧山之敌以沉重打击。

金萧支队和地方武装通过一系列军事行动，在富春江两岸开辟了大片游击根据地，先后建立了路西、江东、路北、江南、江西 5 个县政府和江北、严衢、天目 3 个办事处。1949 年 4 月上旬，粉碎了国民党二一六师、二〇三师对我根据地的"围剿"。到 1949 年 4 月底，金萧支队和地方武装、党政人员发展到 4200 余人。

1947 年 1 月至 1949 年 5 月，金萧支队暨地方武装共进行大小战斗 100 余次，毙伤敌 268 人，俘虏 1661 人，敌军起义 769 人，投诚 370 人，共缴获各式小炮 43 门、重机枪 6 座、轻机枪 141 挺、自动枪 23 支、步马枪 1992 支、短枪 131 支，烧毁敌军车 50 辆。

1949 年 4 月底至 5 月初，在解放军进军浙江的形势下，金萧支队先后解放了分水、新登、临安、萧山、桐庐、浦江 6 座县城；配合大军接管了吴兴、富阳、建德、寿昌、兰溪、金华、义乌 7 座县城；并策动了国民党湖州专员公署专员率部投诚。5 月 18 日，金萧支队与南下干部在桐庐胜利会师。5 月 22 日，金萧支队奉命撤销建制进行整编，光荣地完成了历史使命。

浙东人民解放军金萧支队纪念馆

金萧支队英勇顽强的战斗故事、秋毫无犯的群众纪律、坚韧不拔的革命意志，深深地印在了新合乡人民群众的心里。

1986年，新合乡被浙江省人民政府命名为"革命老区"。为了继承和发扬革命光荣传统，1996年新合乡党委、政府在雅坊电站设立了金萧支队陈列室，建造了纪念亭，栽种了缅怀金萧支队政委张凡和支队长蒋明达同志的纪念树。是年，陈列室被列为杭州市爱国主义教育基地。由于陈列室设施简陋面积小，无法容纳众多的来访者。2004年7月，中共桐庐县委、县政府决定在当年金萧支队后勤基地所在地——新合乡新四村山桑坞口新建浙东人民解放军金萧支队纪念馆。纪念馆占地面积4000余平方米，2005年6月中旬动工兴建，2006年5月竣工并通过验收，总投资100余万元。

原浙江省委书记薛驹为纪念馆题写馆名。

新建成的浙东人民解放军金萧支队纪念馆环境优美，设施齐全。主体建筑高二层、建筑面积650平方米，馆内一楼200多平方米展厅所展出的历史照片、图表和实物，真实而全面地记载了金萧支队可歌可泣的战斗历程。二楼现为原新合乡党委副书记、乡长陈柱平和副乡长钟伟良英雄事迹陈列室及会议室。纪念馆前部建有纪念亭、停车场和园林等附属建筑；后部建有革命烈士纪念碑、镌刻着在金萧地区牺牲的230名战士英名的"英烈碑"、金萧支队政委张凡和支队长蒋明达同志的"纪念墓"。总体设计大方而合理。

2006年6月27日上午9时，"浙东人民解放军金萧支队纪念馆"开馆仪式在桐庐县新合乡山桑坞口隆重举行。县委书记邵胜、县委副书记王斌鸿、原金萧支队干训班指导员石云山、省新四军历史研究会第一会长杨彬等出席开馆仪式，并发表热情洋溢讲话，表示热烈祝贺；原金萧支队老战士，省、市新四军研究会的领导，金华、诸暨、浦江、富阳等县市新四军研究会嘉宾，桐庐县乡镇、街道、县党工委、县级机关有关负责人，县新四军研究会全体成员以及新合乡的干部群众共300余人参加了开馆仪式。

纪念馆的建成，为继续深入挖掘解放战争时期金萧支队在新合乡的革命活动资料提供了平台。原金萧支队老同志借助这个平台，相互联系，相互印证，不断完善、不断丰富这些资料。特别是自 2006 年纪念馆建成以来，桐庐县委党史研究室和桐庐县新四军研究会先后完成《浙东人民解放军金萧支队纪念馆图片集》《蒋明达文集》《金萧支队在桐庐》等书籍的编纂和发行。

革命老区新合乡是桐庐革命斗争史上最具有历史意义的一块红色圣地。至今，在这片红色土地上仍存有多处金萧支队革命旧址遗存，如山桑坞村的后勤部、被服厂、修械所遗址，旧庄村的干训班旧址，湖田村的后方医院、金萧报社旧址，高枧村的抗日民主乡政府旧址，引坑村的千人大会遗址等，它们都给予这段历史最有力的见证。而新建成的浙东人民解放军金萧支队纪念馆则汇聚成这段红色历史最辉煌的篇章。

浙东人民解放军金萧支队纪念馆作为纪念和瞻仰金萧支队光辉战斗历史、弘扬红色传统、传承红色基因的场所，自开馆以来，每年清明节前后，前来缅怀革命先烈、接受红色教育的党政干部、学校师生及社会各界人士络绎不绝。现已成为浙江省党史教育基地、杭州市党史教育基地、杭州市爱国主义教育基地、杭州市红色文化研究中心、县级党员活动基地、中小学生教育基地、廉政文化建设基地。

在金萧精神的鼓舞下，乡党委政府正引领着全乡人民不断开拓创新、继续艰苦奋斗，在新合这块红色土地上，开创革命老区全新的未来。

新合乡红色文化旧址、遗址

浙东人民解放军金萧支队纪念馆

纪念馆坐落于桐庐县新合乡山桑坞自然村村口，前身是设立于新合乡雅坊电站内的金萧支队陈列室，原系杭州市爱国主义教育基地。新馆于2006年5月建成，占地总面积4000余平方米，主体建筑高三层、建筑面积650平方米，附属建筑有金萧支队纪念亭、革命烈士纪念碑和政委张凡、支队长蒋明达的纪念墓，以及停车场和园林等，总投资150余万元。

纪念馆展览大厅以图文并茂的形式，展出珍贵的历史照片 200 多幅，上级的指示、文件、学习资料 50 余件，金萧报、战斗日记、金萧徽章、生活用品、木制缝纫机等实物数十件，完整、全面、真实地再现了新四军浙东游击纵队金萧支队（史称前金萧）和浙东人民解放军金萧支队（史称后金萧）在人民群众的鼎力支持和无私帮助下不断发展壮大的光辉战斗历程。

原中共浙江省委书记薛驹同志为纪念馆题写馆名。纪念馆现为浙江省党史教育基地、浙江现代革命历史文化研究基地（杭州红色文化研究中心）、浙江工商大学杭州商学院实践教育基地、杭州市爱国主义教育基地、中国画城·潇洒桐庐红色茶乡游基地、新合乡青年干部党性教育基地。

浙东人民解放军金萧支队后勤部遗址

遗址位于新合乡新四村山桑坞自然村村口。1948 年 9 月，金萧支队后勤基地在新合建立后，后勤部的管理机构也从小到大发展到 10 多人，并成立党总支委员会。所属各单位先后成立党支部和直属党小组。据不完全统计，到 1949 年 5 月，金萧地区各县解放止，后勤部共有党员 35 人。后勤基地的发展壮大对金萧地区武装斗争的胜利做出了巨大贡献。1949 年 4 月中旬，在国民党二〇三师的"围剿"中，后勤基地被破坏。

浙东人民解放军金萧支队被服厂遗址

遗址位于新合乡新四村山桑坞自然村的天堂山上，距山桑坞自然村约5公里。

被服厂建立于1948年9月，从两台缝纫机起家，发展到拥有缝纫机20台、职工四五十名，能生产军衣、被子、子弹带、饭包袋等配套军需品，具有一定规模的工厂。1949年4月，在国民党二〇三师"围剿"中被烧毁。

浙东人民解放军金萧支队修械所遗址

遗址位于新合乡新四村山桑坞自然村的山桑尖，距山桑坞自然村约3公里。

1948年9月，修械所初建时只有两个师傅、一副铜匠担，以修理简单

的枪械零部件为主，后发展到翻砂、浇铸、装配一条龙，能自制进攻性武器——手榴弹的"洋工厂"。到 1949 年 4 月被国民党二〇三师破坏时止，共修理各种长短枪 100 多支，自制手榴弹 3000 多枚。

浙东人民解放军金萧支队金萧报社遗址

遗址位于新合乡新四村湖田自然村。

金萧报社前身为鸡鸣社，从 1949 年 1 月 14 日创刊，到 5 月中旬结束，每三日一期的《金萧报》共出刊 45 期，以及不定期的《金萧画报》10 多期，通俗的《群众报》7 期，并仍用鸡鸣社的名义刻印了《论共产党员修养》《论领导》《李有才板话》《王贵与李香香》等书籍和连环画，不仅为金萧战士提供了信息和学习资料，而且对发动群众、组织群众、宣传群众起到了积极的促进作用。1949 年 4 月，在国民党二〇三师"围剿"中遭到破坏。

浙东人民解放军金萧支队后方医院旧址

旧址位于新合乡新四村湖田自然村。

1949 年初，后方医院在诸暨金岗坪、石门村一带流动工作，当时共有军医 5 人、护士卫生员 18 人、事务人员 4 人。1949 年春，转移到桐庐四管乡（现新合乡）金萧支队后勤基地，在湖田、丁家岭、野丫等小山村流动开展工作。1949 年 4 月，在国民党二〇三师"围剿"中被破坏。正在湖田自然村疗伤的十几个伤病员，在当地群众的帮助下，从后山安全撤出。

浙东人民解放军金萧支队干训班旧址

旧址位于桐庐县新合乡新四村旧庄自然村。

金萧支队自 1948 年 9 月正式成立后，连续进行 7 次外线出击，沉重打击了国民党反动统治，扩大了

游击根据地。1949 年初，在解放战争取得决定性胜利大好形势的鼓舞下，各地有志青年纷纷投奔革命队伍。为适应大发展的新形势，金萧支队前后共举办了 7 期短期干部训练班，共培训学员 600 多人，其中大、专院校学生有 400 多人。由于流动性较强，干训班没有固定的校舍，新合乡旧庄的厅上是举办干训班较多的一个地方。

浙东人民解放军金萧支队"千人大会"旧址

旧址位于桐庐县新合乡引坑村的钟氏大屋，系清中晚期古建筑，现为省级文物保护单位。

1949年3月14日，金萧支队在新合乡引坑村召开公审叛徒郭如权的"千人大会"。公审大会由江东县长兼人民法庭庭长陈相海主持，由政法大学的一个学生担任法官，李子青等控诉叛徒罪行，最后法官宣布对郭处以极刑。参加公审大会的有金萧支队直属队、路西、江东等县的干部战士和当地人民群众共千余人，故称"千人大会"。

浙东人民解放军金萧支队政委张凡、支队长蒋明达纪念墓

纪念墓位于新合乡山桑坞口金萧支队纪念馆后山。

张凡 原名顾德熙，上海青浦上达村人，1915年9月29日出生。1936年7月加入中国共产党，1939年冬当选为中国共产党第七次全国代表大会代表。张凡同志先后任中共铜繁无中心县委委员、中共青浦县委组织委员兼民运部长、中共淞沪工委书记、中共浦东工委书记、浦东人民解放总队总队长、浙东人民解放军金萧支队政委等职。

张凡任金萧工委书记兼金萧支队政委期间，带领部队连续进行7次外

线出击，扩大了游击根据地，实现了浙东临委打通浙皖通道的战略意图。

中共七大代表、浙东人民解放军金萧支队政委　张　凡

解放后，张凡同志历任中共临安地委书记、浙江铁工厂党委书记、浙江省工业厅副厅长、省人委工办副主任、重工业厅和机械工业厅副厅长、省政协常委等职。

1996 年 3 月 29 日，张凡因病医治无效在杭州逝世，享年 81 岁。

张凡对桐庐人民有着深厚的感情。1996 年 4 月 19 日，根据张凡遗愿，将他的部分骨灰撒入桐庐富春江。1997 年 6 月，金萧支队老战友在桐庐县革命老区新合乡修建了张凡纪念墓，2006 年迁至金萧支队纪念馆后山，供人们瞻仰。

蒋明达　原名蒋德灿，浙江诸暨冠山乡霞度村人，1922 年 3 月 8 日出生于农民家里。1938 年 4 月参加中国共产党，先后任渎溪分区区委书记、中共江东区委书记、中共江藻区委书记兼区长、中共诸北特派员、中共路西工委书记、会稽山人民抗暴游击司令部副政

浙东人民解放军金萧支队支队长　蒋明达

委、中共路东县委书记兼县长、中共路西工委书记、金萧工委副书记、浙东人民解放军金萧支队支队长、浙东行署第三专署专员等职。

在革命战争年代，蒋明达同志身患伤病坚持为党工作，表现出高度的革命事业心。他立场坚定，不畏艰险，敢于斗争；工作考虑周到，处处依靠群众；善于团结同志，放手使用干部；坚决执行党的政策，处事果断，

作风雷厉风行。因此，在金萧地区各县人民群众中享有很高的声誉。由于他在革命年代的功绩，1956 年荣获国防部颁发的独立自由奖章和三级解放勋章。

解放后，蒋明达任中共建德地委副书记兼建德军分区副政委。1956 年10 月，从部队转业到地质部水文局筹备组 904 地质队，为发展大西北的地质事业做出了贡献。

1987 年 8 月 14 日，因患脑溢血，抢救无效，在北京逝世，终年66 岁。

1998 年 6 月，金萧支队战友在桐庐县革命老区新合乡修建了蒋明达纪念墓。2006 年迁至金萧支队纪念馆后山，供人们瞻仰。

周秋水烈士纪念碑

纪念碑位于新合乡新四村丁家岭自然村公路旁。

1949 年 4 月中旬，国民政府军二〇三师集中六〇九团全部和师部突击营，联合浙保王之辉等部共 2000 多人，携带迫击炮、六〇炮 20 多门，轻重机枪 80 余挺，分四路偷袭桐庐四管乡金萧支队后勤基地，抢走军用物资，放火烧毁军用设施，对后勤基地进行全面封锁。在被敌人围困的第三天，隐蔽在山上的同志已经粮尽水绝。金萧支队被服厂总务周秋水同志为侦察敌情，给同志

们搞点食物冒险下山，不幸被埋伏在路旁的敌人抓住。在敌人严刑拷打面前，周秋水同志坚贞不屈，守口如瓶。敌人无计可施就惨无人道地用锯子锯下他的头颅，挂在丁家岭村旁的柏树上示众。

为了弘扬烈士大无畏的革命英雄主义精神，1999年8月，中共新合乡党委、政府在丁家岭自然村公路旁立碑纪念。

新民乡抗日民主政府旧址

旧址坐落于桐庐县新合乡新民村高枧自然村，为清中晚期古建筑。

1945年5月，活动在浙西北一带的苏浙军区新四军四纵一部，遵照华中局的战略部署，在富阳县境汤家埠渡富春江，与战斗在浙东的新四军二纵及金萧支队并肩转战于浙赣铁路以西的金萧地区。

5月下旬，中共金萧地委和金萧支队在诸暨、富阳、桐庐、浦江4县交界处成立中共路西县委和路西县抗日民主政府。6月，在浦江的马剑（今属诸暨市）、平湖和桐庐的四管（今新合乡）等乡的交界处成立平湖区。8月初，在四管乡高枧村成立新民乡抗日民主政府。

1945年9月底，新四军金萧支队主力北撤，国民党二十一师从桐庐、诸暨兵分两路，在桐、富、诸、浦4县国民党自卫队的配合下对新民乡进行"联合围剿"。抗日民主乡政府遭敌破坏，藏在乡政府楼上的 3 万多斤公粮被敌人抢走，引坑村的钟本金、何家村的何寿康等一批优秀的共产党员惨遭敌人杀害。

1999 年 8 月，中共新合乡党委、政府在新民乡抗日民主政府旧址立碑纪念。2003 年 1 月，桐庐县人民政府公布新民乡抗日民主政府旧址为县级文物保护单位。2006 年，桐庐县文管会拨款 4 万多元对房屋进行了维修，现为桐庐县爱国主义教育基地。

红色堡垒——雪水、山桑坞、丁家岭

  雪水、山桑坞、丁家岭都是离雪水岭不远的 3 个小山村，不同之处是雪水、丁家岭处于进出新合西线之路的路旁，而山桑坞则比较隐秘，处于西线之路的右边，要过旧庄溪，再往西进 3 华里才看得见村庄。然而，就是这 3 个普普通通的小山村，在解放战争后期却是浙东人民解放军金萧支队的红色堡垒之村，也是金萧支队重点保护之村。

  驾车驰骋在柴雅线上，穿越雪水岭隧道后，进入新合境内，忽觉天地宽敞，高山流水，满目青翠。经过两次拓宽的公路，宽阔而平整，路况明显比隧道外面好了许多，悬挂在公路两旁路灯杆上的红色文化路标让人耳目一新，似乎在提醒人们，你已经进入革命老区。雪水自然村在白墙黛瓦装饰下的"农家乐"，与屋前建在小溪之上的别致草亭，安静地伫立两旁，好像在恭候客人的到来。

  70 多年前的雪水自然村，偏僻而荒凉，进出村庄都是羊肠小道，崎岖难行，人迹罕至。然而，由于当时她地处进出新合西线之路路边，到县城又有海拔 600 多米的雪水岭这道天然屏障，这一特殊的地理位置，使雪水村成为浙东人民解放军金萧支队进出新合的桥头堡，部队行军打仗、战后休整，经常宿营于此。村民陈根行回忆："我家是支队长蒋明达经常住宿的地方，他们经常是后半夜来，次日前半夜走。""三源的钟喜生是雪水叶方茂的堂舅，有一次，他带钟庆元（系地下党员，编者注）到雪水找蒋明达，步哨将他们带到我家。蒋明达不认识钟庆元，问口供都是用钢笔写在纸上。谈话开始，蒋明达叫我们暂时离开，我就来到后半间屋里。但他们谈话却没有声音，我感到好奇，透过草披一看，只见钟庆元在纸上写着什么，光写不说话，蒋明达边看边不时点头。因为当时用钢笔的人很少，所以我对此印象很深。他们谈话不久，金萧支队就攻打了翊岗关帝庙。因此，我估计钟庆元是来送情报的。"可以这么说，金萧支队和支队长他们一来，雪水便成为传递情报的联络中心和制定作战计划、研究战斗部署的指挥中心。

1985 年 5 月 24 日，原金萧支队老战士周挺旧地重游，感慨万千，写下《重访雪水岭有感》诗一首：

> 雪水岭，雪水岭，羊肠小道有险境。
>
> 风潇潇，雨沥沥，游击队员汗淋淋。
>
> 雪水岭，雪水村，茅房数间常宿营。
>
> 擦枪械，备担架，歌声阵阵彻山岭。
>
> 雪水岭，雪水岭，山高林密摆战阵。
>
> 枪声急，炮声隆，人民爱护子弟兵。
>
> 雪水岭，雪水村，战士重访白发生。
>
> 叙往事，笑颜开，难忘军民鱼水情。

周挺（1925~1998），浙江诸暨人。曾任浙东人民解放军金萧支队突击队队员、江东县窄溪（桐南）区区委书记、区长，桐庐办事处副主任，1953 年调上海市工作。

离开雪水，沿着红色文化路标指引的方向前行 3 华里左右就是山桑坞口，一座硕大的牌楼矗立在柴雅线的右边、旧庄溪的左边，上书"金萧支队革命教育基地"，两边是"缅怀先贤弘扬铁军精神""振兴中华实现民族昌盛"的楹联。一座长10米、宽5米左右的石拱桥跨过旧庄溪，连接着对岸一条宽约4米左右的油路，沿着弯弯曲曲的天堂源小溪向大山深处延伸，转过两个山塆才看得见隐藏在深山老林的山桑坞自然村。

建在"天堂"的"被服厂"

20世纪40年代末期，浙东人民解放军金萧支队设在诸暨、浦江的被服厂连续遭到敌人破坏。在敌人到处疯狂搜查、遍地布置密探的情况下，部队的后勤机关在诸暨、浦江一带山区已难以立足。然而这一时期部队发展很快，前方急需各种军需物资，特别是军装。因为其他物资还可以设法搞到，但军衣就毫无办法，只有建立自己的被服厂才能解决。

1948年9月中旬，支队长蒋明达亲赴桐庐四管乡山桑坞，在当地群众杨金土带领下，踏勘周边地形。山桑坞、天堂山、山桑尖等地隐秘的环境，优越的地理位置和良好的群众基础，成为金萧支队建立后勤基地的首选之地。当地群众杨金土回忆："1948年9月间，金萧支队支队长蒋明达同志带领部队来山桑坞勘察地形，当晚住宿我家。第二天我和哥哥两人背着一只皮包，带着他们攀悬崖走峭壁，上了'天堂'（地名），在一个草蓬里住了两夜。晚上，他和我睡在一起，他动员我参加革命，我说父母年老，家境困难，他答应困难可照顾救济。就这样，建立联络站后，我担任了联络员。"

"被服厂"是后勤部的主体，最初设在"天堂"。这里是上龙门悬崖峭壁、下龙门左右岩涧，清流横断的一块仅三四厘面积的平地，要攀藤上下。先有两部缝纫机起家，主任夏威（郭慎敏）在他末到职前，由他的爱人陈芝英负责并任被服厂厂长。被服厂扩大后，迁到花埠，颜利君来厂，负责搞物资收发。还有一个姓沈的会计，周秋水同志任总务。在夏主任来之前，上级党派来一名从部队里当过科长的徐益鸣同志当代副主任，他在解放初曾任桐庐县粮食局局长。被服厂工人来自五湖四海，我常以本地人之便给予照顾。这支队伍不断壮大，发展到18台缝纫机（实际可用的是16台），"天堂"容纳不下，便迁徙到天堂附近的花埠。这时，已能生产大批服装。单为解放寿昌县留作奖品用的衬衫就有1300余件储存，说明已有一定的军需实力了。

被服厂所在地天堂山，山高林密，荒无人烟。从山桑坞出发到天堂山有10华里之遥，一个小时左右的路程。一路是崎岖难行的羊肠小道，弯弯曲曲，节节爬高，艰辛无比。即便是空手往上攀登，到达那里也会累得气喘吁吁，甚至汗流浃背。到了天堂山，山上有条下雨才有水的小溪，沿小溪下去不远，有一处五六米高悬崖峭壁，一根粗粗的藤蔓悬挂其中，顺藤蔓攀援而下，是一个20多平方米的小平台，旁边有一股清清的小山泉，"滴答，滴答"一天到晚滴个不停，积攒起来足够几个人的饮用。被服厂建在这个地方既隐蔽安全又可解决生活所需，十分理想。只是进出不太方便，要攀着藤蔓上下，可想而知当时被服厂这么多物资运进运出，工作是多么的艰难，而这一切都是山桑坞当地群众帮助完成的。

被服厂建起来后，需要缝纫机和工人，支队部侦察到诸暨二十都高城头镇上有两部缝纫机和两个工人，就用武装去把他们"请来"，并连夜赶到四管乡。第二天，被服厂就正式开工。

上世纪80年代中期，金萧支队老战士故地重游，回忆起当时的情景，无不感慨地说："我们要把布匹送到那里，再把做好的军衣拿上来，送到部队，这过程的运输工作十分艰巨，全靠当地群众肩挑背负，没有他们，我们真的寸步难行。光爬山跑路就够呛了，空手走到那里都累得气喘吁吁，更不要说背东西了。那条路当地老百姓叫它野猫路，因为树木蔽日，荆棘丛生，只有野猫才钻得过去，人要走过去非常困难。"

在那段艰难困苦时期，后勤部主要依靠山桑坞的杨金土、天堂山的虞木根和住在天堂山脚下的陈其善等几个拥护共产党、支持革命队伍的基本群众帮助做些事情。这些基本群众保密工作做得非常好，就连山桑坞其他几户人家也不知道这些人究竟在干什么。

到12月的时候，随着军装等物资的需要量越来越大，被服厂也慢慢扩大，原来的小平台已不适应，后勤部开始筹建新的被服厂。这时候由于来往人员频繁，知道内部情况的人也多起来了。后勤部在做好群众工作的基础上，将被服厂转移到花埠，这里场地大，有回旋余地，离后勤部又近。当时后勤部在山桑坞自然村天堂源（溪）对面的一块平地上，临时搭了一个茅草棚，作为办公场所，国民党二〇三师"围剿"时被付之一炬。

被服厂搬迁到花埠，扩大后需要建更多的厂房，而山桑坞因劳力少又不内行，所以请雪水岭与丁家岭群众来帮忙。据雪水岭群众陈根行回忆："金萧支队后勤部迁来山桑坞后，要搭9个茅草舍，因山桑坞人不内行，杨东喜就叫我、吴贤奎、叶有庭等去帮忙。我们去搭草舍，上下也没空手，上去一担布，下来一担制服。当时对去山桑坞的人审查非常严格，不熟悉、不可靠的人不让去。"

厂蓬搭好后，缝纫机增多，人员增加，任务也更繁重。棉衣、被子、子弹袋、饭包袋、雨伞袋、绑腿等等，凡是部队用的、用布匹能做的东西全部在这里加工生产。原桐庐县人民医院离休干部颜利君，于1949年1月参加金萧支队，经过半个多月的短训班学习，被分配到被服厂当收发出纳，据她回忆："被服厂设在山桑坞后面的花埠山顶上，离后勤部只有3

里多路，是一个非常隐蔽的地方，全厂有 18 台缝纫机，40 来个人，是后勤部下属最大的单位。厂长陈芝英，是后勤部主任夏威（即郭慎敏）的爱人，为人热情，工作勤恳，既是我们的领导，也是我们的知友。来到被服厂的那天，给我发了一套蓝灰色的军装和生活用品，虽说发的东西有限，可是对只有一套衣服入伍的我来说，已是心满意足了。"

四管乡的人民群众对后勤基地的工作非常支持。当时山区条件艰苦，特别是山上没菜，所以同志们几乎天天吃从诸暨、浦江等地采购来的虾皮、榨菜和干菜，而吃不到新鲜蔬菜。大家干活睡觉都在一个地方，晚上摊开睡觉，白天收起，放好缝纫机干活。条件虽艰苦，但大家思想上很乐观，被服厂的同志编了几句顺口溜："走得野猫路，睡得着地铺，吃的虾皮霉豆腐，工钿一分无。"被服厂搬到花埠以后，情况有所改善，因当时从丁家岭一直到湖田都是金萧支队活动的核心区域，一般人是不让进的。所以可以放心大胆地去山下买点萝卜、青菜之类的新鲜蔬菜和其他一些必需品。据金萧支队老同志回忆，群众对金萧支队非常支持，当时山上有个烧炭妈妈种了一些蔬菜，经常送点给他们，各方面都很照顾。丁家岭有个叫龚金根的人，当时是国民党甲长，但他这个甲长经常为金萧支队服务。当时被服厂也有专门事务员，据被服厂炊事员陈金莲回忆："当时，有一个男的，寺前人，专门办菜，我负责烧。办菜人的妻子是山桑尖一户人家的女儿。湖田村钟本旺的妻子，叫菊香，也经常送菜来。"在当地群众的支持下，同志们不仅可以经常吃到一些新鲜蔬菜，有时群众杀猪也会送一些到后勤机关。当然，对群众送来的东西，后勤部严格遵守"三大纪律八项注意"，按市价付钱，因而部队在当地群众中口碑很好。

能制造手榴弹的 "修械所"

随着部队的不断壮大，枪械修理又成为一个新的问题，因此支队部决定筹建修械所。

杨金土回忆："1948 年 10 月，夏主任来了。他要我和本村农民刘法堂、杨东喜、杨金喜、楼法生、刘长青等人，就地取材，在山桑尖高山上搭起一横三间草舍，建立了'修械所'。负责修枪支、制造手榴弹。当时负责人是倪祖先（浦江栗树坪人，今属诸暨），有个学徒叫周士元（诸暨田东人）。后来发展到 20 余人，分工更细了：有个姓沈的所长（上海人）负责造手榴弹；一个姓李的所长负责修枪支。他曾带了 2 斤半金子，到上海去造子弹壳后撞针处的一个小部件，结果一去不复返，情况不明。"

山桑尖在山桑坞村西南，离村 5 华里左右，海拔 906 米，因多野桑得名。修械所之所以选址于此，因为山上原有刘法堂、刘长清两家住户，都是全力帮助和支持金萧支队的可靠群众。特别是刘法堂一家，其母亲帮助后勤部做饭，自己帮助后勤部挑东西，妻子黄美兰在被服厂帮助工作。刘长清则老实本分，后勤部叫他干什么就干什么。据金萧支队老同志回忆，他两家房子和家里的东西修械所可随便使用，所以设在这里既安全放心，又有房子可利用。

修理枪支的倪祖先、周士元俩人技术较好，不仅会修枪，连弹夹都能做，很快大批修复的枪支送到部队，增强了部队战斗力。

山桑坞、山桑尖的群众对修械所的工作非常支持，如制造手榴弹需要木柄，修械所的同志跟他们一说，他们马上表态："木头，山上有的是，你们需要什么木头就自己挑，随便砍。"

当时江东县桐浦区对修械所的支持也很大，后勤部主任郭慎敏回忆："我们修械所如果没有地方政府、没有群众的支持，就无法活动。特别是桐浦区区长周挺同志，我们有什么困难，只要一个条子给他，他总是照办无误，按时将我们需要的东西送来。当时需要很多材料，特别是做炼铁炉需要一个大油桶，就地根本无法解决，也只好交周挺同志他们去完成，他们也千方百计把它搞到了。"

在当地群众和江东县桐浦区的大力支持下，手榴弹很快造出来了，同志们都欢欣鼓舞。郁鹏飞等同志拿了几个手榴弹，到丁家岭一个比较开阔的溪边去试验，结果一点火还未来得及扔出去就爆炸了。郁鹏飞整个右手掌被炸的血肉模糊，手指头基本上只剩下几根骨头。幸好后方医院金彪医生等几个人在丁家岭，他们一看，手指头已无法保留，当时没有麻药，就直接用剪刀把几根骨头剪掉了，只剩大拇指。郁鹏飞忍受着没有麻药的剧痛，没有呻吟，没有叫唤，更没有埋怨和悲伤。

同志们分析手榴弹出手就炸的原因，主要是点火后延时 3 秒的问题没有解决。修械所专门组织力量攻关，解决了延时三秒的问题和铁的质量问题，很快造出了合格的手榴弹。从开始到被国民党二〇三师破坏为止，修械所共造出 3000 多枚手榴弹，增强了部队战斗力，在战斗中发挥了巨大的作用。

"炭窑山" 草棚里的 "鸡鸣社"

金萧报社的前身是鸡鸣社，一开始设在山桑坞的花埠。据杨金土回忆："1948 年 9 月间，有 3 位同志来山桑坞，他们是：寿晓霞（女）、杨絮（男）、小王（分水人），当时由我陪同到花埠的一块玉米地里，周围用砍下的树木围拢，堆砌成一个蓬子，金萧报社（鸡鸣社）就在这里开展工作。"

原金萧支队政治部主任杨光同志在《关于金萧支队第壹号布告诞生经过的说明》一文中写道："1948 年 12 月初，为了筹备出版《金萧报》，我和支队部派来的方福仁、施律等同志，来到桐庐县四管乡'鸡鸣社'（当时金萧工委的油印出版机构）住地附近的蟒潭顶山庄。这时，支队部正在部署第三次外线出击，急需一批阐明我党我军政策宗旨，适宜于国统区张贴散发的宣传品。我想起了 1945 年 8 月，新四军苏浙军区第四纵队挺进路西时沿途张贴的那张石印大布告，通俗生动，群众中印象很深。而采取布告这种传统形式，为各界人士所习惯，宣传效果比较好。于是，由我执笔起草这张布告，边起草边和方福仁等几位同志讨论修改。然后，送到支队部请张凡政委审阅后交给住在'炭窑山'草棚里的'鸡鸣社'去刻印。要求用仿宋铅字体刻印成对开白报纸大小（相当于现在的《人民日报》这样大小）。'鸡鸣社'把刻印任务交给磨刻仿宋铅字体大字技术最好的寿肖霞同志。她设计后日夜突击，磨刻在 7 张蜡纸上，然后，由油印技术最好的杨絮同志油印。印好后送到支队部盖上红色的关防和蓝色的支队长、政治委员的签名章。这张布告就这样诞生了。由于是解放战争时期的金萧支队成立后的第一张布告，所以编号是大字第壹号。"

从杨金土的回忆和杨光同志所写的文章中，我们可以看出，他俩所说的当时"鸡鸣社"设立地点和工作人员姓名都是相一致的，所以"鸡鸣社"开始设在山桑坞是肯定无疑。1949 年后，"鸡鸣社"改称"金萧报社"，人员增加，设备增加，要求提高，所刊印的学习资料增多，活动地点开始在丁家岭、野丫、湖田等村流动。

军民一家的"红色堡垒村"

在国民党统治区，后勤基地的建立，保密工作显得尤其重要。

杨金土回忆："后勤部是保障供给给养、武器的重地，理当十分保密，当时是很重视的。运输队运送物资必须人员可靠，为了迷惑敌人，还特地巧摆龙门阵。有一次，给刚到丁家岭的新战士送军衣，本来从花埠直接到丁家岭只有5里路光景，而我们送军衣的路线却是：翻过罗家源、绕道浦江小伏、剑蓬，打了十几天的'埋伏'后才到达目的地。"

"1949年农历正月，旧庄、湖田舞龙灯、跳竹马前来拥军。敲锣打鼓，热闹非凡。后勤部尊重群众习惯，热情接待并送红纸包。后来，获悉距离较远的雅坊村也要前来拥军，为了防止坏人混入，保卫后勤部领导派我和钟秋荣一起前往劝阻。此后，莫说一般群众不得随便进入山桑坞，就是我们自己的部队，大队长以下干部一般也只能在七里外的湖田村止步，不准进入。"

如此大规模的后勤基地，如此多的物资进出，要几个人保密容易，要全体保密确实不易。然而，雪水、山桑坞、丁家岭的群众做到了。后勤基地在此存在期间，从未发生过告密或泄密事件。因此，金萧支队老同志称这3个村是金萧支队的"红色堡垒村"。

当地群众不仅没有泄密，还千方百计帮助做好保密工作。杨金土回忆："1948年下半年，获悉丁谷匪部要从浦江方向来'围剿'后勤部，各联络站紧密朕系，我一夜间去那'天堂'来回三趟，给物资打'埋伏'（隐藏）直到天明。后来敌人进入深山，见地势险要，不敢轻举妄动，经过一趟，即匆匆离去。"

当时后勤机关，被服厂、修械所、后勤部基本是固定的单位，而金萧报社、后方医院却是流动的，但大多数时间都在雪水、山桑坞、丁家岭、湖田这几个红色堡垒的小山村流转。所以这几个村人民群众的负担也有所增加。当时山区人民大多以烧炭、种玉米为生，生活虽艰苦，但他们还是节衣缩食，将节约下来的粮食、鸡蛋和新鲜蔬菜优先供给部队和伤病员。后勤各单位所需的大批物资也靠这几个村的人民群众肩挑背扛来完成。他们攀援在悬崖峭壁之间，来往于崇山峻岭之中，将一担担的原料运进来，把一批批的成品送出去。当时家住丁家岭的余金林回忆："金萧支队后勤部在雪水、山桑坞一带，我们常常起半夜摸黑挑货，把布一担担挑回来，把制成品一担一担挑出去，一直送到浦江。"

众志成城的"后勤机关"

1949 年春节以后，随着辽沈、平津、淮海三大战役的胜利，全国解放战争取得了决定性胜利。在我党的号召下，一大批向往革命、具有崇高共产主义理想、经过学生运动锻炼的城市进步知识青年纷纷投奔革命队伍，前来参加金萧支队。经过干部短训班培训后，被分配到部队和后勤各单位，他们的到来提高了部队的政治素质和文化素质，活跃了部队气氛。分配到被服厂当指导员的伊黎，到了不久就为被服厂编了首歌曲：深山谷里没有人烟哟，茅草屋里被服厂哟，嗨唷，嗨唷嗨！被服厂里真勤劳唷，洋机声音整天响哟，嗨唷，嗨唷嗨！女同志们钉纽扣，一天到夜真正忙……大家唱得很起劲，气氛十分热闹。

后勤部的发展壮大，使部队指战员生活有保障，武器有补充，治疗有处所，情报联络畅通无阻，增强了部队战斗力，对金萧地区武装斗争的胜利做出了应有的贡献，但也引起敌人的警觉。

据颜利君回忆："1949年4月14日，国民党二〇三师金式匪部对我后勤部基地大举进犯，配合进攻的有诸暨、富阳、浦江、建德和桐庐等县的自卫大队，还有什么丁谷、王子辉部队，他们采取多路合围的办法，妄图把我们一网打尽。在支队长的领导下，大家迅速采取应急措施，我埋掉了账本等重要物品，跟着队伍向深山林中转移。

敌人在支队后勤部所在地的丁家岭、山桑坞一带，大肆抢劫掠夺。他们捣毁了后勤部的被服厂、修械所和金萧报社，抢走了机器、布匹、弹药和老百姓家里的东西，还放火烧山，妄想置我们于死地。幸而天公作美，就在敌人放火的时候居然下起了雨，加上春天草木萌发，火势很快熄灭。在被围困的艰难日子里，我们部队和内部之间，团结一致，患难与共。记得在被困的第三天，我们已是饥饿疲乏到极点，好心的周秋水同志（我们都亲热的叫他周总务）和一位姓杨的同志，受命去筹借粮食，不幸被敌人发觉，周总务受伤被俘，顽强不屈，惨遭杀害，头被敌人砍下挂在丁家岭木桥头的树上。

经过三天两夜的围剿，敌人除抢劫掠夺外别无所得，只好灰溜溜地往回撤。就在敌人要撤退的时候，我支队领导已作好多路追击的部署，敌人在退却的路上，丢下了一具具的尸体，抛弃了大量的布匹和枪支弹药，落得个处处挨打，溃不成军。

敌人溃退后，我们当即下山，一方面为周总务收尸，一方面做好安置群众的工作，然后从旧庄去金沙，准备解放富阳县城。"

杨金土回忆："树大招风，后勤部不断壮大，如被服厂不仅有18台缝纫机，还有轧棉机和专门的弹絮工场，从杭州等地秘密购进大批棉花、布料……换出大批军装、被服……修械所自制手榴弹不断增多，名声越来越大，敌人如芒刺背、坐卧不安，早就虎视眈眈、蠢蠢欲动。后趁主力支队部去四明山之际，国民党二〇三师金式匪部纠集浦、桐、诸等国民党自卫队于1949年4月14日兵分四路形成包围圈，大举进犯我山桑坞后勤部。当天，我方有20多名重伤员在湖田，在群众支持下，火速转移到黄南坞隐藏，后勤部人员自半夜3点钟得到浦江方向情报后，立即将物资'打埋伏'，到5时基本完成，7时烧好早饭，当时总共六七十人来不及吃早饭，全部上山隐蔽。后勤部同志藏在粗坞，修械所同志藏在高弄大，被服厂同志在茶坪尖。群众为了保密，机智地将烧好的满锅大米饭上盖满猪草，伪装成猪食。雪水岭股匪被发觉得最早，时驻戴家畈（今三源）的我方哨兵立即开枪，打死敌尖兵一名。我部队在雪水岭边打边撤，阻击达8小时之久，赢得了隐蔽和埋藏物资的时间。上午7时左右，敌人进扰山桑坞，他们仗着人多势众武器精，气势汹汹地向高山上盲目开炮、打枪。我粗坞一排草舍中弹起火，藏着的解放寿昌时所缴获的战利品，如自行车、电话机、布匹等物资被烧毁。继而烧山，当时正是阳春三月，草木放青，敌人花了九牛二虎之力，点着了的火一会儿又熄灭了，他们束手无策，只好提心吊胆地守候着。第二天，敌人开始搜山，我藏在花埠的被服厂大批物资被抢劫。这些匪徒，见新服装眼红了，都脱去他们的破旧内衣，换上了我们的新灰衣，这股匪徒撤退到浦江罗家住宿。另一股匪徒退出到湖田、旧庄、丁家岭村骚扰。开始我和后勤部科员、会计一同隐藏在粗坞。次日后半夜，我们摸着黑，经罗家、小伏项家，前往诸暨石门支队部报告情况，晚饭后又回到山桑坞。"

反"围剿"战斗的胜利

"1949年4月16日，威震敌胆的我'八大'赶来，敌军闻讯连午饭也不敢吃，惊惶失措分两路往浦江方向逃窜。朝引坑方向逃跑的匪徒在盛村婆畈溪滩遭到我从石门返回的支队伏击，狼狈逃窜，过盘山岭逃跑的股匪，遭到我从兰溪方面特地赶来的第八大队的阻击。敌人知道碰上了'八大'，如老鼠见了猫，早已吓破了胆。当时，我方虽仅80余人，敌方110多人。由于我'八大'英勇善战，捷足先登，抢先占据岭头，居高临下，打得敌人几乎全军覆灭，弃物逃跑。我大战大捷：夺回被抢劫的大物资；计白色龙头细布500多匹，灰色细布400多匹，衬衫衣裤1700多套，灰色制服300多套，缝纫机16架，还缴获大批枪支弹药；抓获四五十名俘虏。逃回到浦江县城的匪军，竟将浦江县仓库枪支发出抵数，还自吹自擂'庆功祝捷'。"

这次"扫荡"，敌人横行三天，我后勤部遭到严重破坏：被服厂被捣毁，大批物资被抢，修械所遭焚毁，被服厂周总务被杀害。由于根据地已暴露，后勤部被迫撤离。到旧庄住一晚，到马剑筛坑、情家山住一个月。被服厂在马剑、塘坞流动，继续加工军服。山桑坞黄美兰母女房屋被烧，接着也参加了被服厂。修械所因机械设备被毁，被迫停工。不久，大军渡江，金萧支队先后解放各县城，后勤部完成了历史使命。

国民党二〇三师"围剿"后勤基地，使四管乡损失惨重，8户老百姓的房屋被焚毁，3万多斤粮食被抢走。但当浙东行政公署第三专署派员随带2000斤粮食前来慰问时，群众却要慰问的同志将粮食转献给部队，他们说："只要把'老中央'打光，我们现在吃点苦也不要紧呀！"这感人肺腑的语言充分表达了根据地广大人民的心声。当年，正是有了这种闪光的思想，才使我游击健儿在敌人的"围剿"中能以少胜多、以弱胜强，打败了装备优良、疯狂残忍的国民党正规军。

在二〇三师"围剿"中，我后勤机关虽物资、设备遭受重大损失，但人员除周秋水牺牲外，其他都安然无恙。

周秋水，诸暨人，金萧支队后勤部被服厂总务。国民党二〇三师"围剿"后勤基地时，同志们被困守山桑尖，三天未进食。他冒险下山为大家找粮食，被敌人抓住，在逼供面前，他守口如瓶。敌人残忍地用锯子锯下他的头颅，挂在丁家岭路旁的柏树上示众。同志们收敛他的遗体时，在贴身衣袋里找出一张已填好的入党志愿书，在"你为什么要加入共产党"一栏里，他写着："打倒财主""打倒蒋介石""革命到底""帮穷人翻身""人人有饭吃"……朴实的语言，没有虚伪和浮华，只有真诚和向往，更是一个先进分子牢记于心，并为此奋斗终身的初心和使命。

天堂谷

　　驰桐新公路，至桐庐县新合乡山桑尖坞口伫立桥头，隔溪仰望，左一个山嘴，右一个山嘴，如双狮镇守，一门出入。若不是眼前的石桥、油路伸展，哪会想到这里面竟有一条漫长的通道，有一个幽深的大山谷，而且是一条革命战斗的山谷呢。

　　原先，这里架的是独木小桥，狭隘的山麓小径，左转弯，右转弯，步步升高，慢慢狭窄起来。约行里许，只见左右又伸出两个山嘴合围，仅有一条丈把阔的山涧从中流泻，犹如双虎把关。止步观察，啊，多峻险的地形呀！要是两军对垒，只要争先占据左右两个山坡，就易守难攻，坚如铜墙铁壁，真有"一夫当关，万夫莫开"之险。难怪当年新四军金萧支队选择在这个山谷里开辟总后勤部呢。踩过几个石丁步过了涧，再前进里许，还是不见一房一舍，山谷特有的宁静，叫人摸不透此谷究竟有多大多深？正疑着，左边又伸出一个山嘴，挡住了去路，路边长着几棵大伞般的古老梓树，浓黑茂盛，翠色欲滴。这就是南方村寨的标志—村口树了。从树下穿过，拐弯就到了山桑坞村，坐落后山脚下，面对前山。山高林密，地面狭小。村前山涧潺潺流过，禽兽啼鸣，鸟语花香。真有那种"破额山前碧玉流，骚人通驻木兰舟（柳宗元）"之感，让人留恋。

　　原来这里只有杨姓两户人家，1948 年 7 月的一个晚上，新四军金萧支队长蒋明达，亲自率领一支几十人的小部队来到这里，察看地形，选定在这里开辟"支队总后勤部"。这天，他们并不进屋打搅百姓，只是向老乡借了点干稻草睡在人家门口。走了，又将干草归还。在那兵荒马乱的战争年代，老百姓见到这么一支纪律严明、秋毫无犯的好部队，就乐意为他们做向导、办事。从此，这里就成了支队总后勤部的交通站。跨过村前的小木桥，沿着坑涧而上，约五六十米出现了一条岔道。高大的前山嘴与左边另一座更高峻的大山绵沿在一起。抬头望，迈千级石阶沿山湾盘旋而上，直至山顶，那里就叫"山桑尖"。从前这里也住着两户人家。当年总后勤部的修冶所就设在这里，为部队修理枪支制造手榴弹。

继续沿涧流直上，拐过一个大弯，来到山冈尖脚下，出现了一块平坦的山地。这里就是当年总后勤部所在。纵深前进，海拔越来越高，山势越来越陡峭，山峦层层叠叠，把天地挤得越狭小。涧水冲击着大小石块，水花雨星飞溅，不禁会想起王维在《山居秋暝》中的"明月松间照，清泉石上流"之同感。径直行七八里崎岖山径，前面豁然开朗起来，出现了一个较为平坦的大山谷，这里土名叫"天堂"。是啊，在这穷山坞底，居然能有这么片平旷的谷地来哺育这两户山民，而且风景如此秀丽，不真是一个"山间天堂"嘛。举首四望，全是悬崖，金色的阳光照耀着苍绿的峭壁，峭壁上长着无数有趣的小草，开着各色无名小花。若是阳春来游，此间山花烂漫，更有一番美的享受。

从天堂向右往上登，矗立着一座巨大的悬座巨石俯瞰着奔流，似乎随时都可能从半空中坠扑下来，让人惊心动魄。崖石上垂挂着几条葛藤，绿叶丛中挂着一串串紫藤花，这就是美丽的野生紫罗兰吧。

登上悬崖，更觉离奇了。谁知悬崖上面却非常平旷，上方更有一座陡峭的山崖突兀而起，像个大跳台似的伸展出来，罩盖着下面好大一片地方，形成一个敞口的天然厅堂，这里就叫"中天堂"。当年总部就在这方谷地上办起了"被服厂"。开始仅有两架缝纫机，后来增加了两架，直增加到18架。这支生命力旺盛的人民军队，从开始的60多人，迅速发展到

4000多人，所需军衣、军帽、被子、弹带、绑腿等等物资全从这里供给。从中天堂继续向上爬，不远处又有一片平坦的谷地，这里叫上天堂。右边一个山峦叫"馒头顶"，当年的战时医院就设在这里。

从上天堂上登不远，就是山岙岙了。伫立岗巅，头顶蓝天，昂首举目，气象万千，如登长城，似履九天。翻过山岙，左通浦江、金华，右贯桐庐、建德。若从右边山冈穿越连绵的山峦，又可绕回到山冈尖修治所了。山岙两边，双峰插云，登高远眺，八面景物，尽收眼底。支队就派一个小排的战士在这里分设左右两个岗哨，担任警卫。居高临下，鸟瞰四方。啊，好一个天然瞭望台呀！而且山势平旷，可供空降停机。

从山岙顺着右边另一条山湾直下，就可以回到村前的叉道口了，这条山湾较为宽敞，林木丛生，曲折崎岖，时而蜿蜒山径，时而插足石阶时，而越深涧，时而越高坡。谷中多宝，正是采野狩猎的好处所，妙趣横生。下坡一半路程，出现一片旷野，淙淙涧水，被许多奇形怪状的石块分成几泓而下，人立其中，如入仙境，正是小憩摄影的好镜头。总后勤部的设施极其简陋，全是临时搭就的茅蓬草舍。缝纫师、军械师、医师等，都是从上海、福州各地招聘来的。穷山荒野，什么也买不到。外面到处白军封锁，粮菜物资运输异常困难，有时只能成天吃菜干。生活是这么艰苦，可闹革命的干劲，打天下的壮志又是那么坚定，一心建立新中国。越是荒山野坞，一到夜晚，就越显得寂静可怕。尤其是战争年代，更会充满一种格外的恐怖。唯有山桑坞这个十里长谷，一到夜晚，却立时沸腾起来。总部的所有枪械弹药、军需物资、粮食蔬菜的进进出出，全须在夜间秘密输送，而且全凭人力。这个繁重艰巨的任务，新合乡人民全力投入，乐意完成。尤其是山桑坞人民，为革命事业承担了更大的风险和牺牲，老区人民为革命事业做出了不可磨灭的贡献。

巍巍山桑坞，幽幽天堂谷，既是一个爱国主义教育的好课堂，更是生态旅游的天然好景观。

"共军的老巢"——湖田村

沿柴雅线从丁家岭出发,前行 1 公里左右就是湖田。

湖田村地处新合乡西南,嵩山溪的支流西源溪畔,早年由下盛、湖田和巧坑口 3 个相隔有些距离的居住点组成。主村址古称盛家塘。宋末明初,盛姓卜居凤凰山脚和樱桐源口,称上盛和下盛,合称盛家庄。中有一片平坦台地叫盛家塘,两口常年不涸的水塘周边是排水不畅的烂糊田,后逐渐演变为湖田。

在湖田村上首有个地方狭小的小村,因地处巧坑水之口,遂冠以巧坑口为村名。清乾隆后期(1780)有钟氏从旧庄迁居来此,至今有近 240 年历史;大概由于地理条件艰难,一直不大发,也不衰没。继钟氏迁来 70 多年后,有周姓迁入,共居至今。

湖田主村址高于溪面丈余,北面后山余脉左右前伸直至溪边似蟹之大螯,两口水塘则是蟹之双眼,俗称毛蟹形。源头起于雪水龙涎顶的西源溪,由铁陇坑西来从石扶梯东出,潺潺从村西边流过。上游锦鸡山与凤凰山隔溪相望,水口殿后山两个山嘴收合,形成一开阔地带,虽旷野不大,却有 100 多亩耕地,加上近 2 万亩山林,尽可哺育一方生灵。现今居住着钟、盛、余、周、徐、潘多个姓氏，其中钟姓最多，而巧坑口也已经与湖田连成一片。

据查，最早居住在盛家塘的是明洪武年间从新安迁入的余氏，至今已有600多年。钟氏约于清康熙五十年（1711）前后从上高峰迁来，至今有300余年历史。

上高峰的钟姓是明朝万历年间从旧庄迁居的，然而为什么仅传了4代，不过90余年，又迁来湖田呢？这里有一个关于鹜头山强盗火烧上高峰，钟氏无法生存而迁徙的传说。

明末清初，鹜头山有一伙强人聚集。每趁壶源溪涨大水，引坑、盛村等无法过溪援助时前来骚扰。初时，族人因势单力薄无力抗衡，只好忍气吞声忍受掳掠。传至二十八世清顺康时期，人丁见兴，强人来袭不肯再受欺凌，奋起反抗，多次击败入侵者，于是强人怀恨在心。某年冬，溪水上涨漫过盘山道，强盗聚众下山抢掠，见人就杀，见财就抢，并放一把大火烧掉了上高峰所有房屋，唯鸿图和鸿田脱身，避地源里，在盛家塘余姓太公家暂且栖身。

日久，鸿图放眼四望，西面锦鸡追凤凰，东面水口固若金汤，实属风水宝地，更有宽容慷慨的余氏为伴，毅然定居下来，第三代就结成儿女亲家。

传至第五代圣字辈，已经有丁19，家族呈兴旺之势，于是族众合议在烂田建造17间走马楼，上正间作祭祀先祖之用，取名"九思堂"，可惜因用火不慎付之一炬。然，族人毫无懈怠之意，民国二十四年重建大厅三间。"九思堂"堂匾高悬，边间墙画工正，人物花鸟栩栩如生。今房屋依旧，匾、画却都毁于20世纪的"文革"。

历史的见证——"九思堂"

让人不可思议的是，1949年4月中旬，国民党二〇三师围剿浙东人民解放军金萧支队后勤基地时，曾在湖田大肆抢劫，并住宿于此，在"九思堂"写下了两幅"反共"标语。这两幅标语在被石灰涂抹掩盖多年后，不知何时却又显露了出来。其中左边一幅字迹依稀可辨，全文为"直捣匪巢！围歼残匪！"落款是"国军清剿部"。右边一幅只能断断续续辨认出"围残追……把土匪打一个斩草除根"等字样。从以上两幅标语中可以看出，敌人对湖田的仇恨已经到了不共戴天的地步。也许是雪水、山桑坞、丁家岭、野丫这些小山村历史上都属于湖田管辖，而金萧支队的后勤基地都设在这几个小山村的缘故，他们已经认定湖田是金萧支队的"老巢"，之所以动用正规军来"围剿"，目的就是要"斩草除根"。由此也可看出国民党的残忍和狠毒。

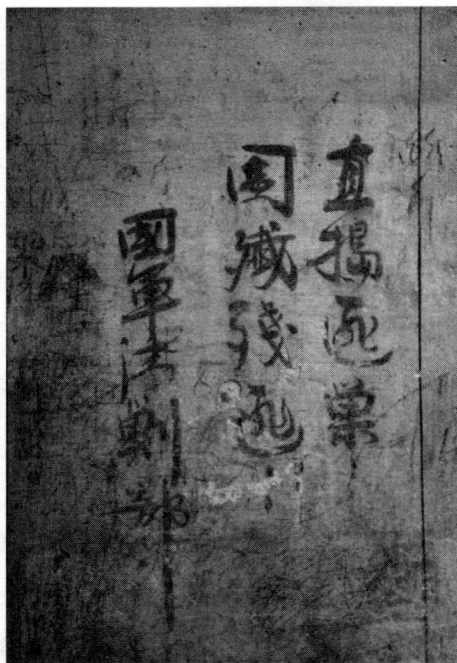

而事实也正是如此。自从1948年9月，金萧支队后勤机关陆续搬迁到新合后，湖田、丁家岭、山桑坞、雪水岭、野丫这几个小山村就成为金萧

支队后勤基地的核心区域，金萧支队后方医院、金萧报社、干训班经常在这几个村流动活动。旧庄开始只是一个中转站，后勤基地一切所需物资都是先送到旧庄，然后一步一步往山桑坞送。

山桑坞杨金土回忆："1949年农历正月，旧庄、湖田舞龙灯、跳竹马前来拥军，敲锣打鼓，热闹非凡。后勤部尊重群众习惯，热情接待并送红纸包。后来，获悉距离较远的雅坊村也要前来拥军，为了防止坏人混入，保卫后勤部，领导派我和钟秋荣一起前往劝阻。此后，莫说一般群众不得随便进入山桑坞，就是我们自己的部队，大队长以下干部一般也只能在7里外的湖田村止步，不准进入。"

其实，对后勤基地的安全问题，金萧支队部领导一直非常重视，并不是1949年春节后才不允许一般群众和干部进入山桑坞，而是一开始就有这个措施。因为山桑坞是后勤基地核心中的核心，后勤部、被服厂、修械所不仅人员多，而且设备笨重，像被服厂的缝纫机，修械所制造手榴弹的炼铁炉、台虎钳、钻床等都是固定、不可随便搬动的东西，而后方医院、金萧报社则是经常在这几个小山村流动的单位。1949年国民党二○三师前来"围剿"，正好金萧支队后方医院和金萧报社都在湖田村。

流动的"后方医院"

当时金萧支队后方医院设在巧坑口周家厅裕德堂，即现周荣军家。周家上辈也是一个书香门第，大爷爷周柏长，二爷爷周光美，又名周之桐，三爷爷周寿花，又名周之韩，都是清末秀才。尤其是三爷爷写得一手好字，现存的旧家具、旧农具（水车）上还留有他的笔迹。

走进周家大门，有如一个四合小院，门厅之上是堂楼，中间是天井。健在而健谈的 81 岁老房东周荣军告诉我们："对面正房是'门诊室'，东厢房是'手术室'，伤病员住楼上。护理人员大部分来自上海，有 10 多人，都是同一学校出来投奔革命队伍的学生，统一着灰军装，有时集中在天井，上上课唱唱歌。这些学生有说有笑，但也有哭的，因为有些学生都是同学之间临时相约而来，连父母都没告诉，他们担心家里为他们担惊受怕。"

最初时，金萧支队并没有设立后方医院，只是在诸暨、浦江交界的芝都垆村后面的毛竹山上搭了个临时草蓬，对伤病员进行一些简单的护理。住了一段时间，后来感到芝都垆村是部队常驻的地方，容易暴露目标，便派寿文冲同志到浦北石门金岗坪（现属诸暨）筹备后方医院，并委任他为副院长。后方医院设在金岗坪安全可靠，那里山峦重叠，一片竹海，离山下石门村约有 3 里多路，是老革命地区，群众基础好。那时还没有医生，只能做些简单的治疗。后来老中医杨春惠先生来院帮助工作，他会内科，也懂得针灸医术，在艰苦的荒野上，为伤病员服务，也难能可贵。1948 年底，原在国民党部队搞过医务工作的金彪同志来院担任内科医生，他虽双耳失聪，但医术较好，给医院增添了力量。1949 年初，组织上又介绍张蓉医师夫妇来院工作，他懂得外科，后来担任医务主任；他的夫人钱海珍同志系妇科医生，请她兼任护理组长；并提杨碧芳任医院指导员。在游击环境医院条件很差，治疗护理上遇到的困难很多，生活之艰苦也是难以用言语形容，但大家精神上还是愉快的。因许多护理人员来自农村，都未受过正规的卫生工作训练，对伤病员的治疗处理和护理缺乏经验，但服务态度好，热情高，对伤病员生活上照顾十分周到，使伤病员精神愉快。这样药物治疗与精神治疗相结合，使伤病员的治愈率较高。

对战斗部队随军的医疗工作，领导上也十分重视。支队部配有军医廖克明和护士许山，每个大队配有医生，每个中队配一名卫生员。执行战斗任务时，支队的医务人员一般都随部队出发，战场上的救护尽一切力量予以保证，购买来的急救包发给战士携带，止血片、止血带、止痛片等都优先供给前线部队用。有时连红汞消炎粉都很紧张，所以战地上有时就采用土洋结合的办法。如消毒无酒精，就用群众家的白酒代替，注射器无消毒器，就用开水壶煮沸。桐庐凤岗战斗中郭永富腹部受重伤，流血过多，许山同志就用盐汤喂他，洗伤口用茶汁盐汤代替。

1949 年初，为了加强后方医院的建设，阮涤非同志任院长，牛朋同志任指导员，江上同志做党的工作，赵笨玉任总务主任，钱医师任医务副主任，杨岳林为护理组长；有军医 5 人，护士卫生员 18 人，事务人员 4 人。这样充实后，医院的医疗和护理力量大大增强了。同时，医院院党支部也作了调整，加强了政治思想工作。1949 年春，部队大发展，形势大好，敌据点相继拔除，伤病员骤增，后方医院任务加重，而金岗坪地方小条件差，离中心村又有一段距离，已不适应部队伤病员救治的需要，因此从金岗坪迁移到石门村。当时科室分开，摊子很大，俨然像个正规医院。在根据地还不稳固的情况下，担心万一有敌情不可收拾。为了保证安全，又决定将后方医院搬到桐庐四管乡后勤基地的湖田、丁家岭、野丫等小村子流动开展工作，直到解放。

湖田村钟潮水回忆："1949 年农历三月十八日，听说国民党二〇三师要来'围剿'根据地，后方医院院长非常着急，因为当时在湖田村有 20 多个重伤员，是诸暨外城打仗负伤送过来的，而联络员一天无讯息，决定自己亲自去乌鸦岭看看。到外松山，获悉国民党二〇三师已来，他大衣一甩，飞快跑回湖田，当时请教一位叫周宗美的老人：'何处可隐藏伤员?' '黄南坞可藏，退路也有，这里可去桐庐松香坞，可去戴家畈，可去牛背脊，亦可回老区。'老人告诉他。结果，敌人四路进兵，进山桑坞，打了不少炮,全部山坞都搜遍,只有黄南坞没有搜。当时我方主力部队,一个大队在诸暨石门,一个大队在兰溪,闻讯连夜赶来阻击,参加反'围剿',敌人闻讯溃逃去浦江。"

杨金土回忆:当时后方医院是跟支队部行动的。前期,居浦江县属蟒潭顶近两个月。后来转移到湖田、下盛、山桑坞。1949 年 4 月 14 日,国民党二〇三师"扫荡"时,转移到野丫。有 20 多名重伤员隐藏在野丫里面的黄南坞。敌军曾在离黄南坞半里之外山上搜寻,见山势险峻,不敢前进而后撤。伤员脱险,群众高兴地说:"共产党有天下,天保佑。"

野丫村的曹有奎回忆:金萧支队是一支纪律严明的部队。有一次后方医院在野丫暂住,当时我的菜园里种着黄瓜,已经长了一根,王八达同志(金萧支队江西县工委书记)生病住院,他在我菜园旁边来回走了几趟,对黄瓜看了又看。我知道他们下饭没菜,叫他摘去。他说:"白给我不要,卖给我,我要。"我说:"那就算卖给你吧"。结果他付了钱,买去泡汤下饭。

应该说当时条件非常艰苦,同志们连蔬菜都吃不上,但自觉严格遵守群众纪律,从不随便拿群众一针一线。

国民党二〇三师"围剿"时,当时有 20 多名伤员和 20 多名医护人员的后方医院只有 2 支步枪和 1 支短枪,无法抵抗和自卫,在当地群众的帮助下,院长阮涤非和指导员牛朋按照周宗美老人的指点,指挥大家向西北山沟(黄南坞)撤退。无法行动的 5 名重伤员,被抬到小山湾的柴丛中隐蔽,其余人员分散隐蔽在山腰森林中。从早晨到傍晚,敌人几次用火力猛烈扫射搜索,同志们虽然受到威胁,但沉着冷静,始终未暴露目标。天黑后组织突围,重伤员行动不便暂留原处,由当地群众暂时照顾。其余人员从湖田北面向东转移,穿过杨家岭至里松山的大路,安全地跳出包围圈,经龙门脚到达支队部驻地。敌人抓不到我方人员,就在湖田等村挨户翻箱倒柜抢劫粮食和财物，并强迫群众带路。湖田村一群众被敌抓住，他明知伤员所走路线，却故意带到东边另一山沟，使敌人扑了空。

偏僻小山村里的"金萧报社"

金萧报社当时是个流动性较大的一个单位。1949年4月中旬，国民党二〇三师来"围剿"时，金萧报社正在樱桐源口的下盛自然村徐顺生家进行工作。下盛是一个离湖田村有一定距离的偏僻小山村，主要有盛、徐两姓，只有五六户人家，既隐蔽又不引人注目。

据金萧支队老同志回忆："由于国民党军屡遭我金萧支队袭击，损失惨重。后查清我根据地在湖田村范围内，遂于1949年4月13日夜集中二〇三师六〇九团全部和师部突击营共2000余人，并联合浙保王之辉部，携带迫击炮，六〇炮20多门，轻重机枪几十挺，分4路前来围剿，妄图一举歼灭我后勤机关和被服厂、修械所、金萧报社、后方医院等。"

国民党二〇三师进入湖田前，金萧报社事先得到情报，将一部分设备和物资预先打了"埋伏"，一部分在当地群众帮助下安全转移。

丁家岭余金林回忆："国民党二〇三师'扫荡'时，匪兵快到我村，印刷厂的同志才发现。我不怕生命危险，挑着印刷工具，翻山越岭，过桉桐源，帮助他们安全转移。"对于余金林的回忆，是否可以这样解释：当时金萧报社的电台工作人员在下盛自然村，而印刷厂在丁家岭，因为1949年春节后，金萧报社已经开始印刷《金萧报》，需要较大的场所，也许下盛这个偏僻小山村容纳不下。

1985年5月下旬，原金萧报社社长方福仁故地重游，赋诗一首：

金萧报社突围

末日来临狗跳墙，三千匪卒度陈仓[①]。

烟升数处烧方急，炮响连声势紧张。

林海深深人自稳[②]，星光闪闪夜何长。

迟明潜道冲围出，报道大军已渡江[③]。

[①]1949 年 4 月 13 日，国民党军二〇三师乘金萧支队各部活动于外线之际，由王之辉部队作向导，约 3000 人，窜入金萧游击区后方丁家岭，湖田、旧庄、松山等地。[②]时金萧报社在湖田，临时撤上村北深山密林中，被围二昼夜。[③]山北有一道，为长茅所掩，不为外人所知。第三日凌晨，当地一农民带领报社全体同志由此突围。后数天，电台收到大军渡江消息，当即以快讯告知支队部及各部队。

在国民党二〇三师"围剿"之际，湖田各村革命群众大力支援，抬伤员的抬伤员，抬物资的抬物资，所有金萧支队后勤部各单位人员迅速撤至深山密林中，没有受到任何人员伤亡。

金萧支队老同志深情地说："当时这么多后勤机关都放在四管乡，当地群众的负担很重。一个是要吃粮食，山区粮食是比较困难的，我们主要由外地送进来，需要多少送多少，蔬菜这些东西就地解决。另外，一个人的生活是很啰嗦的，特别是医院的伤病员，要这个，要那个，又要鸡蛋什么的，问题很多。但这里的群众很好，尤其是后方医院那个地方的群众对我们的支持更大。后来敌人来围剿的时候，我们后勤机关之所以没有发生什么意外事情，能够平安地撤退，除本身动作较快外，与当地群众的帮助是分不开的。"

源自湖田的"新合大马"

"新合大马"又称"新合竹马",起源于新合乡的湖田,故又称湖田大马。湖田大马起始于清朝,清乾嘉至民国初为全盛期,"文化大革命"时被迫停止。20世纪80年代后,在当地百姓期盼的呼声中,湖田大马再度得以复出。

新合大马制作精湛,它由五彩大马、狮子、大象、犀牛、麒麟、老虎等吉祥动物形成双列队,有狮子捧球、万象更新、虎虎有声、万马奔腾等。其制作均用木头、竹篾和铅丝扎成骨架,比实体略小。各种动物的骨架外全身用桃花纸糊面,再用彩色纸剪成毛须,按动物的毛发生长规律顺势而贴。头上缀以五彩杨梅球,以红色为主,披红戴绿,色彩艳丽,马铃叮铛。

大马体大如马,装在一特制木架上,架子底盘下有4个轮子,平坦处,可推马滚轮前行;山路崎岖处,可两人抬扛前进;凹凸处,可提扛前行。每只"大马"的背上都骑一木雕人偶,这些人偶均为传说中的古代历史人物。表演时,两面开锣开道,后面是两面有纤绳护卫着高3丈的将军旗和10多面长旗,紧接着是大马队,再后依次是鼓乐队、火铳队。

新合大马表演有马放南山、刀枪入库、风调雨顺、国泰民安的吉祥寓意。

以前,湖田有个不成文的规定,每年村里行什么灯,从农历十二月开始由德高望重者领头商议,确定项目统一规划,由村民自愿认灯,然后各自分头制作。各家为显示手艺,使出浑身解数,尽全力把灯打扮得绚丽多彩。正月初三后，择日起灯，先在自己村里彩排预演，又派出使者前往友村预约访日。灯马到去访村近半里许时，以放鞭炮为号，受访村则由有名望的长者代表村里接灯、祭灯。在一片鞭炮锣鼓声中，马奔龙腾舞出各式队形，煞是好看，欣喜吉祥之气达到高潮。舞罢，主人给来访者犒红挂彩，按计划把客人接到家里尽情款待，各村之间互相交流迎来送往，热闹非凡。

解放战争时期，湖田村为革命事业做出了卓越的贡献，是值得永远怀念的。解放后，在村党支部的领导下，发扬艰苦奋斗的精神，勤俭创业，治溪造田造水库，种植高产茶园，极大地改善了生活。湖田村山林旅游资源丰富，近年来，随着雪水九龙潭风景区的开发和红色旅游的开发，生态环境得到保护，民宿经济得到新发展。

从鸡鸣社到《金萧报》（节选）

——解放战争时期金萧（路西）地区宣传工作回忆

杨　光

1948 年秋天，敌人窜扰更加频繁，最可靠的秘密后勤基地养元坑被破坏了。保安队捉去并枪杀了隐蔽在村里做军衣的共产党员我军军属王大木师傅和军属郭有才。郭慎敏家被洗劫，全家过流亡生活。9 月初某天，鸡鸣社隐蔽在渎溪乡桥头村杨秀木先生家里工作。突然，一里多路外的杨焕沈家进驻了保安队一个大队，全体同志紧急撤到后山上，第二天从山上看下去，满村都是穿黄军衣的敌人，只好紧急疏散。不久，郭慎敏同志奉调去金萧支队任后勤部主任。鸡鸣社的全体同志也到了桐庐、浦江交界的四管乡大山里建立起来的后勤新基地工作了。

鸡鸣社的"师傅"

1948 年 11 月，我调到支队部后，就听到一个不幸的消息，鸡鸣社的师傅杨小余同志，在浦江西南乡墩头市（现属兰溪县）战斗中光荣牺牲了。经过是这样的：11 月 5 日傍晚，小余同志从支队部带了批准这一战斗计划的指示回到八大队，部队就准备出发了。领导上因小余同志去支队部往返赶了百多里路，太辛苦了，叫他休息，但他坚决要参战，领导就批准他参加突击队。战斗在 6 日 5 时打响，他冲进敌营房时中弹牺牲了。这次战斗从 5 时打到 7 时半，全歼敌浦江县常备队一个中队和浦江县政府墩头办事处。

消息传到鸡鸣社，几位女同志都哭得眼睛像核桃那样，尤其是小余同志的"徒弟"寿晓霞同志哭得最为伤心。

是的，杨小余同志是鸡鸣社创立人之一，是传授刻写技术的"师傅"。

寿晓霞同志虽然写得一手秀丽的钢笔字，却从来没有刻过钢板，组织上决定临时抽调路西武工队员杨小余同志去传授刻写技术。小余同志很热心，手把手地教晓霞同志用三角板刻仿宋体字，磨大仿宋体字，还把他珍藏的老简讯社印刷品上剪贴的报头图案、花边、大小各类报头字集子和几支铁笔送给她。以后，路过时也几次到鸡鸣社来指导，每当来时，晓霞同志就亲热地叫着"师傅"来了。她从小余同志那学到了刻写技术，以后又传授给调来刻写的新手，有些后来的同志，虽然没有见过小余同志的面，也知道有这么一位"师傅"。

我又回忆起第一次与小余同志见面的情景。那是1946年春天，我们秘密宿营在老简讯社工作人员杨纪忠同志家里，纪忠同志告诉我，有这么一位老简讯社一同工作过的同志，常常同在一个田畈劳动，成天埋头干活，碰见只笑笑，不说一句话，听说他的父亲管得很严。纪忠同志又说，他能刻一手好钢板字，工作态度很认真，老简讯社的同志反映很好。这样，我便叫纪忠同志去接近他，摸他的思想情况，如果有把握了便告诉他我们在秘密活动。不久，我们又去纪忠家宿营，纪忠同志说，已和奎法（小余原名）接触过几次了，当告诉他我们在秘密活动时，他非常高兴，话也多了，还再三说我们来时一定要去通知他。于是，我便让纪忠同志去叫他来和我们见面。奎法同志来了，一见面就紧紧握住我的手，连连说："想煞你们了！"说不上几句话，就要求参加武装。于是我便和他谈了政治协商会议后争取实现和平民主的形势，我们正在精简人员，准备可能到来的合法斗争；当前每个革命同志，要努力学习，团结群众，等等。然后，我交给他任务，搞秘密刻写学习资料工作，还交给他几本上海出版的《时代》《文萃》等进步刊物学习，他恋恋不舍地放下了一直在摆弄着的我那支6寸手枪，说了一句："真闷死了。啊！有工作做就好了。"欣然接受了任务。

以后，听说他瞒着父亲，刻写任务完成得很好、很快。国民党发动全面内战后，我们重新组织了武装，他是第一批参加路西武工队的。

1947年夏天，路西工委决定办一个定名《会稽人民报》的党刊，调奎法同志去刻写。9月间，工委负责同志蒋明达在诸暨县城附近大侣乡郦家湾召开编辑会议时，被敌人一个中队包围了，与会同志分三路突围。奎法同志从水稻田里爬出险区，当晚和蒋明达同志会合时满身烂泥，可是手里一支短枪和随身背的一块钢板却保护得干干净净。办报纸流产了，奎法同志又回到武工队。

奎法同志参加武工队后没有改名（当时不改名，家庭易受破坏）。那时有位徐荷亭同志，是个老党员，任路西县政府主任秘书，早年在奎法同志老家村校教过书。他把徐字折开，化名余人，大家叫他余秘书。余人同志为人幽默乐观，不知是哪位同志第一个说：奎法同志的动作很像余人，于是便叫他小余人。后来，又叫他小余，叫顺了，奎法同志加上自己的姓，改名为"杨小余"。

1948年5月，余人同志和几名短枪人员在寿廊坞山顶被敌人包围，分散突围时，其余同志脱了险，余人体弱，遭遇敌人时，不愿做俘虏，用手枪自杀，壮烈牺牲。

不久，鸡鸣社同志转交我一件杨小余烈士的遗物——一本上海时代社出版西蒙诺夫著的《日日夜夜》。这本书是小余同志从寿晓霞同志处借去的，半本书浸透了烈士的鲜血，翻开扉页，写着一篇八大队教导员李铁峰同志写的扣人心弦的感言，它详细地叙述了小余同志背着这本书冲锋的经过。旁边注着几行小余烈士的同村人杨水镜同志写的小字："杨小余烈士，原名杨奎法，现年 23 岁，渎溪乡相对倪宅人，1945 年参加革命……"

"天亮了"

鸡鸣社的同志来到桐庐四管乡大山里的天堂、雪水、山桑坞、山桑尖、莽潭顶等的新后勤基地里，生活更艰苦了。这里人迹罕至，供给全靠外边挑进去，有时断盐几天，菜吃不上，只好挖野菜吃，但是精神更振奋了，再也不做"老鼠"了，在和煦的太阳光下可以大声唱歌。这时，辽沈、平津、淮海三大战役正在胜利地进行，金萧地区也面临大发展的形势，沪杭各地奔赴游击队的知识青年日益增多，为了供给他们精神食粮，鸡鸣社赶印了几本革命读物，一本是《中国革命与中国共产党》，除本文外，还收有刘少奇同志《关于修改党章的报告》中关于中国革命的特点部分；一本是《土改和整党》，收有中共中央关于 1948 年土地改革工作和整党工作的指示，中共中央宣传部重印《左派幼稚病》第二章前言和列宁的《左派幼稚病》第二章，任弼时同志《土地改革中的几个问题》的报告；第三本是《搞通我们的思想》，收有中共中央《关于增强党性的决定》，毛主席《论反对自由主义》，刘少奇同志《论共产党员的修养》和《论党的群众路线问题》等，这几本书为以后金萧工委举办的 7 期知识青年短训班提供了基本教材。

自我解放大军大举反攻以来，国民党正面战场上节节败退，但仍在报刊上大吹大擂，对活跃在敌后的人民游击队，也连篇累牍地造谣诬蔑。不仅如此，敌人还伪造我浙东出版的《四明简讯》，通过各种渠道进入我基本活动地区，妄图迷惑我军民。如特务伪造的一期所谓十一号《四明简报》，时间是民国三十七年七月三十一日，头版头条刊登"会稽山人民抗暴游击副司令、浙东行政公署路西县县长蒋忠同志殉难"的消息，牺牲的时间、地点都是真的，但却又造谣说："又传为内讧被暗杀。"这些伪造的报道中还塞进了"敌人凶狂冲击，蒋军突入边区山地，消息传到四明山，使全党同志引起极度不安，感到生命无保障而表示消极"等等字句。更为恶毒的是，敌特还精心炮制了一篇所谓《蒋忠同志没有死》的"短评"，说什么蒋忠同志"站在山顶高呼，同志们，反动势力已经全面攻击我们了，而且进攻到我们心脏了，同志们，我们的队伍之中有奸细，看起来是波尔塞维克的信徒，其实是'国特'，我是死于自己同志的手里，报仇！报仇！向自己队伍中去，找仇人。"妄图挑起我内部猜疑，制造混乱。看，敌人的手法是多么恶毒卑鄙啊！

1948年9月，路西地区革命武装主力，改编为金萧支队。部队的活动地区迅速扩大，游击基地逐渐形成根据地，针对敌人种种反革命宣传，我们多么需要有自己的报纸啊。于是，金萧工委（1948年12月，路西工委改为金萧工委）决定出版报纸，定名为《金萧报》，派方福仁同志任副社长，施律、吴天等任编辑。

《金萧报》自1949年1月14日创刊，到5月上旬结束，约出了45期，每3天1期，开始时每期八开二版，以后经常出八开四版，有时亦出六版，基本上刊登新华社电讯。地方新闻有一版，多数是军事消息，有时也登载一些金萧工委领导指导性的文章。每期发行400~1000多份。同时，出一种八开的《金萧画报》，共出了10多期，还出过7期通俗的《群众报》。

《金萧报》出版后，鸡鸣社改称金萧报社，但仍用鸡鸣社名义出版书籍。如《李有才板话》《王贵与李香香》《论共产党员的修养》《论领导》、连环画《王贵与李香香》等。同时，继续担任金萧工委、金萧支队、浙东行署第三行政督察专员公署的文件布告印刷工作。随着形势的发展，金萧报社人员也增加到30多人。2月份，浙东临工委派来了李文彪同志任电台台长，将译电人员增至 5 人。报社建立了党支部，李文彪、寿晓霞分任支部正副书记，发展了一批新党员。

1949 年后，金萧地区敌据点除县城铁路线外，大都被我军拔掉，但敌人又几次以正规军大规模地向我根据地"扫荡"，初创的根据地仍在动荡中。特别是 4 月中旬，敌二〇三师约 2000 余人由师长金式率领，自金华、浦江出发，向我四管乡等中心地区进犯，所过之处奸淫烧杀，无恶不作。我设在深山的后勤部被服厂、修械所均遭破坏，金萧报社同志在山上露宿了二天三夜，后从敌排哨下撤出到富阳某一小村。4 月 22 日晚上，李文彪同志正值班收报，收到了我大军渡江的消息，他乘收报间隙大叫一声："大军渡江了！"正在篾篓上熟睡的几十个同志，霍然而起，大家一齐欢呼起来："天亮了！天亮了！"立即动手刻印号外，以最快的速度送到正在富阳李家的支队部去。号外送到哪里，哪里便欢声雷动，许多同志自动地跳起秧歌舞来，山村在一片欢腾中。这次反扫荡战斗中，我们虽然打了胜仗，伤敌连长以下 100 余人，逼得敌二〇三师狼狈窜回浦江县城。但得到情报，敌人并不死心，又在调集正规军，准备更大的"扫荡"。这时我军每支枪只剩下几发子弹了，又加春荒时节，山村缺粮，领导上正在紧急派人四出收集弹药，征集粮食。正在这困难时刻，电讯里传来了一个又一个大军渡江的胜利捷报，支队部立即召开了庆祝解放军渡江的军民联欢大会，人们又一次噙着泪花欢呼："胜利了！""大军渡江了！"

5 月上旬，金萧支队与二野大军在桐庐县城会师，不久，又和南下干部会师。奉省委指示，金萧支队分别由政委张凡率领去临安军分区，支队长蒋明达率领去建德军分区。金萧报社也分别去这两个专署：方福仁带编辑、电台人员去浙江日报社。那架大明速印机随着杨絜、寿晓霞、黄一平等同志进了临安专署文印室，完成了它为敌后游击战争服务的历史使命。

民俗文化名村——旧庄

湖田到旧庄相隔不远。车行至旧庄，一块红底黄字的"金萧支队干训班旧址"的红色导向牌竖立于村口，醒目而时尚。

旧庄，原名旧章，昔为章姓居地得名。章姓断后，钟姓迁入，改称今名。距乡政府3华里。古时的旧庄自然环境优美，村庄的后山犹如一条舒展的青龙，龙头兀凸溪边，与隔溪形似伏虎的山头遥相呼应，周围有6条山坞簇拥。从雪水岭九龙潭发源的西源溪，经雪水、丁家岭、湖田，从旧庄村边缓缓流出。溪水清澈见底，可望见背带花纹的石斑鱼在卵石中自由自在地游来游去，与岸边的青青翠竹相映成趣。20世纪60年代以前，从外松山进入旧庄要穿过百米古木参

天的长蛇形村道，翻越关王台、万春台，登上青龙头，始见村口梓树树荫下的白墙黑瓦，这就是旧庄，不愧是一处人类居住的极佳环境。

800年前，这里原有章姓人家居住，明朝洪武年间（1400）有钟姓人家从嵩山迁来，先居前朱，后杵居过溪，繁衍生息。后章姓渐衰，直至断绝。而钟姓逐渐发达，人丁兴旺，旧庄遂成钟姓单一姓氏之村。解放后，土改时有几户异姓留居下来，钟氏第30次修宗谱时，一致要求自愿改姓融入钟姓，旧庄又成单一钟姓村。

旧庄人历经几百年的艰苦创业，给后人留下了一份丰厚的基业，现有住户112户359人，有田176亩，旱地93亩，山林5933亩。山林最远的在横楠坞、天堂山，离村有20多里，是名茶"雪水云绿"的原始基地。1964年将长蛇形、木杵丘溪滩筑坝造田16亩。20世纪六七十年代，开垦种植茶园213亩，并在1977年建成石扶梯拱坝水库。

上世纪60年代末，在"敦本堂"之东建成面积986平方米、可容纳千人的大礼堂一座。80年代初，全村装上了自来水，并有一条水渠，弯弯曲曲贯穿大半个村庄后与厅门口水塘相通，给村民生产、生活、消防带来方便。

金萧支队干训班旧址"敦本堂"

沿着红色导向牌指引的方向前行不远，即是旧庄村有名的古建筑"敦本堂"。1949年春节前后，在全国解放战争取得决定性胜利之际，一大批向往革命、具有崇高共产主义理想的知识青年前来投奔革命队伍，参加金萧支队。为适应革命斗争和地方工作需要，浙东人民解放军金萧支队以

"敦本堂"为中心，丁家岭、湖田、外松山和仁村、高枧、引坑为流动课堂，举办干部训班 7 期，受训总人数达 600 多人。支队长蒋明达、政委张凡、政治部主任杨光等领导同志经常来此亲自讲课。这些知识分子经过短期培训后，分赴各单位，充实了各级领导力量，增强了部队的战斗力，在斗争的实践中充分发挥了个人所长，成为骨干分子，为革命做出了重大贡献。而培养他们的摇篮就是使人难以忘怀的新合山区。

据原桐庐县人民医院的退休干部、原金萧支队被服厂收发出纳员颜利君回忆："1948 年 10 月的一天，颜加谋受命带领我们游击小组的 10 个人，其中有 4 个女同志，经张家畈的石门去金萧支队报到，由石夫同志给我们谈话。接着，学习受训半月。参加学习的约有二三百人，地点经常转移，大多在石门、郑家山、丁家岭、湖田里、旧庄、外松山和仁村、高枧一带，支队长蒋明达、政委张凡、政治部主任杨光等领导同志常来讲课。学习班结束后，又经过了大约一个星期的宣传活动，然后到旧庄村的一个大厅里集中分配工作。当时，我被分配到后勤部被服厂做收发出纳工作。"而颜利君所说的旧庄村大厅就是"敦本堂"。

"敦本堂"位于旧庄村东南中央的位置，坐北朝南，整体占地面积 650 平方米，始建于明朝，完工于晚清乾隆年间，属徽派建筑风格，是义门钟氏凤凰派的总厅。

以大厅为中心，前有门廊，后有香火堂楼，三进四阶，正厅二槽三间，边间投墙，用材非常气派，八根大木主柱，根根两人难以合抱，大梁直径达 90 厘米，雕梁画栋，屋宇高昂。"敦本堂"匾额高悬正中。左偏间挂"耆英重望"匾。

敦本堂进深约 50 米，依地势北高南低，地面高差 3 米左右，成四进二天井二平台布置。由门廊、大厅、香火堂楼和天井平台组成。整个村的房屋都围绕它来排布，一条水渠弯弯曲曲穿过大半个村子，与大厅门口的池塘相连，长年不枯。站在厅门口朝香火堂望去，有步步登高之势。自正门步入，门廊为 4 米进深三开间楼房，楼上曾办过学校，供本村一至四年级的小孩就读，故有"书堂楼"之称。前天井低于门廊二级台阶，约 40 厘米，两边厢房是浙东人民解放军金萧支队政委张凡、支队长蒋明达及政治部主任杨光等领导来此讲课时的住宿之处。穿过天井，跨上三级台阶即为大厅。大厅是整座建筑的中心，进深 11 米三开间，正间 4.5 米，边间皆为 4 米。中立二楯三，左右投墙。离正大门南 10 余步有池塘，以作消防取水之便。

可惜历经百年风雨的"敦本堂"，1995 年一场大火，门廊和大厅木结构部分毁于火灾，1997 年虽经村民集资重修，然无论用料与制作工艺都无法与先前相比，已逊色不少。

支前拥军模范"旧庄村"

解放战争时期，旧庄人民不仅在人力、物力、财力上给予人民军队以极大支持，而且用鲜血和生命保护了部队的安全。金萧支队后勤基地在新合建立以后，由于雪水岭、山桑坞、丁家岭是后勤基地的核心堡垒区，因此有严格的保密制度和严密的保护措施，特别是送往后勤基地的大批物资，规定只能送到旧庄，由旧庄派人送至湖田或丁家岭，再由湖田或丁家岭派人送至山桑坞，而绝不允许外人直接进入山桑坞。只是偶尔一次，有二三十担货物，因数量较大，后勤部领导一怕在旧庄一时找不到这么多挑夫，二怕转来转去容易暴露目标，就直接送往山桑坞。大批物资来往的目的地都是旧庄，自然引起敌人的怀疑和注意，他们误认为旧庄是金萧支队后勤基地所在地。1948年11月，国民党浦江县政府派驻寺前自卫队气势汹汹扫荡旧庄而一无所获，便丧心病狂地抓走了28个旧庄农民。在敌人的威逼利诱面前，这28位群众对革命队伍的行踪守口如瓶，表现出高度的政治觉悟和爱憎分明的阶级立场。

旧庄村不仅是支前模范，而且还是拥军模范。

据金萧支队老同志回忆："1949年春节，旧庄的群众要来山桑坞舞龙灯，慰问后勤部工作人员，征求后勤部领导的意见，后勤部领导认为这里是金萧支队的秘密后方机关，舞龙灯人多影响大，容易暴露目标，到时不仅当地群众知道，而且正月里每家每户都有拜年走亲戚的客人，传出去知道的人就更多了，因此无论如何不能搞。他们说要不搞的话，群众有意见。一听这口气，我们也不好再坚持自己的意见，但要求他们对来的人要严格审查，以精干为主。龙灯来了，舞了一圈，我们也意思意思，发了一圈香烟，给了点红纸包。后来，外松山、雅坊等地听说后也要来，我们只好专门派人去做工作，无论如何不能再来了。因为旧庄还好，同我们比较接近一点，基本群众都很好，但雅坊这么老远的地方都要来，一则情况不清，二则容易暴露目标，引起敌人注意，做了工作后没有再来。在旧庄、湖田、丁家岭，群众基础很好，部队与老百姓就跟自己人一样，部队有什么困难，有什么问题需要帮助解决的，老百姓都会千方百计及时地帮你解决。"

1949年3月中旬，江东县窄溪区四管乡民主政府在旧庄成立，领导人民群众开展减租减息、收缴公粮和反霸斗争等活动，从组织上保障了对人民军队的支持，军民关系进一步融洽。

正是有了这牢固的群众基础和亲如一家的军民关系，才使我军能在这一带安全地、如鱼得水般地自由活动，小股敌人不敢贸然进入这一地区。因此，敌人称四管乡是共军的"窝"。

从"金萧支队干训班旧址"出来，沿柴雅公路前行数百米，我们可以看到在公路左边有一组董邦达在旧庄执教时的雕塑。

董邦达（1699~1769），字孚存，号东山，富阳县新桐乡新店村人。清雍正元年（1723）拔贡，十一年（1733）成进士，改庶吉士。乾隆二年（1737）为编修。次年典试陕西，直迁至侍读学士。十二年（1749）授礼部侍郎衔。十八年（1755）主江西乡试，迁工部尚书、礼部尚书。

董邦达年轻时家境贫寒，27岁前都在富阳周边一带奔波，以教书维持生计。雍正四年（1726）时，受桐庐县水滨乡（今新合乡）旧庄村钟氏廿七世太公之聘，在后称"萱堂"的地方设馆授徒。董邦达才学好，书教得好，人品也好，很受乡民尊敬，因而也留下了许多美丽的传说。

董邦达与"旧庄竹马"

过去，旧庄地方流行"跳竹马"的习俗，究其来历，竟与董邦达有关。

当年董邦达是一位穷秀才，应旧庄钟老太公邀请，来村教书。有一天，董邦达跟钟老太公说，自己要上京赶考，暂时要离开。消息传开，村里有些不厚道的村民就讥笑说，"你董邦达能考上进士当大官，我们旧庄都要出皇帝了。"

第二年春天，有人来报，董邦达喜中进士，带领人马坐着轿子来旧庄探望太公。这时太公想起了村民在董邦达赶考前说过的话，心里犯了难。因为古人很重信诺，"一言既出，驷马难追"，既然董邦达中了进士，村民以前的诺言也得有合理的应对。于是钟老太公想了个办法，用跳竹马的形式，让人装扮成皇帝来迎接他。

因为迎接董邦达是非常隆重、非常热闹又是非常自豪的事，从此以后，每年农历正月跳竹马也就成了旧庄一带的风俗，并渐渐地被赋予了风调雨顺、国泰民安的吉祥寓意。

后来，旧庄的跳竹马虽然渐渐冷落，但从保留下来的"新合大马"中，仍可以看到旧庄竹马之端倪。

我们将旧庄界定为"民俗文化名村"，也正是缘于此美丽的传说。不过，在旧庄还有另外一独特习俗，那就是过"七月半"。

别具特色的"中元节"

古时，新合也行过时节，外松山和湖田过六月初六。旧庄过三月三和七月半，其中七月半最具特色。

农历七月十五，人们称之为"中元节"，也称"鬼节"。传说七月十五这天，地狱鬼门敞开，鬼可以四处游荡，更可以回家"探亲访友"，所以这一天家家户户都要做"花馒头"，用来祭祖和待客。这一习俗代代相传至今。

临近7月半，农家就开始磨面粉发酵。到十三四，心灵手巧的媳妇们开始大显身手，发挥自己最大的想象，通过捏、揉、捋、盘、夹、压、拉，处于半发酵的面团在她们手中快速变成花、鸟、鱼、虫、蝴蝶等各色各样的"花馒头"。然后放入蒸笼发酵，等到发酵成熟就开蒸，蒸笼上汽约15分钟左右打开笼盖，一个个栩栩如生的作品便活灵活现地展现在人们面前，就像一件件艺术品，小孩见到都会欣喜若狂，点上红点出笼，就是祭祖和馈赠来客的佳品。

七月半祭祖仪式非常隆重，各房头要设主坛，摆上极其丰盛的供品，有三荤三素、四时水果、五样点心，并用"花馒头"叠成高2尺左右的宝塔，用锡制的贡花和扎笕作装饰。摆放的顺序还颇有讲究，中间是香炉，两边依次是蜡烛和面粉制成的佛手。每家或把供桌搬到大厅，或在自家堂屋设供，请来庵观道士，摆起香案祭坛，焚香烧纸，诵经念咒，悼念先祖，祈求先人保佑家人平安和身体健康。自然，"忠救王"是钟氏家族的祖先，去钟公庙祭拜是必不可少的。

饱经沧桑的"钟公庙"

钟公庙，位于旧庄村柏树坞口，建于南宋景定年间，为三开间平房，十分简陋。是义门钟氏纪念为国捐躯的八世孙钟厚的家庙，由桐江义门钟氏十三世孙万八公倡首建造，距今已有750余年历史。因年代久远，虽几经翻修，但规模一直未变。正殿供奉的是北宋抗辽代皇亲征而殉难的民族英雄钟厚及其祖、父两代双亲。左间为土地公婆，右间为钟厚当年烧炭时的伙伴——陈老相公和王老相公。钟公庙虽历经世事劫难，现在所见确有些颓败，却是全乡香火最盛的庙宇。

勤劳勇敢的旧庄人，以自己的聪明才智和坚韧不拔的精神，留下多处历史文化遗存。

　　我们行走在旧庄村旁的西源溪边，可以望见那蜿蜒曲折的溪上，屹立着两座保存完好、古色古香的石拱桥，一座是"望梅桥"，另一座是"万春桥"，历经数百年古桥风韵犹存，构成了空灵的山溪小景。

意境深远的"望梅桥"

　　望梅桥，位于旧庄的西南面，建于清雍正五年（1727），距今已有近300年的历史。是新合乡目前保存最完好、建造年份最早的一座古桥。

　　望梅桥为典型的单孔石拱桥，全长跨度13米，宽3米，拱高8米，全桥用清一色的石料砌成。明月之夜，桥身半个拱圆与映射在溪面上的倒影，形成一个正圆，远远望去，惊艳无比。而今再伫立于桥上，虽然护栏外"望梅桥"字样已被草藤遮掩，但依旧能感受到它坚如磐石不显半点颓势的风骨。自从20世纪80年代中期，柴雅线公路开通，桥上行人渐稀，人气不比当初，可它仍像一件艺术品，彰显着它的人文和历史价值。行人至此，都会驻足好好品味一番。

　　望梅桥原为旧庄连通湖田、雪水的要道，其选址也颇有讲究：桥所在地是溪流最狭窄的地方，桥基两端全是天然的"石秃皮"，得天独厚的地理位置，使得造桥时不用挖桥基，桥脚直接砌在"石秃皮"上，既保证了桥身的牢固，又省却了工时。

　　"望梅桥"之名意境深远。1727年造桥时，在旧庄设馆授课的秀才董邦达常来现场观看，主事者请先生为桥取一个雅致好听的名字。董邦达见溪流的两边长有两棵梅树，在桥西南和桥东北遥相呼应，顿时来了灵感：人在桥上望梅，梅在桥两侧相望，"望梅桥"因此得名。陆游写过驿外断桥边的梅树，那意境很是凄凉。董邦达立于桥头，看到的梅树却是坚强、向上，甚至还有些孤傲。梅花常常是他赋诗作画的不二题材，如今一衣带水的梅树有了"望梅桥"的自然牵手，那意境更是不一般。据说董邦达曾以"望梅桥"边所画的梅花赠送于京城的刑部尚书厉廷仪，因此受到厉廷仪的举荐，官至尚书。"望梅桥"和董邦达这段相互"成名"的佳话，至今仍在乡间广为流传。

寄托美好夙愿的"万春桥"

万春桥，位于旧庄村柏树坞口，钟老太公庙前。该桥屡建屡毁、屡毁屡建，靠的是旧庄人坚韧不拔与不达目的决不罢休的坚强意志。

旧庄原对外交通，受20多米宽水深流急的溪流阻隔，前人皆用木桥架通，但每遇洪水就冲毁，劳民伤财。为子孙万代计，嘉庆十八年（1813）间，旧庄的章太孺人在村下首造"千秋桥"。但吉祥的寓意抵不过天灾，13年后即道光六年（1826），"千秋桥"毁于一场洪灾，如今在原址仍可见基石和水底万年松。

咸丰九年（1859），全村人捐钱捐物、出工出力，在"千秋桥"原址上建造石拱桥，定名"栖凤桥"，取自桥头有棵梧桐树，而联想到"家有梧桐树，引来凤凰栖"之美好夙愿。但20年后，光绪五年（1879）一场特大洪水，桥柱折断，桥板竟被冲到四五十里路外的场口。

光绪二十年（1894），村里又开始新一轮集资建桥，村民们分析原址大桥两次被冲毁的原因，可能是由于地势落差大而导致水的冲击力大，不适宜建桥，于是新桥移址到下游300米柏树坞口上游的钟老太公庙前。新桥工程规模与千秋桥相差无几，桥身一拱独跨，不用桥磴。建桥材料全用长约1米、宽30厘米、高20厘米的花岗岩条石。建造方法：先搭架立模，而后用桐油石灰将石条逐块胶合，两边用条石筑有1米高的石栏，桥面两端以数十级石阶连接来去道路。

万春桥，桥面平整，全长20多米，宽5米，桥洞高8米余，一半高出地面，拱度较大，呈满月形，造型雄伟壮观。

圆桥之日，旧庄人举办了隆重的庆典仪式，周边村民闻讯纷至沓来，小商摊贩云集竟连绵2里有余。吉时一到，请钟老太公（忠救王佛身）游桥镇邪，全村人虔诚下跪，祈祷此桥能万代平安，并用2000枚铜钱摆布成建桥年月，压在桥芯大大的方形石板之下，表示永志不忘。这2000枚铜钱相安百余年而无恙，却于2001年5月被人盗走，也许刚开始就已经暗示，2000枚铜钱到2000年以后会有劫难。

万春桥，寄托了旧庄人"永葆青春，万年不倒"美好祝愿。

旧庄还是一个崇文尚武的村庄，从古至今无论家境富穷都要让孩子读书求学。据记载，早在清朝康熙后期，就聘请富阳新桐董家的贤士董邦达先生在金星堂楼上教授子弟，留下了很多美好的传说。民国初年，在新屋大德楼上办起"资政学堂"，教授国家颁发的教科书，是乡里办学最早村之一。同时，在金星堂楼下开设武术堂，在上毛洋月亮地建起供射箭用的跑马骑射场，请武师教习棍棒枪戟等器械，练武强身，至今仍然保存着锻炼臂力的石墩两只，一只重290斤，另一只重390斤。

由于重视教育，旧庄村人才辈出，据有资料查证的就有：邑庠生16名、府庠生2名、郡庠生1名、太学生11名、博士员5名、国学生1名、现代大学生12名、中专生11名、硕士生1名、中级职称4名、教授级职称 3 名。全村已普及初中教育，高中毕业生亦为数不少。这些人在各个不同时期、不同岗位为国效力。

800 年的历史沧桑，旧庄人经历了不少磨难，遭受了巨大损失。仅上世纪 40 年代就连遭兵祸 3 次：1945 年农历十月二十五日，诸暨县自卫队在村里驻扎到次年正月初五。适逢连降大雪，兵士大砍后山树木取暖烧饭，辛辛苦苦培育了几百年的参天大树几乎被砍光，长蛇形村道两旁的树亦砍掉不少，村人敢怒不敢言，惋惜之余，唯望天叹息而已。

1949 年 4 月 14 日至 15 日，国民党二〇三师 2000 余人围剿浙东人民解放军金萧支队后勤基地，扫荡旧庄，全村被洗劫一空，财物损失惨重。

现在，旧庄人正以高昂斗志，顽强的拼搏精神，开拓进取，为努力创造新的业绩而奋斗。

旧庄杂忆

肖 瑟

"金萧支队是浙赣线上的盲肠炎",这是我大军渡江前夕,国民党反动派的疯狂叫嚣。

南京国民党总统府直属机关、人员物资、太太小姐,没日没夜地通过浙赣线往广州撤退。活跃在浙赣线的浙东人民解放军金萧支队,今天挖铁路,明天炸火车,把反动派闹得风声鹤唳,草木皆兵,怪不得反动派叫嚣要动手割盲肠炎了。

旧庄,是桐庐县四管乡的一个小山村,也是我江东县民主政府的根据地。在炮火纷飞的岁月里,觉得这里怪宁静的。为了巩固根据地,我们文教科一批同志,决定自编教材,利用附近小学,办一期农村教师培训班。参加培训班的教师热情很高,一方面认真听课,学习新知识,一方面主动向我们揭发了校长贪污公款、不关心教师生活的种种黑幕。教师积极分子中,有个叫钟立钱的,至今尚有印象。教师培训班结束不久,我奉命到江东县政府驻地联系工作。还没有找到县政府,突然得到消息,说敌人包围上来了。我迅速从茅屋里钻出来,在村边大树下碰到了副县长金良昆,听他说陈相海县长带着县大队正准备突围。这时情况非常紧急,东南西北都有侦察员汇报情况。得到的情报表明,敌人已把我们的一切退路切断,包围圈正在逐渐缩小。正在这时,陈相海县长带着县大队来了。他分析了敌情,认为敌人来势汹汹,我们全部突围有困难,他果断地大手一挥:"县大队跟我突围，打出去；政工队员派两个战士掩护，跟金副县长上山埋伏。"陈县长话音刚落，金良昆副县长就带着我们，往最高最险的山上爬去。我们还没有爬到山顶，敌人已到了山下，大家只好就地卧倒在荆棘丛中。从一早到日落西山，大家忘记了饥渴，两眼紧盯着山下，两耳全神贯注地听着敌人的动静。太阳下山，夜幕降临，白天爬山被汗水湿透的衣服，夜风袭来，觉得分外冷。这时，山下村里起火了，我们估计敌人进村骚扰了，于是决定从山背后突围。山后无路可走，到处是陡峭的山坡，怎么办？决定从山上往下滚。办法是用手抱着脑袋，如腾云驾雾般滚下去，偶尔在山腰碰到树木，抱着喘口气，继续往下滚，衣服挂破，胳膊腿碰伤，都不在乎，只要不死，就是胜利。即使不幸跌死了，也比被敌人捉去强。同志们就是抱着这个决心一直往下滚。结果，奇迹出现了，大家都从不同角度滚到山下一丘稻田里。战斗结束后，我们又从山背后经过，抬头一看，不禁毛骨悚然，山势之险峻，实在不敢想象那天夜里是怎样滚下来的，敌人做梦也想不到游击战士会从那里突围。

我们突围出来，又经过一天多的急行军，才同支队部联系上。这时才知道是国民党的青年军二〇三师倾巢出动，妄图彻底摧毁我江东县民主政府根据地。可是，他料不到我们在外线作战的部队，早已掌握了其动向，神不知鬼不觉地来了个反包围，屁股后枪声四起，敌人慌作一团。我们打了个漂亮的伏击战，活捉了敌人的营长，缴获了很多武器。这次的所谓"割盲肠炎"，就以敌人的彻底失败而告终。

游击区生活片断追忆

蔡天格

"同志，你们到家了"

"从南星桥乘江轮到三江口，上岸后穿过湄池车站附近铁路线向西走，问××村找一个叫白秀英的，他们就会接待你的。这张条子上的人名地名记熟后就把它销毁，切不可大意。"金萧游击支队地下联络站负责人叶文熹同志在西湖金沙港国立艺专的学生宿舍里悄悄地指点投奔游击区的路线。这一批出发的人只有3个：我和妹妹蔡琦，还有她中央音乐学院的同学尹鉴。

那正是1949年春节即来临的前夕，家家户户正忙着斩鸡杀鹅准备为来年祝福。在一个阴霾天气的早晨，我和妹妹瞒着家里不告而别，怀着忐忑的心情走向新的生活。穿过浙赣铁路后就进入了金萧地区的边缘，当天没能到达目的地，在农家宿了一个晚上。看我们这身学生打扮，背着大包小袋，究竟是什么路道，不问，他们心里也是有数的。当时，如果有人来盘问一下，肯定很快就会露馅，幸好平平安安地过去了。事后知道，我们宿夜的农家正处在交界地段，国民党保安队常来骚扰。今天回想起来，还是心有余悸的。

第二天出发，在路旁就见到了金萧支队路西县人民政府以县长杨光具名的布告。午饭前终于找到"白秀英"所在的村庄。我们向道旁农庄一位老人打探，他一看就知道我们的来历，叫来了一位身穿蓝灰军装、干部模样的人，把尹鉴叫去交谈了片刻。那位大爷满怀热情连声对我们说："同志们一路辛苦了，你们已经到家了，放宽心，不要紧张，这里很安全，用不着再紧张了！""啊！""同志"这个神圣的字眼，我第一次被人这么称呼。"到家了"，这就是我们日夜向往的"家"，多亲切的家啊！

子弟兵，真正属于人民

"革命军人个个要牢记，三大纪律八项注意。第一一切行动听指挥，步调一致才能得胜利……"在院子里不大的空地上排列着 10 多位身穿蓝灰军装、肩扛步枪的战士，正在集体唱歌，准备吃中饭。刚才那位干部模样的人，原来是路西县县大队的一个区中队长，带领一个小队在执行任务，正巧被我们碰上。唱完歌，战士们要进餐，附近的老乡们纷纷出来拉战士去她（他）家吃饭，被拉的战士怎么说也不肯去。于是有的大妈、大嫂从家里端来了菜碗，朝战士的饭碗里塞鸡蛋、咸干菜肉。刚从国统区来的我们，被这动人的情景惊呆了。在我们印象里，"兵"指的就是那些身穿"黄老虎皮"，惯于欺压百姓的"丘八老爷"。提起"兵"，就会令人生厌，引起条件反射，避之犹恐不及。然而眼前见到的"兵"，却是如此令人感到新鲜，与旧观念中的形象截然不同。这是我们踏入游击区后上到的生动的又一课，使我们从感性上认识到"兵"前面为什么要加上"子弟"两个字，因为他们是属于人民的，是与人民血肉相连的。

似乎不存在男女的差别

午饭后，区中队长带着我们到联络站去打听支队部的踪迹，一直未能找到。在老乡家过了一夜，次日又追踪寻觅了一整天。傍晚时分，临近一个大村庄，满心希望进村找户人家，安顿一下已奔走了一天的困乏身子。突然，前方响起了枪声。区中队长立即发出命令："有情况，停止前进，就地隐蔽！"一边就带着几个战士在田坎的掩护下匍匐前进。经过一阵喊话，才弄清是自己人，寻找了两天的支队部就在这里。我们就在这里参加了革命队伍，开始了新的生活。我将会永远记得，它的名字叫"旧庄"。

按规定，新参加者必须到短训班学习两个星期，然后分配工作。在行军、宿营的间隙里学习、交流、讨论。夜晚，40多个男男女女常常是挤在一个厅堂里，睡在稻草上。谁都没有想到什么男寝室、女寝室，大家怀着圣洁的理想来到这里，都有着一颗无邪的心，男女之间似乎并不存在着差别。

分　鞋

我们几乎每晚都换宿营地，很少在一个村庄里过两个晚上。我们的几个主力大队经常在外线作战，支队部非战斗人员居多数，处于严峻的游击战争环境，不能不考虑到敌人的偷袭。由于频繁的行军，长年奔走在几县交界的山间崎岖小道上，鞋子消耗特别大，补给就成了问题，常常是四五十人只能分到十双八双鞋。如何分配好呢？30多年前一幕动人的情景令我至今难以忘怀，时时出现在我眼前：

"现在有10双胶鞋，只能先发给迫切需要的同志，谁需要请举手！"负责短训班的石同志向全体学员宣布。

"一共有18位同志举手，鞋只有10双，希望能克服的尽量克服，让给最困难的同志……好，现在还有14位同志举手，还少4双鞋……好，现在又有3位同志放弃，现在只差一双鞋了，还有谁能再克服一下困难……好，现有请举手的 10 位同志留下来分配鞋子，其余的解散。"

在这里，听不到"为什么他有我没有"的怨言，也看不到大家抓纸团碰运气的场面，彼此之间所以能相互关怀、谦让，都只源于一个原因：大家都是为了实现一个共同的理想，达到一个共同的目标，甘心情愿为之献身。

我多么衷心希望，在新时代里也能继承发扬这种献身精神！

黎明前战斗的主战场——外松山村

从旧庄到外松山不过 1 公里多路程。须臾，车到旧庄、里松山、外松山的交叉路口，路分两条，直走是老路，右转是新路，老路稍窄。外松山是新合乡政府所在地，是全乡政治、经济、文化的中心，古时东线之路与西线之路在此会合，也是松山溪与旧庄溪的交汇处，历来为交通要道，桐庐至浦江古驿道穿村而过。据史载：外松山地处高山峻岭，旧称嵩山，分里、外两村，该村在外，名外嵩山，谐音称今名。新路经两次拓宽改建，宽阔而平整，公路两边的路灯杆顶端装饰着"火炬"，寓意

"星星之火，可以燎原"，革命老区红色文化的氛围浓烈。经过整治的松山溪，两岸装有花岗石护栏，连绵数百米，给人焕然一新之感。前行不远的左面，一座宽阔的公路桥跨过松山溪，与老路连接，直通对岸建于山坡之上的乡政府。桥头矗立着五星高照的新合乡乡标，过桥则是投资330万元的外松山农居点，崭新的住房整齐而错落有致，从老路右转，就是外松山老村。

外松山是一个多姓氏聚居的村庄，最早在外松山定居建村的是阮姓家族。

阮氏延龄公，生于南宋干道四年（1168）。因避兵乱，从姑苏常熟迁来，至今已有850余年历史。随其后又有许姓、胡姓迁入。元至正中期，有里嵩山钟氏迁入，在村之右侧建独立台门——下园。这一分支，在钟氏家谱中称流演派。"下园"也就成了流演派的基地。明弘治年间有方氏"由淳安漠川徙桐南水滨乡之外松山"入赘钟氏为婿，也在这里定居下来。明嘉靖中期，有旧庄钟氏家族迁入，在许氏堂楼左侧前建造独立台门前明堂，现今已有21户，68人。20世纪30年代后期，有钟氏孙辈从湖田迁入，遂构成了外嵩山的钟姓族群。纵观外松山村的历史，虽在明末清初有金氏、朱氏、陈氏、程氏、严氏等姓氏迁入，但这些姓氏都未能繁衍下来。今外松山就由钟、阮、许、胡、方五大姓氏为主组成，是一个多姓氏聚居的村庄。

外松山的地形像一只畚箕。卸山头像青龙首驻左侧，金家山似白象驻右侧，有青龙白象守门之势。村左后方有大片坡地，松山源溪在村前远处蜿蜒流过。前人为美化人居环境，在村周围种植乔木，数十棵二三人合抱的松、枫、银杏、麻栗、梓树郁郁葱葱，环绕村庄，参天蔽日，营造出一处钟灵毓秀的好地方。惋惜的是，20世纪50年代，这批古木为支援造船业被砍伐，现今仅剩村左边几棵苍劲的麻栗和右侧前一棵千年红豆杉。

红豆杉，是红豆杉属植物的通称，属于浅根植物，其主根不明显、侧根发达，是世界上公认濒临灭绝的天然珍稀抗癌植物，是经过了第四纪冰川遗留下来的古老孑遗树种，在地球上已有250万年的历史。由于在自然条件下红豆杉生长速度缓慢，再生能力差，所以这棵千年红豆杉显得尤其珍贵。而前人误认为其是柏树，在旁建有"柏母庙"，俗称"柏树殿"。古时，周围村人认此树作义母者甚多，在取名时，冠以"柏"以示母仪，求得保佑，平安一生。千年红豆杉至今绿荫依旧，为村前的一棵风景树。

由于村庄离长流水源较远，为解决饮用水，村内凿有三口水井，至今仍在发挥作用。村前两口水塘，为消防提供了水源。现在村人为提高饮用水的质量，在卸坞和郑家山两处建立自来水蓄水池，村民一拧开关，清澈的自来水哗哗流出，免去了深井打水之苦。

由于各姓多自远方与外地迁入，故产业微薄，到20世纪40年代末，全村207人仅有己田50余亩。许多村人迫于生计外出"打炭篓"，散居他乡的大都走的是这条路。1950年，实行土地改革。在政府关怀和兄弟村支援下，土改结束时全村有田120余亩，基本生活有了着落。随着时间的推移，人口迅速增长，土地缺乏相对突出。20世纪70年代初，村人发挥集体力量，在蒲畈荒滩开出新田50余亩，在村口下溪角开出新田10余亩。现在全村370人，有田200余亩，山2000余亩，地60余亩。人均土地超过全族平均数。

近30年，村内基本建设一直未曾停止过。在村干部带领下，1968年造起了可容纳千人、四周有楼的大礼堂；1971年建起了粮食加工厂和茶厂。先后建地下水库2个，开垦茶园70亩，水果山90亩，速生杉木林200亩。修筑拦溪大坝1200多米。1997年，村内主要道路铺了水泥路面。2001年，在乡政府支持下进行旧村改造，吸引外地人前来设点办厂，建成工业园区大道。

多个姓氏聚居的村庄，数百年来和睦共处，团结一致，共同建设美好家园。客观上是由于旧时宗法严明，禁绝同姓通婚，而这里多姓氏，自幼青梅竹马，互结连理，于是隔墙是亲家、外甥、称兄道弟，结成了血缘网络。更重要的还是祖上的忠义教化已溶于血，氏族排他性在这里就无显露了。

外松山人，继承崇教尚学的优良传统，十分注重培养子女，从古到今涌现出秀才、地方名士、革命军人、航空航天高级工程师、国家注册建筑监理工程师、主治医师、企业家等多名人才，能人辈出。

随着时代进步，将有更多的外松山人走出山村，走向全国，走向世界。

兰姑智送情报

地处交通要道的外松山是浙东人民解放军金萧支队频繁活动之地，原来村口有个三四户人家的小村叫店口，金萧支队曾在此设立联络站，而陈福兰则是金萧支队地下交通员。陈福兰，中等身材，年纪40出头，娘家是浦江县寺前镇。当姑娘时，大家叫她兰姑。1948年11月间，国民党浦江县长楼胜利为配合完成对金萧支队游击根据地的包围，在寺前成立了浦北办事处，在这一带开壕沟、筑工事、修碉堡，妄图遏制我军行动，造成对我军的威胁。因此，支队首长下决心要端掉这只"拦路虎"，拔掉"眼中钉"。为了摸清敌情、掌握主动，支队部决定派江东县桐浦区政治指导员杨又新同志对办事处主任傅希毅、自卫队中队长陈得生进行策反。为了及时与寺前地下工作者取得联系，杨又新派自己非常信任的兰姑去寺前送一份重要情报。接受任务后，兰姑装作去寺前买盐的农妇，冒着生命危险，机智地应对层层岗哨的盘问，通过道道封锁线，进入戒备森严的寺前镇，将情报安全送到地下工作者手中，胜利完成任务。

通过兰姑送出的情报，金萧支队同志很快与寺前地下工作者接上关系，不仅摸清了寺前驻敌的情况，而且对敌进行了策反工作。

1949年1月9日凌晨，金萧支队200多名指战员包围了寺前驻敌，在强大的政治和军事攻势下，国民党浦江县驻寺前办事处主任傅希毅和中队长陈得生被迫率官兵阵前起义。

寺前"钉子"拔除，使以马剑为中心的浦北、诸（暨）西、富（阳）南、桐（庐）东，纵横近百里已无敌人据点，成了金萧支队的重要根据地。同志们高兴地说："这次胜利的取得，也有我们兰姑的一份功劳！"兰姑智送情报的故事也一直为大家所传颂。

外松山狙击战

1949年4月初，解放大军云集长江北岸，等待毛主席、朱总司令向江南进军的命令。战斗在金萧地区的浙东人民解放军金萧支队为积极配合解放大军渡江，在敌后开展了独立自主的游击武装斗争，并在斗争中不断发展壮大。国民党的保安团和专署、县的地方武装，已经无法对付日益强大的游击队，便动用正规军来"围剿"革命力量。金萧地区的反"围剿"斗争，便在这种情况下展开。

黄和庆起义也是国民党决意进行"围剿"的重要原因之一。黄和庆，浦江人，国民党二〇三师六〇九团机枪营二连排长，经金萧支队敌工部策反，于 1949 年 2 月 18 日，率 11 人携带马克沁重机枪 4 挺，子弹 4 箱，在金华雅芳埠起义，20 日晨胜利到达金萧支队根据地。这次起义，人数虽不多，但意义重大，不仅使金萧支队第一次获得了重武器，而且也是国民党正规部队第一次起义，气得师长金式暴跳如雷，震惊了国民党京沪杭警备司令部。

1949 年 4 月 13 日，国民党二〇三师集中六〇九团全部和师部突击营，联合浙保王之辉等部共 2000 多人，携带迫击炮、六〇炮 20 多门，轻重机枪 80 余挺，分四路偷袭我桐庐四管乡后勤基地。一路经浦江的寺前、潘周家、引坑大路至外松山、旧庄等地；一路过罗家、芝麻岭至山桑坞；一路经甘岭绕道东毛村转向雪水岭，直插丁家岭村；一路经杨家岭至里松山，妄图一举围歼我后方机关和军需工厂。

14 日晚，金萧支队第二、三、四大队为了庆祝各部胜利会师，正在石门祠堂内开联欢大会，敌人围剿我后勤基地的紧急情报接二连三地送来，演出中途结束。支队部领导分析了形势，认为敌我力量悬殊，不能正面攻击，但是根据地的群众基础好，地形又有利于我隐蔽穿插，于是，决定分散行动，采取斩头、砍尾、伏击、偷袭等战术挫伤敌人，迫敌退出根据地。

各部立即行动。负责骚扰敌人的二大在大队长陈志先的带领下直插四管乡，于拂晓到达里松山村。从群众口中了解到，里松山、外松山等村昨天都遭到国民党军队的搜查，直到天黑敌人才全部撤走不知去向，杨家岭方向没有敌人，湖田、旧庄情况不清。当时中队干部和战士纷纷要求继续深入，大队领导也认为，在根据地里即使有四五百敌人也容易对付，于是决定向旧庄前进。刚走到万春桥桥头，我方尖兵发现大批国民党兵正从旧庄朝外松山方向开拔。原来敌人深入我根据地非常恐慌，特别是群众实施坚壁清野，使敌人的生活和行动都发生困难，浙保王之辉等部队已于昨晚从原路撤退，二〇三师则宿营在湖田、旧庄等村，现在正准备从大路撤回。二大发现敌情后，迅速回头，大队长毅然决定在外松山村子西侧的三岔路口伏击敌人；于是，命令以两个排的兵力占领外松山西侧山地（现新合乡政府后面的山头），其余以排为单位埋伏在外松山至三叉路的柴丛中，准备砍断并吃掉敌人队伍的头，后勤人员则向里松山撤退。

不一刻，敌人走出山坳。守在正面山上的六中队副中队长过分紧张，看见有四五个敌人已进入火力网，未等大队长命令便用轻机枪扫射，当场毙敌1名，打伤数名。战斗打响后，敌迅速后退至背后山上，并马上散开，利用森林作掩护，架起迫击炮、六〇炮、重机枪向我还击，火力很猛。经一二小时激战，因敌众我寡不宜再战，陈志先下令撤退。部队翻过山脊回到雅坊村休息。此战，本来是有利的伏击战，结果变成被动的消耗战，但也摸清了敌人的情况，打击了敌人的嚣张气焰。

参加这次战斗并担任侦察任务的湖田村盛志陆，具体回忆了这次行动经过：国民党二〇三师来围剿当天晚上，情报送到诸暨石门，当时我们还在表演节目，陈志先大队长对我说，"志陆，国民党二〇三师已经到旧庄、湖田了，你们湖田一带有没有房屋烧掉也不知道了……"他要我配合二大一起出发。参谋室发出了通知，其他人休息，二大六中立即出发。部队连夜过马剑，到上施吃早饭，饭后集中，陈志先大队长兼六中队长作动员说："同志们，努力点，松山一杯酒我们去喝一口……""盛志陆，你带4支步枪去松山侦察。"我带着4个人前进。到横路口碰见里松山的小苟（钟本芳），我问他："里松山有没有国民党的兵？"他说"不知道。"我又说："我是湖田人，凡（指政委张凡）是我爸爸，请你帮帮忙，去里松山看看有没有国民党的兵？"他答应了。我们4人隐藏在大树后面等他的消息。不一会儿，他打听后回来报告说："国民党兵没有，他们只烧了餐饭吃吃，吃过已走。"我将情况报告大队长。大队长又说："我这支木壳枪你带去，借件便衣，装成老百姓，去旧庄打听一下。"我刚要走，他又叫住我："你这个人太大胆，我要你过溪坑走，你却过大路走，稍等一会……"隔了一会儿，我们的联络员陈福兰来报告说："今日旧庄没人进出，可能有国民党部队。"于是我们4人又出发去旧庄侦察，每人间隔一定距离继续前进，我走在最前面。快到旧庄时，看到旧庄凉亭边有近30个敌兵出来，我立即向后面打了一个手势，后面的人赶快往回跑。我呆了一下，把枪藏在腋下撤回，马上告诉大队长，有30来个敌人来了，可用机枪扫。"那么退路呢?"大队长问。"过松山。"他不同意。结果，我们退到里松山茶山岗，然后转到外松山屋后山上。

当时六中队在外松山祠堂背后山上（二个中队，实际只80来人），敌人出来近30人，我站起来观察敌人来路，大概被敌人发现，"砰"的一声枪响了，一颗子弹"嗤"一下穿过机枪手的衣袖打中了王排长的脚，王排长负伤。六中队副中队长开枪就打，在关王殿脚，敌人被打死一人，慌忙逃回。

外松山激战

15日晚上，金萧支队各大队集中在离外松山只有十几里路的雅坊村。支队领导分析一天战况，认为缴获虽不多，但已严重打击了敌人情绪。为了给敌人以更沉重打击，使其不敢轻易地侵犯我根据地，决定集中二大、三大和特大二中队部分人员共约300人主动出击。同时，派人通知在浦江北乡活动的混合大队赶回参战。

参战部队半夜分头出发。三大队从七巧坑口沿山背脊向西南直插外松山东边高地；二大队走昨天老路向里松山出击；特大二中随三大队后边行动。16日拂晓，三大队到达外松山东北高地，被敌发现。敌人的轻重机枪同时开火，迫击炮也不断地轰击，三大队迅速占领高处山脊展开战斗。二大队刚到松山岭，听到炮声便以一个排守在岭上，其余插外松山西北的山脊，与三大队的阵地连接，以猛烈的火力齐向敌人射击。山上山下枪战激烈，子弹像暴雨般呼啸穿插，不时地夹杂着迫击炮声。

战斗约3个小时，敌进退两难。若退，怕我们缠住不放，追赶袭击；若攻，游击队在深山密林中穿插不定难以取胜，甚至反受损失。最后采取以进为退的办法，集中约两个营的兵力向东西两条山脊发起佯攻，企图将我赶跑后从容撤退。西边山脊的树林柴草较密，敌担心我里松山方向有援兵出来，迟迟不敢行动，只派少数兵力进行配合性进攻。而东边山脊敌人则集中几百人，在重机枪和迫击炮的掩护下，向我七中队阵地发起猛攻。七中队指战员利用有利地形沉着应战，连续打退敌人几次冲锋。同时，三大队又调九中队去增援，二大队也从侧面猛打，敌伤亡一批，退了回去。

战斗到10点多钟，敌人的企图都成了泡影，考虑再打下去于己更加不利，于是便边放火烧民房边撤退。为防我中途袭击，派加强的第二营折转罗家担任侧翼掩护，主力则从引坑、潘周家大路向南撤退。我军从两条山脊下山尾随追击，夺回部分被抢物资。

盛志陆回忆："二大""三大"当天一打，原准备宿营上施，我提议宿雅坊，理由是雅坊三面环水，易守，退路也好，到鲍家村、到栗树坪都可以。后来宿雅坊村。当晚"四大"也从石门赶来了，张凡政委也跟着一起来。"四大"听见打仗声，想退回，张政委鼓了劲才来，因"四大"原先是分水自卫队起义的，项雷部仗打得少。

第二天，再部署上山岗，在外松山屋背后，国民党在山上伏着，我们上去打了一下，一查机枪子弹，都说只有四五十发了，于是我带部队撤到婆畈。这时敌人的重机枪从外山头打过来，我们4人伏在地上，被子弹打得飞起来的泥土"卜""卜"飞溅到身上，是子弹还是砂石都分不清。战斗异常激烈，我们都以为自己没死，另外三人一定死了。后来机枪一停，敌人又开炮了，我们乘机不约而同都撤退到凉亭里。

凉亭里，国民党架过机枪，地上还有198个子弹壳，雅坊群众小福聪、松山成荣送饭来，我把子弹壳给他们，福聪不要，给了成荣。

这一仗，国民党在盛村烧掉三间房子（是南太、洪太的），因为当时我们部队在这里住宿过，地上还有稻草的痕迹。

战后，六中队长、二大队大队附翘胡子（城宅人，有威名）将一根指挥棒给我，叫我去收兵。棒中有旗，一拉出来就要收藏好（如让敌探看去要冒充，皖南部队不用旗，原先用过白旗，有一次让国民党知道了，用白报纸假冒，弄成误会，接受了教训）。我去收兵时，那些人不认识我，不但不听号召，还用枪瞄准我，我赶快跑回来报告大队长，后来他自己去，发觉也是自己人。

这次战斗，我军伤亡10人左右，却将敌加强团打败，有力地打击了敌人的嚣张气焰。

千年名木"红豆杉"

外松山村有一棵其貌不扬的古红豆杉，矗立村口已有500余年的历史。古树高20余米，其粗3人难以合抱。主枝笔直遒劲，铁骨铮铮，如巨擘擎天。小枝丛生，郁郁葱葱，深褐色的表皮上深深浅浅的印记诉说着500余年来的沧桑历史。历经严寒酷暑，依旧苍翠欲滴、傲然挺立。它最独特之处，便是集雌雄于一树。每到春季，满树飘花，自行授粉。至秋季，半树结籽，半树无果。果实成熟之际，红果满枝，艳丽多姿，甚是可爱。众人见之，无不啧啧称奇。

先前乡人不知此树学名为红豆杉，多以为是柏树，因硕大少见，心中有着独特的地位将其神化，山一侧曾建有柏母庙。乡民中多有将子孙继给它作义子，故此间取名多带柏字，如柏阳、柏子等，以求小孩一生茁壮成长。

红豆杉不仅极具观赏价值，还是第四纪冰川后遗留下的珍稀濒危树种，被称为植物王国的"活化石"，属国家一级保护植物。红豆杉树皮中蕴含着丰富的有极好抗癌作用的紫杉醇，比黄金还贵 100 倍。也正是因为红豆杉的价值，这株古红豆杉曾在 2007 年遭遇了一场劫难。有人趁着夜黑无人之时，原本葱郁的枝干被人偷偷地剥去了一层表皮，裸露出白白的树干，甚是凄惨。面对伤痕累累的古树，村民们无不叹息。老人说，这树是长寿的象征，我们要它千年屹立。的确，对于外松山村的村民们而言，眼前这株红豆杉已经不单单是一株古树，更是承载着他们满满的回忆和浓浓的乡情。

新德堂与回龙庙

阮干轩

中华民族每个姓氏都有各自大大小小堂号，"新德堂"是新合外松山阮氏的祠堂号。中国阮氏家族大堂号有"陈留堂"和"竹林堂"，主要是阮族东晋时在河南开封一带，当时称陈留郡，此时正是族群旺盛时期，故取堂名"陈留堂"；而竹林七贤中有两位贤士姓阮，"竹林堂"也由此而来。现全国各地阮氏都以此二堂号为谱堂。

外松山"阮新德堂"由姑苏常熟阮氏迁居桐江嵩山延龄始祖第十一世孙敬礼公于明朝成化年建造。此堂二进一厅一堂，前有堂门；整村阮氏围堂四周而居，里外二厢房；此公与邻里钟氏联姻生五子，勤奋聪慧；使外松山阮氏枝繁叶茂。

可惜，清嘉庆三年，外松山"阮新德堂"不慎遭遇火灾而烧毁。后外松山阮氏第十八世孙明泰、明广兄弟领头，家族兄弟（包括里潘阮氏）合力取祖先遗产后门山树木，重建"阮新德堂"，于清嘉庆四年十月十八日落成（桐江阮氏家谱记载）。

外松山"阮新德堂"距今250余年，外松山阮氏殷泽祖上福惠，几经修缮，依然巍峨耸立，现为县级文保单位。"阮新德堂"正居外松山村中央，表示阮氏在外松山安居乐业800年的深厚历史文化；时过境迁，目前阮氏厢房大多倒塌，或另选址新建，或外迁，只剩阮根尧兄弟一套祖居房紧挨厅。外松山阮氏传承祖上贤德，在各行各业各放异彩。

回龙庙在新合外松山小山头东脚下，又称本镜殿；可能庙的词义比殿大，还有前面卸坞和驼坞二条出水沟经羊龙地，在此有个汇水处，称龙回头，所以大家喜称回龙庙。

回龙庙建庙具体时间，各有说法，有人说明朝，有人说清朝。我记事起，看到的是一片断瓦残垣，听老人说解放前还是完好的，是因为火灾引起化为乌有。当时大家条件差，也没有人带头，所以也就一直荒废在那里。直到2000年初，外松山村钟立金夫妇带头筹建，村里几位乡贤鼎力支持和大家努力下，回龙庙重建焕然一新，庇佑着一方百姓。

回龙庙供奉着钟姓太公和土地菩萨，因为钟姓在整个新合是大姓，起源较早，有名望贤者供建。回龙庙有着红色历史，解放前，在新合活动的浙东人民解放军金萧支队，曾经在回龙庙开会商议新合地区作战方案，当地村民积极配合支持，成功挫败国民党"围剿"金萧支队后勤基地计划。

回龙庙是一座光荣的庙堂，它承载历史，庇护地方百姓安宁，展望民族伟大复兴。

千年历史文化古村——里松山

　　到里松山的行进路线与外松山相同，从旧庄出发，也只不过千米的路程，只是在外松山新老公路的交叉口，笔直走老路，至三岔路口，左转即可。在路口，我们可以看到一块"北至杨家岭""西至雪水岭"的路碑，为了省略"至"和"岭"两字，路碑的设计还真的别具一格。从路口到杨家岭大约 10 华里路程，有人称之为"松山大峡谷"，里松山地处其中。

　　里松山村，古称嵩山，位于新合乡（四管乡）西北，浦（江）桐（庐）古驿道穿村而过，素有"千年古村"之美誉。这里群山环抱、层峦叠翠、林木繁盛，村里 85% 以上的人口为钟姓。

　　北宋咸平年间，高枧钟氏始祖珊公第六代孙首先迁入，开创里松山钟氏基业。因怀念祖源颍水嵩山，先人取"嵩山"为村名。

里松山北有文笔峰，似蛟龙出群山磅礴而来，南有宛若银河、源深十里的松山溪（古称东源溪）从村旁蜿蜒流过，于外松山与旧庄溪（古称西源溪）汇合。

水口有"白象""雄狮"镇守，溯水而上，有"蟾蜍石""毛蟹形石""灵台石""中流石""鲤鱼背石""荷花形石"及"螺丝形石"等7处根据象形而取名的岩石突兀地面，由上往下看犹似7颗罗列的星星，古称"七罗星"。村口左右有"金钩形""银钩形"两山堐相对环抱，并与梅树坞口山嘴相吻，将里松山村子遮得严严实实，古称"三金钩"。如此风水宝地，预示着一方旺族崛起。

果然，风水宝地不负众望，宋景德元年（1004）在这穷乡僻壤涌现出抗辽英雄钟厚。

抗辽英雄 "忠救王" 钟厚

钟厚（975~1004），字惠民，号德政，里嵩山人。从小聪颖，虚心好学，尤其爱好习武，秉性耿直，体魄强健，臂力过人。据传，曾在东坑坞受异人传授，练就一身好武艺。

钟厚初为烧炭，后以经商为生。宋真宗景德元年，闻听契丹南侵，义愤填膺，毅然罢商进京，投宿于铁佛寺内，寻找报国之门。

时值朝廷议决御驾亲征，张榜招贤，进行校场比武，吸纳各路英雄投军抗辽。钟厚闻讯，前往应试。一试臂力，单手举起重 500 余斤的铁鼎；二试射箭，三发连中百步外靶心；三试舞棍，艺压群芳，夺得头名。不料，主考官王钦若是个勾结辽邦的内奸，怕录取钟厚给辽邦带来不利，便以各种借口贬之，使其不得录取。但钟厚报国之志不灭，仍住在铁佛寺内等待时机。一天，铁佛寺住持和尚告诉他："高琼元帅已领大军启程，皇上御驾亲征，你何不前去路上等候，投奔高琼。"钟厚闻之有理，立即前往高琼必经之路拦截，以表抗辽决心。经面试，高琼非常赏识钟厚武艺，遂收其为亲兵，随军征辽。

宋真宗皇帝自景德元年十一月二十日御驾启程向澶州进发，二十一日到长恒县，二十二日到达韦城，二十四日到达卫南县时，天气奇寒，黄河结冰，人马可从冰上过河。

当时的澶州被黄河一隔为二，分为南城和北城。

二十六日，真宗一行从卫南出发，到达澶州北城，在黄龙旗引导下，登上城楼。全军将士望见黄罗伞，知道皇帝亲临前线，士气大增。契丹辽军大队，在辽主圣宗和萧太后率领下也抵达澶州城外，屯兵于城郭，天天派将出阵挑战。有一日，钟厚终于按捺不住怒火，冲出城外接战，奋起神威，一连击杀辽军战将十数人，得胜而归。由于战功显赫，被封为游击将军大先锋。

次日，辽帅萧挞凛亲自出阵，要与高琼元帅决一死战。高琼披挂上马应战，两人你去我来，苦战一百多回合而难分伯仲。不料，其战马因历经长时间大战，力乏而失前蹄，将高琼掀于马下，情况十分危急。在这千钧一发之际，宋营中一箭射出，正中萧挞凛前额，辽帅倒地身亡。

契丹王圣宗与萧太后。见主帅战死，而宋室兵众将勇，一时难以取胜，便在北城外黄河边（即金沙滩）搭起"双龙会"谈判台，派使者前来宋营求和。宋皇准其请，两国元首亲率文武大臣赴会议和。岂料辽邦议和是假，想抓真宗是真。幸寇准、高琼早有准备，派杨延照在皇上身边护驾，高琼带钟厚在台下警卫。当听到辽主"拿下"两字时，杨延照立即拔剑抵抗。宋军虽人人奋力，无奈辽军预先有准备，人多势众，追杀过来。

钟厚力大，背起皇上拼命奔走，但仍摆脱不了追兵。此时钟厚向皇上和高琼元帅提议，请皇上脱下龙袍与他战袍互换。换袍后高琼命钟厚代登龙辇，将辽将吸引到他身上。皇上在众将保护下，安然脱险，而钟厚却寡不敌众战死沙场。等到敌人弄清真相时，真宗已进南城。辽邦见计谋未成，将士受损，再次提出议和。经双方使者多次往返议决，于十二月六日，正式签订"澶渊之盟"。

为表彰钟厚英勇杀敌、奋力救主、为国尽忠之精神，北宋庆历三年（1043），宋仁宗敕追封钟厚为"忠救王"，敕封钟氏家族为"忠义之门"。后人曾在椿树坞口（今合德堂）立杆高悬"忠义"之旗。在水口（松山溪与旧庄溪交汇口）建鼓楼钟台，当年"义门"风光可瞩。南宋建炎二年（1128），南宋高宗又敕加封钟厚为"天官明王"，立庙祀之，并赐田一顷，永为祭享之需。

抗辽英雄钟厚英勇杀敌、奋力救主、为国尽忠之精神也为世人所赞颂，邑人吏部尚书文敏公姚夔曾赠《九王诗》一首：

> 胡骑长驱帝独征，寇公奋怒展神旌。
> 阏氏血落无成魄，可汗头悬不再生。
> 介石孤忠全国难，断金大节立军营。
> 今观决策澶渊处，夜夜风涛泣战声。

邑人吏部尚书文敏公姚夔赠

作为千年历史文化古村，村内古建筑众多，有着深厚的人文底蕴。

最为典型是已存在千年的"骑龙庙"和有着500年历史的"嵩山庵"。

千年古刹"骑龙庙"

骑龙庙，为纪念抗辽英雄钟厚所建，位于里松山村口。因北宋时建立在梅树坞口规模宏大的钟公庙被洪水冲毁，后临时建小庙以祭之。至清光绪年间，又遭火灾焚毁。约公元1893年左右，由里松山芳二十一公、讳家治之子、太学生忠十二公、讳立教（1832~1902）捐田一亩，扩基重建。因庙址处于后山龙脉之上，故名"骑龙庙"。坐北朝南，五堂两天井，中间一戏台，还有一前厅，左右各两层楼长厢。"骑龙庙"用料考究，雕梁画栋、精雕细刻，人与动物栩栩如生。庙外前有字纸亭，后有位三公古墓，苍天古木罩阴，极为壮观雅致。20世纪70年代又毁于火，21世纪初重建，总面积490平方米，庙内供奉忠救王钟厚神像，成为海内外钟氏裔孙敬仰朝拜之地，四时香烛不断。

现按桐庐县民宗局和杭州市民宗局"寺庙规范化管理要求"，"骑龙庙"和"嵩山庵"统称万寿寺，"嵩山庵"为万寿寺上殿，"骑龙庙"为万寿寺下殿。

古老神奇的"嵩山庵"

嵩山庵，位于里松山村北山坡上，从大礼堂登百余级石阶就至。庵为三间空旷神龛，正殿塑有金装如来、观音、天神天将、地藏王、弥勒佛诸神像，是嵩山先人礼佛修性之所。"嵩山庵"占地100平方米，砖木结构，雕梁画栋，始建于明清时期（1500～1616），重修于乾隆十一年（1746），至今有500多年历史。因时代变迁，无人值理被湮没。后经1996年和2010年两次修缮，才保持今日寺容寺貌。

"嵩山庵"四面山峦环抱，青嶂叠翠，中间一方平地，像个小盆地，古代称燕窝形。原从燕窝口之山坳处劈盘山小径，通嵩山坑上下出入。后改道铺石阶，显得平坦宽敞。然有"长蛇吞燕破了燕窝形风水"之传说。由于地形特殊，故而这里气候也很特殊，庵中四季不结尘蛛丝网，不见蚊蝇蛛蟑，天然洁净，实是疗养避暑度假之胜地。

古老的"嵩山庵"在20世纪40年代中期曾发生"松山事件"。

1945年5月下旬，新四军四纵十一支队一渡富春江后，中共金萧地委和金萧支队在诸、富、桐、浦4县交界处成立了中共路西县委和路西县抗日民主政府。6月，在浦江的马剑（今诸暨市）、平湖和桐庐的四管（今新合乡）等乡交界处成立中共平湖区委和平湖区署。

7月27日，为迎接新四军二渡富春江，开创路西敌后抗日游击根据地新局面，平湖区委书记张月珍率领区民运队到桐庐四管乡开展征粮、筹款和筹组农抗会等工作，当晚宿营于嵩山庵。第二天清晨，突遭国民党桐庐县自卫大队偷袭，张月珍等4位同志不幸落入魔掌，时称"松山事件"。时值日军窜扰县城，国民党桐庐县政府迁往钟山大市一带，4人被随押至钟山。在当地群众帮助下，4位同志克服种种艰难险阻，历尽千辛万苦，终于越狱成功，于中秋节前胜利归队。

"松山事件"当时虽然暂时阻碍了中共平湖区委和平湖区署工作的开展，但也促进了民主建政。8月初，以何关宏为乡长的路西县平湖区新民乡抗日民主政府在四管乡高枧村正式成立，担负起开辟新区、支援前线的重任。

作为钟氏族人的聚集地，钟氏祠堂也是村内很有特色的历史文物瑰宝。钟氏族人鸿佐公（字位天）生四子，学章、学贵、学超和学彪，成人后四房，并分别列为光裕堂、咸正堂、合德堂、运和堂4个堂号。至卅三世芒行（家子辈），人丁日渐兴旺，光裕堂有丁31，咸正堂有丁12，合德堂有丁30，运和堂有丁11，合计有丁84，进入繁衍鼎盛期。于是族人肯堂构建起了公用四房堂楼和厅，现都是保护完好的古建筑。

赫赫有名的"松山板龙"

松山村故事板龙在全县赫赫有名。

松山板龙，又称里松山故事龙，自北宋至民国时期盛行乡里。

每年的祭祀、重大节日活动，当地百姓都要舞龙以祈盼五谷丰登、六畜兴旺、国泰民安，故以每户家庭为单位分别制作一节有故事情节的艺术造型板凳，如三国演义、西游记中的精彩典故，龙头则由舞龙协会负责在厅堂制作，所有板凳连接成板凳龙。后逐年发展，不断完善，一直流传至今。由于历史变迁，舞龙一度中断。1985年由村民钟为其、钟关强、钟柏昌倡议，松山板龙重出山门，并在制作工艺等方面得到进一步改善。

松山板龙共128节，全长百余米。由4尺长的灯板连接成龙身，龙头

龙尾十分精美，用竹篾、彩纸等扎制而成。龙头硕大、龙角高挑、双眼暴突，额上有一圆镜；张开大嘴，红唇白牙，口内含一颗神火珠；触须颤悠，头上缀满杨梅球，劲抓利趾。龙身上贴满金色龙鳞，龙头高达 3 米，威武传神。板龙每节灯板上均有各种不同的造型灯，内容多为"三国演义""西游记""八仙过海"等历史故事中的人物，如刘备、关公、唐僧、孙悟空、吕洞宾、何仙姑等，也有生肖动物、楼台亭阁、山水风光等。板龙制作集花灯、剪纸、绘画于一体，造型美观、栩栩如生。

松山板龙表演时，两面锣鼓开道，配有多面高达 5 米的巨旗（必须是单数）。舞龙的主队 128 人，鼓乐队 8 人，棋牌队 25 人，神铳队 10 人随后，配以龙虎旗、宫灯、大锣。在乐队什锦锣鼓的伴奏中，棋牌队先入场，在四周树立四面大旗。板龙入场后，绕旗迂回行走，做梅花阵、盘龙阵、剪刀阵、双门阵、元宝阵、铁索阵等多种艺术阵势的盘旋，如行云流水，给人喜庆吉祥之感。由于造型众多，表演阵容强大，阵式变化多，整个阵营气势磅礴。每年正月十二上灯，出龙仪式非常讲究，设香烛祭坛，取高山龙潭水，找村里最有名望的老人为龙点睛开眼，鸣炮后整条板龙绕村一圈，方能到各村活动，正月十六落灯。

2004 年，松山板龙被列为浙江省民族民间保护项目。

松山村不仅历史文化底蕴深厚，自然景观内容也非常丰富多彩。

韵味犹存的"杨家岭古驿道"

地处松山境内的"松山大峡谷"空气清新，环境优美，气象万千。峡谷尽头是远近闻名的交通要道杨家岭。据《义门钟氏宗谱（里松山卷）》

记载："杨家岭海拔六百四十多米，拐四十二道弯，五千四百余石阶，沿途有四亭一庵供行人歇脚。"而这记载与实际好像有些出入，有人从松香坞翻越杨家岭，曾经细数石阶，从岭脚到岭头是 1368 级，如此算来，上下最多也就 2800 级左右，至于拐几道弯还真没人数过。杨家岭现在虽然已经废弃，但它几百年的存在也见证了历史的沧桑和交通的变迁。

2019 年 9 月，新合乡组织乡干部开展"重走来时路，不忘革命志"的红色教育活动，翻越了杨家岭，使杨家岭的新功能突显。据说，现在杨家岭古驿道的石阶有 70% 保存完好。因此，杨家岭不仅可以成为红色教育基地，也可以成为开展户外登山活动、穿越古驿道、体验先辈艰苦生活的理想之地。

翻越杨家岭，到达新合乡境内，古驿道两边悬崖峭壁林立，山脚小溪流水潺潺，就像一幅立体、灵动的水墨山水画。清澈见底的溪水，偶见几条小鱼自由自在地畅游其中，没有污染的危害，没有噪音的干扰，这是不是也是我们在苦苦寻求的生活。

杨家岭古驿道修建于何年何月已无从考查，但其规模之宏大、驿道之宽阔、砌阶之精细，为周边所少见。杨家岭开通后，明嘉靖甲寅（1554）年有安徽祁门潘氏永昌、永护兄弟迁来岭南麓定居，于是就有了里潘、外潘这两个小小的自然村。若以此推算，杨家岭古驿道已有近 500 年的历史。明万历丙申（1596）年潘氏迁往浦江盘洲。百年后，康熙三十五年（1696）有阮氏迁入石独源（里潘）。20 世纪 80 年代中期，连接县城的柴雅公路绕道雪水岭贯通新合各村，杨家岭完成了它的历史使命，古驿道少有过往行人，里潘也成了交通不便、远离行政村的边缘山村，这给在此居住近 300 年的阮氏子孙们奔小康造成了困难。于是，阮氏族人陆续在大畈和里松山购、建居住房。现里潘山水依旧，村子却不复存在。

被遗忘的"小黄山"

里潘出来 2000 米左右是名不见经传的外潘小山村,然而这里的小黄山风光却志上有名。据《桐庐县志》记载:"小黄山,在县东南六十里。山下有龙潭三,上名砚潭,中名镜潭,下名大潭。潭边有纱帽石、砚石,又有石陇,自山顶蜿蜒而下,阔三丈许,长数十丈,名龙舌。春夏之交,潭边石壁随时异色,黄则将晴,黑则将雨,百试百验。其东为杨家岭,高十余丈,路极险狭,人马不得并行。"

"小黄山"在外潘村之南,顶峰海拔 615 米,山势雄伟,林木葱茏,有皖南黄山之姿,故名。峰下山路崎岖,松山溪流经于此落差较大,累万年之功,冲刷成潭,潭分砚潭、镜潭、大潭三级,统称龙潭。

第一级砚潭，潭形似砚，潭水浅而清澈，顺流注入第二级镜潭。镜潭面积较大，潭水清澈似镜，山林倒映其间，山水一色，奇丽无比。两潭右边有纱帽石、砚石，又有石垄自山顶蜿蜒而下，长数十丈，名谓"龙舌"。潭边有一怪石，每年入梅至伏天，此石能根据天气变化随时易色：石呈红色，天气晴朗；石呈黑色，天气阴暗；石呈黄色，天必下雨；若呈白色，则洪水泛滥，古称"晴雨石"。以石预测天气，实为罕见，亦是"松山大峡谷"中的一大奇观。第三级大潭，10米银瀑如练，一泻而下泛起阵阵银涛雾浪，气势壮观，景色迷人。

松山村四面环山，旧时盛产直径约40公分的原木，山路狭窄运木不易，故每逢五六月汛期，松山溪水位大涨，伐木人将一根根原木推入溪中，顺溪流而下，遇潭亦不搁浅，一路漂流至村口，为天然运木水道。

而今，龙潭水碧依旧，遗憾的是"晴雨石"因空气受污染等因素，以"石色"预测天气之奇观不再，又因保护生态封山育林，原木泛溪之景也成回忆。

纯天然无污染的"大桃岭山泉水"

龙潭之旁有一山坞为小桃岭，小桃岭之上为大桃岭，杨家岭古驿道开通之前，这里是通往县城的官道。2002年，在小桃岭口设立"桐庐雪水山泉饮品有限公司"，建有厂房2000余平方米和一条全自动生产线，专门生产和销售大桶装"大桃岭山泉水"。由于此处之水来自杳无人烟的高山大桃岭深处，无工业污染、无空气污染、无生活污染、无环境污染，水质纯净而甘甜，产品深受人们欢迎，在桐庐供不应求。2020年，乡政府在水厂上首千米处，拆除原有小水库，新建一只库容量为 21 万立方米的"菜坞水库"，定为新合全乡饮用水保护区。

纵观里松山千年历朝世事，不难发现，"元至正刘寇作乱，草贼乘机劫掠义门，房屋俱遭煨烬，杀掳众多"。里松山遭此劫难，一片萧瑟。至明末，社会动乱不堪，人口凋敝，里松山陷入低谷。清咸丰十一年秋，里松山又遭洪、杨军残部之乱，几乎被烧光、杀光、抢光，惨重之极。先祖忍受沉重之历史创伤，励精图强。

里松山钟氏族人奉教谕学清公为先祖，以耕读传家。早年合德堂正门外壁上作有一画：一书生、一农夫。上题："世上好事忠和孝""于下良谋读与耕"。后人承先祖重教尚学传统，世代尊师重教，订立尚学族规、房约。清康熙、乾隆年间，即置学田，积蓄财源，济贫奖学，造就人才。光裕堂有上达会，其大房有书堂会（即芸香斋）等。子孙高小毕业以上，每人每年可领学谷 1 称（15 老市斤），考上高一级学校，奖补更丰，赖此入学成才者不乏其人。鼓励有识之士举塾教，办学校。诸如清同治拔贡生立准创办县学馆，本沐、本然（善浦）曾任桐庐高等小学校长，本熙、本煦创志成小学，宜南三次出任四管小学校长达 10 年等。

由于重教尚学，里松山村人才辈出。曾有过州同知一名、知府一名、府尹一名、布政司两名、县尹八名、教谕两名、举人两名、诸如贡生、痒生、太学生更多。现代人文化水平更高，里松山有 7 个教授职称，有硕士研究生 9 人，大本、大专学历更多，高中已基本普及。

里松山人在国家需要时，显现出牺牲精神。抗日战争时期，嵩山青年奋勇从戎，国民军中尉排长有鑫，血洒湖北鸡子山，为抗战烈士；少将、骑兵师副师长、参谋长兼旅长宜嘉，与日军鏖战西北，为反对内战而解甲归田扶犁农桑；国民军某部中校军需宜盛，转辗大江南北，后寓居台湾直至晚年返乡；抗日将士还有国民军某部少校经理处长本煦、宜庞、宜澄、春标、宜禄、金水、关强、慈亭、宜郎、为炳、宜善、宜标、洪生等，及浴血长沙尸骨未还的小炳、宜黄、宜俊等。后人将不会忘记他们。

而走出山坞尚健在的里松山人，那种热爱家乡之情怀更是感人肺腑。他们无私奉献，关爱家乡，有为家乡建设出谋划策者，有解囊资助家乡者，如授受为永、研究员中强、副编审友山、主任编辑永水、高级工程师为金、高级讲师丙耀等。

里松山的先辈仁义为本，以礼待人，扶困济贫，乐于助人。从元末明初至今先后接纳郭、潘、郑、李、蒋、王、阮、费、徐、胡、吴、周等 14 姓氏客姓兄弟定居本村，几百年来 14 姓氏亲如一家，彼此世代友好、和睦相处。

1973 年至 2015 年，里松山村众人齐心协力，自费开凿村至乡政府公路。先与荡里（荡江岭至里松山）公路，后与柴雅（柴埠至雅坊）公路接轨，彻底打开千百年来"抬头见山，出门爬岭，山谷封锁"的历史僵局，为改变山区落后面貌创造条件。

现今，内外交通便利，农村实现电气化、机械化，家家添新房，户户奔小康，一片欣欣向荣景象。

钟惠民金沙滩救主

张宝昌

辽邦入侵

大宋景德初年，契丹辽国大举入侵中原。大将萧挞凛为前部，率领精兵 10 万，穿州占县，抢关夺寨，一路势如劈竹，直入中州腹地。辽主萧太后与国君耶律隆绪随后，尽起国内精锐，地毯式地继进，大有一举吞灭宋朝天下。于是，告急文书雪片似地飞向汴京。朝廷上下，一片惊惶。

这日，皇帝赵恒（真宗）坐朝，令文武百官当廷对策。众大臣纷纷扰扰，有的主张划地求和，有的主张迁都避锋，也有的私下嘀咕不如请降……嘈嘈杂杂乱成一锅粥。这时，左班中闪出一位大臣，红袍相襆，朗声奏道："陛下莫听误国之论，强敌入侵，焉有退却避让，自取灭亡之理！"宋主一看，见是丞相寇准，不禁愁眉一展，问道："卿有何良策？"寇准奏道："辽邦既然倾师前来，我堂堂大宋，自当全力抗击，臣请御驾亲征，敛敌锋芒。"寇准话音刚落，只听班列中一声冷笑，道："寇丞相说得轻巧，而今敌强我弱，万岁乃九五至尊，岂能亲蹈险地！"趋言者乃右相王钦若也，此人早与辽邦暗通关节，故有此议。大臣中原本主战者少，而王钦若平时又深受皇上信任，便又都随声附和起来。

"佞臣乱国，气死我也！"右班中一声厉喝，转出殿前太尉、天下兵马大元帅高琼。他斥责了王钦若的卖国之论，力陈本朝的兵多粮广，足够和辽国抗衡，并向皇上陈献三策：一，贬逐王钦若之流，以弭误国之议；二，御驾亲征，以消敌辽锋芒；三，张榜招贤，以增抗辽之力。

宋皇边听边点头，只是对"贬斥祸国者"一条解释说"众卿所议，均都为国"，余都一一准奏，并即日颁诏在汴京四城区开设考点，征拔人才，令寇准、王钦若等四大臣主持其事。令太尉高琼整顿兵马，调集全国勤王之师，准备御驾亲征。

钟厚投军

圣旨一下，顿时轰动京师，远近人士纷纷赶来，分头向四处考点试征。此事惊动了一位暂栖于京城铁佛寺的异人。此人姓钟名厚字惠民，系浙江严州府桐庐里嵩山人氏。这钟氏原非寻常人家，其始祖微子，系商君帝乙之后，纣王之兄。纣王无道，微子出走，及武王伐纣得有天下，分封微子后裔于钟祥，并因而得姓。汉末太傅钟繇即是其裔。繇子钟会，学士季，魏之司徒，领先伐蜀功成，因与邓艾内关而被杀，钟氏族人一时消沉。至唐，钟馗大夺魁，因貌丑陋而不蒙钦点，乃撞死金殿。钟氏愤于此事，竟数世隐居不仕。唐末天下大乱，其族避难江南，徒居桐江之滨。细细算来，钟厚应是微子八十八世裔孙。

钟厚虽出身农家，却是聪颖过人，勇而好斗。少年时，于东坑坪遇一奇人，传授技击之术，双手能开硬弓，力能举千斤鼎。又家居近水，谙熟水性。既具一身本领，常存报国之心，乃携一批山货来京贩卖，实为寻访报效时机，故而货物脱手后未立即回家。他寄居的铁佛寺，地近北门考点，即去报名应征。

第一场考臂力，钟厚举起了500斤石担，还能在头顶转圈，赢得全场彩声。二场射箭，钟厚要求将 60 步箭靶移到百步以外，施展穿杨绝技，三箭连中靶心，全场响起雷鸣般的掌声。第三场实战比武，钟厚仗着一手好棍法又力挫群雄，战鼓擂得山响，顿时欢声雷动。

且说，北门主考官王钦若，早有投降辽国之意，他见钟厚武艺高强，有心找他的差茬，以便开脱，便传呼他上堂问话。得知钟厚来自南方水乡，便问他可会马上格斗。钟厚回说：小人只会水战、步战，从未骑过马。王钦若摇了摇头，又要钟厚写篇《户辽策论》。钟厚回说：小人从小习武，只上了几年蒙学，不能为文。王钦若心中暗喜，却装作惋惜地说："既不能上马杀敌，又不能帷幄运筹，匹夫之勇，又有何用？"钟厚心中焦燥，便顶撞他道："榜文只说征招抗辽的志士，又不是考元帅、状元，为何要面面俱到？"王钦若一时答不上来，不觉恼羞成怒，吩咐中军官将钟厚逐出校场。

钟厚心里好不懊恼，满腔报国热情却无端遭到斥逐。思忖人说王钦若是奸佞，果真不谬。闻听高琼元帅是保国忠臣，何不去投奔于他，可惜选士已毕，该如何办？经过一番思量，他已有了主意。

过了几天，御驾出征，高元帅统领三军于前开道。才到北门，只听前军一阵喧哗。中军来报：通衢道口有一汉子抱着尊铁佛阻路。高琼催马上前，只见一位七尺昂藏的壮士，身抱尊铁佛踽踽而行，瞧那尊铁佛，足有千斤上下。高琼心知有异，吩咐中军唤壮士放下铁佛上前答话。经过一番盘问，高琼心里明白，这是王钦若嫉才，不让壮士报国。便将钟厚收在中军帐下，随同出征。

阵前救帅

且说高琼元帅催动三军日夜兼程赶往前线。不日，军临澶州。澶州古称濮阳，濒临黄河，为南北交通要隘，是兵家必争之地。当时，辽邦前锋已越过黄河，围攻澶州，澶州守将杨延照率领军民据城死守，形势十分危急。高元帅升帐，问谁敢冲阵去澶州送信，当下有人应声而出，正是那个抱佛投军的钟厚。高元帅大喜，即刻写好文书，通知杨延照按约定时间开城冲阵，里应外合迎接圣驾进城。

钟厚贴身藏好文书，全身结束停当，手持齐眉棍雄赳赳到阵前。只听高元帅一声令下，几员大将直扑辽营，辽军猝不及防，只得仓惶应战。钟厚趁势突入阵中，将条齐眉棍舞得车轮似的，打得辽兵四散奔逃，顿时闪出一条通道，直到澶州城下，守城将士接应入城。

次日，杨延照按时率兵杀出，高元帅也挥众掩杀，内外夹攻，将辽兵逼至黄河边。于是，宋皇与随驾的文武大臣安然进入澶州，高元帅分兵在城外扎营，与澶州互成犄角。

再说那辽军前锋元帅萧挞凛得知宋朝援军已至，大军受挫不禁大怒，尽驱十万大军过河冲阵。高元帅不敢怠慢，急忙布阵迎敌。不想，那萧挞凛甚是骁勇，竟然连劈宋军十数员大将。高元帅大惊，急令鸣金收兵，闭关紧守。

宋皇见首战受挫，不觉愁上眉头。王钦若趁势进谗，说道是贼氛甚炽，不如回銮为安。寇准则连说不可，如若贸然回师，辽邦必乘机大进，中原落于敌手，则我大宋危矣！高元帅也劝谏道："陛下但请宽心，各路勤王之师不日聚齐，至时，臣当亲自出战，定与辽邦决一雌雄！"宋皇这才渐舒眉头，期望于来日的决战。

数日后，宋军集结完毕，高元帅下令开城破敌。两阵对圆，辽邦前军之帅萧挞凛手提开山斧拍马出阵搦战，高元帅白马银枪跃前迎战。枪斧交加，势均力敌，你来我往一百余合不分胜负，高元帅暗忖：这番将势大力沉，武艺精湛，不利于久战，得用祖传滚龙枪取他。原来，高元帅的父亲高怀德，是太祖朝的开国功臣，一手滚龙枪法，称雄天下。只见高元帅卖个破绽，回马便走。萧挞凛哪里肯放，随后追来。两马相交，头尾相接。好个高元帅突然仰面侧身，枪似滚龙直奔萧挞凛咽喉。不料，然马失前蹄，一个趔趄，几乎将高元帅掀下马来。萧挞凛大喜，双手握斧狠狠劈下来。只听"哎呀"一声，宋营中飞出一箭，射中萧挞凛面庞。萧挞凛疼痛难忍，丢斧护面。高元帅趁跃起一枪，直将他挑下马来。

原来，钟厚隐在门旗里，张弓搭箭等待时机，正当高元帅危急之时，向萧挞凛射出了致命的一箭。

高元帅枪挑萧挞凛，辽兵大溃，宋军趁势掩杀，钟厚舞棍直捣辽营，辽军抱头鼠窜，纷纷逃过河水，有的不慎落水，便葬身水底。幸得萧太后与辽帝的后续部队赶到，这才压住阵脚。

高元帅得胜回关，犒赏三军，并特提拔钟厚为游击将军，随中军听用。

澶渊殉主

且说那辽邦的萧太后与辽主耶律隆绪眼见大宋兵强势众，难以急图，便心生一计，提出和议。而大宋的寇准丞相和高琼元帅原本主张抗战到底，怎奈王钦若在宋皇面前一味撺掇，极力言说辽邦的厉害，议和乃是上上之策。宋皇本就害怕打仗，于是便同意与辽邦议和。经过几番磋商，双方议定于澶渊地方，择吉签订盟约。

所谓澶渊，本是澶州城东北40里处的一个古湖泊所在两山夹峙，一水中流，直通黄河。由于年久淤积，中有一大沙洲，其色金黄，故又名金沙滩。现在这里已搭起了几顶帐篷和一座土台，以作为宋辽会盟之所。

对于和议一事，寇丞相与高元帅早存戒心，临行时已作周详安排，以防辽邦的鬼蜮伎俩。果然，会谈进行了一半，辽主耶律隆绪勃然发作，喊声："拿下！"一队持刀的卫队便拥向土台。大宋这边，由大将杨延照率领的禁军急忙上前拦住，双方便在台下厮杀起来。此时，只听台上一声大吼，宋皇身后转出名太监来，一下推翻案桌，扯下条桌腿，逼退了辽主等人，一下背起宋皇冲下台来。此人不是别个，就是那勇士钟厚，受高元帅委派，扮作太监，以保宋皇安全。

钟厚背着宋皇，一下冲出人围，直往河边退去，杨延照率众掩护，且战且走，终于上了船只。却不料辽军早有埋伏，芦苇丛中发出一声喊，涌出数十只牛皮艇追来。那牛皮艇虽小却很轻便，眼看渐渐逼近大船。钟厚便与杨将军商议说，要保我主安全，只得如此如此。杨延照听了，虽是连连点头，却脸色凝重地望着钟厚说："只是难为你了。"钟厚哈哈笑道"大丈夫生而为国，死有何惧！"于是便请宋皇换下龙袍，由杨延照保护向南岸靠。钟厚自己披上黄袍，率领几个禁军上了另一只船，直奔黄河口而下。

再说那些辽军，只见"宋皇"的船进了黄河，人人都想立功，纷纷追来，在河心将钟厚团团围住。钟厚耳听岸上号炮声声，知道高元帅援兵已到，皇上也已脱险，不禁豪气云霄，大叫一声道"你们来吧！"纵身跃入黄河波涛之中……

尾　声

一代壮士英勇殉国，使辽邦大为震惊，情知大宋人心未散，遽以遽灭，不得不重开订盟之议。而宋室亦在王钦若之流的极力怂恿下，终于签订下了"澶渊之盟"。至于钟厚救主殉国之功，却被双方的订盟给冲淡了，暂时搁置不议。

20 年后真宗赵恒去世，其子赵祯（仁宗）继位，年号天圣。于是，有大臣重疏钟厚当年救主之功。新帝悯之，册封钟厚为忠救王，旌表里嵩山钟氏为忠义门，

明朝中期，小说家为表彰杨业、杨延照抗辽的事迹，敷演了《杨家将演义》，便将钟厚塑造成杨家将中的杨大郎，并有金沙滩代主身亡一说。

古建筑文化名村——引坑

　　从外松山出发，向东南而行 1 公里左右，至松山溪与壶源溪交汇的仁村桥头，路分两条，左转过桥是仁村，继续直行是引坑。

　　引坑村古名杏溪村，地处新合乡东南，离乡政府约 3 公里，南与浦江县的檀溪镇大杨村接壤。壶源溪自村东南而来，十里源深的引坑源溪在这里与其汇合，向西北而去，因古时壶源溪两岸长满银杏树而得名，天长日久演变为引坑，也有引坑（源）水供饮用之意。

　　引坑村地形秀雅，视野开阔，山水宜人，村前石柱屏层峦叠嶂，似大象屹立，长长的象鼻缓缓延伸勾卷，背面大塔山又似一头雄狮回眸镇守，壶源溪从两山之间急转北去，二者隔溪相望成"狮象"守口之势。

　　引坑村地理条件十分优越，村前独石畈、隔溪相望高峰畈和村西后畈，肥沃的良田成片成畈，壶源、引坑两源来水充足，灌溉便利。源远流长的引坑源更是引坑村的母亲河，她发源于 10 华里之遥、山高林密的乌龙垯。

　　古时，从石柱屏鸟瞰全村，布局似喜鹊展翅。村中心"三星堂"是鹊肚，新屋下与前村店是双翅，观音庙是鹊首，小山脚、陈家为鹊尾，确是风水宝地，人居好地方。

据史载，这里最早的住民是陈氏和朱氏，钟氏于明万历年间迁入，而后有王氏于清嘉庆年间迁入，储氏也于清嘉庆十五年从安徽潜山县迁入。然而，经数百年繁衍生息，唯钟氏最盛。

钟氏自始祖于明万历年间从旧章（今旧庄）迁入立基，历经明、清、民国、共和国4个朝代数百年，传16代，现有人口近2000（包括外迁），是钟氏家族繁衍最多最快的聚居点。

到达引坑村，给人印象最深的是这里民风淳朴，村民热情好客。如果你想去某个地方逛逛而不知方向，一问必有满意答复。当然，去引坑游玩，首选之地是"三星堂"。

省级文保单位"三星堂"

"三星堂"位于村中心，与停车场相距不远。沿仁檀线公路步行百米至引坑溪桥头右转，前行数十米再右转，有一条小小的里弄，可望见里弄尽头有个小小的半圆台门，既不引人注目，又有点破旧，门额上缀有一颗五星。走进台门，"三星堂"前门50米宽的门面一览无余，中间是正门，左右两边各有一边门。正门用石料门框门槛，上有石匾一方，镌刻着"鸿飞鹤舞"4字，"浙江省重点文物保护单位"的石碑伫立于正前方5米左右的地方。

引坑村的钟氏家族由于繁衍迅速，经隆、俊、茂、纯、粹、裕、嗣8世，至清嘉庆年间，已有人口三五百人。出于祭祀、聚会、议事、婚丧嫁娶之需，自明末起，集全房之力，首建祖堂，楼名"承启堂"。遂后陆续建造了"馀庆堂""百忍堂""承德堂"和"启翼堂"。

　　虽清朝后半叶政局动荡，但地处偏僻引坑未受影响，儒理之学已深植于民的引坑仍处于生机勃勃、蒸蒸日上的发展时期。一群踌躇满志的先知们胸怀壮志统领全村，为激励后人举全村之力在承启堂前统筹规划大兴土木，先里厅继而外厅（花厅）、门廊、屏墙，建起三间三进二廊一楼的"三星堂"，与先前的承德堂和承启堂连成一体，成为一个有机的建筑群，被今人称之"钟氏大屋"。"三星堂"雕梁画栋，那精美绝伦的木雕，简约而大气的厅堂，倾注了先辈们百年心血，四周与民居亲密无间的衔接，更体现了"聚族而居柏森森，雨天串门不湿鞋"的团结和谐理念，亦留给后人宗法传统下的诸多启迪，彰显族人抱团奋斗秉性所在。

　　至于堂名的来历，有两说。一说：始祖曾孙之后裔，出了两名文秀才，一名武秀才，而由浦江县尹胡传泰题名"三星堂"。另一说：此时的引坑人已经不满足于出几个秀才举人，更期盼状元、魁元、探花三星的出现，"三星堂"匾额由桐庐知名绅士胡传泰先生题写。各有各的说法，各有各的道理，孰是孰非，不可妄加评论。然而可以肯定的是，胡传泰是桐庐知名绅士，而非浦江县尹。

　　"三星堂"的正厅坐西朝东，三进两廊两厢。长 94 米，宽 50 米，总面积 4700 多平方米。砖木结构，围式设计。有天井、水井，结构严谨安全。

　　进正门是宽敞的门廊，三间平房，横梁雕花。两侧边门则是两条长度与正厅相等、沿天井而筑的走廊，直通承启堂、承德堂之后墙。

　　穿过第一个大天井，跨上两级，就是外厅（花厅），分三通间。左右各列 6 支大柱，中间左右各列 4 支大柱。花厅两旁各有 5 间厢房，为子孙住宅。门户相对，整齐雅观。

　　第二个天井右侧有一口水井，又大又深。上登一级，就是里厅（三星堂）。三间两弄结构。正中左右各列 20 支大柱。第三支大柱间设木屏，正上方高悬"三星堂"大匾一方。左右两侧墙各开一门，内各有小门廊、小天井。小天井左右各两间，正面一排 5 间马蹄形楼房，幽雅别致。

三星堂两弄各有一座楼梯，可登里外两厅的二楼。两厅二楼又有走马廊四周相通回旋里外两厅，都用台梁式木结构，硬山顶风，柱柱有牛腿。每只牛腿，每根梁槛，全部浮雕图象，琳琅满目。

雕刻是从东阳请来的十几位名师，技艺高超，常年住下，孜孜不倦，一丝不苟。

一只牛腿需花 100 多工。一个匠师雕刻一天的木屑仅一手可抓，其精巧之技艺可想而知。花卉鸟兽、亭台楼阁、舟马器皿、城闹宫室、园林果木、男女人物，无不因势象形，各具其神，全立体镂雕，玲珑剔透，活灵活现，栩栩如生，意蕴深邃。

外厅中间横梁，正对"三星堂"匾额，上刻九狮同珠，表其谐音"九世同居"之内涵；右梁刻"松鹿"，达其谐音"送禄"之蕴含；左梁刻"蜂猴"，取其谐音"封侯"之意义。

所有雕刻全取于史迹典故：有"姜子牙八十遇文王""诸葛亮巧施空城计""三英战吕布""曹操赠衣""击鼓骂曹"等等，幅幅是典故，块块有故事。有的牛腿从左面到正面到右面，不到一平方米的面积上，竟雕刻着十几个场面，20 多个人物，连贯起来是一曲完整的戏剧。工艺之奇巧，内涵之奥秘，美的享受价值之高尚，令人惊讶，赞不绝口。

从三星堂后大门穿过小路是"承启堂"，进门一个大天井。正中 3 间堂楼，两边各有 4 间厢房住宅。

通过走廊，穿过又一条小路，便是第五幢"承德堂"，其结构与"承启堂"相似。

引坑"三星堂"，其围式结构及其巧夺天工的浮雕艺术是此古建筑物之两绝，而且保存完好，面目如故，实是现今古文物之一朵奇葩。

20世纪40年代末，浙东人民解放军金萧支队曾在"三星堂"举办干部短训班，第四期短训班学员170多人在此举行结业典礼，同时还召开过公审叛徒的"千人大会"，当时热闹非凡的情景，给古老的"三星堂"打上了红色文化的烙印。

保存完好的古建筑群"三星堂"，不仅在浙江省绝无仅有，在附近几省也很少见，其创新的建筑理念与建筑艺术更是首屈一指，因而这里也是大中院校建筑系师生经常来学习、参观、临摹的地方。国家对这一古建筑群也十分重视，千方百计予以保护，2015年被列为"浙江省重点文物保护单位"。

在"三星堂"光环的照耀下，引坑村也引起国家重视，21世纪初，申报列入《国家级古村落群保护名录》成功。

从"三星堂"出来，沿仁檀线公路，过引坑溪，步行千米，即到横跨在壶源溪上的荡江岭大桥。这里是桐浦交界处，桥对面属浦江县管辖，桥这边属桐庐县管辖。这座宽10米、长155.1米、路线全长0.4公里，设计时速为40公里的二级公路桥于2005年11月7日动工兴建，2007年初建成通车，从而使壶源溪过水路面时有车毁人亡成为往事。

独石堰与瓦檐潭

在离荡江岭大桥约百米的上游，为了充分利用水资源，引坑村的祖先们筑起了引水自流灌溉的独石堰，上面筑有矴步桥。独石堰全长140米，坝高3米，是壶源溪上最长的堰坝。长2000米的引水渠沿着弯弯曲曲的山脚直达乌鸦岭脚，可灌溉农田 170 亩。在没有科学仪器的古代，引坑人的聪明才智和勤劳勇敢精神由此可见一斑。

独石堰矴步桥为古时桐庐、诸暨、浦江的交通要道，过往行人繁多。由于涨水时水流湍急，常有行人被水冲走溺亡事故。相传有一天，村人正在整修矴步桥，明朝讨饭皇帝罗隐秀才到此，静听了村人讲述的故事，随手将手中讨来的一个馒头扔下溪去，并告诫乡人说："告知来往过客，溪水漫过了此馒头，就不能再趟水过溪，否则必有生命危险。"说完拂袖而去。只一瞬间，这个馒头变成了一块桌面大的石头，上面似馒头般隆起，下不着底，好似摆着的一样。可是无论发多大的洪水，别的巨石都被冲走，唯有这馒头石纹丝不动，千年不移，成了一个天然的水位准测仪，保障着过往行人的生命安全。

古时，从桐庐引坑村到浦江潘周家村，须沿壶源溪西岸绕大弯，独石堰矴步桥的建成，使两岸的往来有了捷径。正因为如此，1949 年 4 月中旬，浙东人民解放军金萧支队在独石堰对岸的荡江岭演绎出一个精彩的阻

击战故事。

2014 年 6 月，中共浦江县委宣传部、檀溪镇人民政府在荡江岭立碑纪念，石碑正面上书"荡江岭阻击战旧址"，反面镌刻着"荡江岭阻击战简介"，全文如下：

荡江岭位于檀溪镇大梓村北边，1949 年 4 月 14 日，解放军渡江南下前夕，国民党汤恩伯部联合浙保主之辉部，分兵四路对金萧支队后勤基地进行包围。金萧支队分多线开展反包围战。15 日凌晨，金萧支队参谋主任张志骏率领三大队七中队在必经之路荡江岭周边设下埋伏。几个小时后，国民党 203 师 609 团经桐庐外松山、引坑向南撤退，该团尖兵排首先进入伏击圈。金萧支队七中队尽管在装备上与国民党部相差悬殊，但仍以闪电战术消灭敌兵 14 名，活捉 4 名，歼灭了尖兵排，缴获轻机枪 1 挺、步枪 11 支和子弹 2000 余发。

我们走过独石堰矴步桥就可看到这块纪念碑。

站立于独石堰矴步桥中间，壶源溪上下秀丽风光尽收眼底。上游瓦檐潭是壶源溪上最深潭，潭边是瓦檐山，潭以山名。瓦檐潭长 500 多米，阔 150 米，最深处达 50 余米，是壶源溪聚鱼最多、鱼的种类最多的地方，且有珍贵的娃娃鱼、鲴鱼在其中。波光粼粼的瓦檐潭和树木郁郁葱葱的瓦檐山相互辉映，具有优美自然环境、优越自然资源和数万平方米水域的瓦檐潭，不仅是一处垂钓的好去处、游泳的天然泳池，也是一处可设游船、游艇以供游人游览的好地方，游乐其中必定有"人在景中，景在画中"的美好享受。

据说，瓦檐潭上半潭归浦江，下半潭属引坑村，真正开发还需要有相互协作、相互包涵之精神。

趣味无穷的葭浡花潭

在离瓦檐潭数百米的壶源溪下游，即是《义门钟氏宗谱》有所记载的"葭浡花潭"。"葭浡花潭"位于引坑村前，出村300米就到。

源自浦江的清清壶源溪，源远流长，沿途景观诸多，传说美丽神奇，是一条富于诗情画意的大溪流。

它从瓦檐山入引坑境内，流经石柱山，与陡峭的石壁相撞，又受下游长120米、高3米、可灌溉农田80亩的高峰堰拦截，水回流转，形成一个深潭。古时，这里芦苇丛生，芦絮飞扬，故取其名为"葭浡花潭"。"葭浡花潭"长500多米，宽100多米，水深2至10米，潭水清澈见底，蔚蓝如镜，与悬崖峭壁、青山绿林、蓝天白云相映成趣。上空飞鸟盘旋，水面鹅鸭游弋，水中溪鱼成群，时聚时散，忽隐忽现，或追逐嬉戏，或翘尾啄食于卵石之上，或蛰伏于石缝之中。细细欣赏，趣味无穷。

这里也是大雁栖息的好地方，每年深秋至次年清明期间，是赏雁大好季节，成群大雁成"一"字或"人"字形，自北方飞临此潭，或在此越冬，或稍事休息后再往南飞。大雁是一种很有灵性的水鸟，有很强的组织纪律性。飞行时，总有一只身强体壮者为前哨探路。夜晚休眠，必有两只离群站立高处警戒。一遇意外，立即嘶鸣报警，群雁旋即高飞避祸。

此潭上段有"筏石""蜻蜓石"，可供游泳者和捕鱼者休息停靠。石柱山麓著名的"天雷石""屋瓦石"，则是天然的跳水平台。

中段至高峰堰坝，水深仅2至4米，水底全是卵石或黄沙铺就，水温凉爽宜人，是个少有的天然大游泳池。一到夏天，每天都有男女老少在此游泳洗澡，有人拿只大脸盆，时而上浮，时而下潜，摸起一把把鲜美可口的螺蛳。

潭之下游的堰坝前是一片开阔的"石顶滩"，阔 140 余米、长 300 米，一遇天雨，潭水下泻，这里是一片雪白的浪花。滩左面原有一高大的石柱拔地而起，傲立滩上，先人们称其为"玉玺石"，它与村中前店小溪边一株高 30 多米、树冠覆盖地面 1 亩多、先人称之为"皇阳伞"的大树遥相对应，称之为风水宝地，寓前店将出将相类大官。后有人夜半雇石工将"玉玺石"采去，但至次日天亮，其石复又长高如初，反复多次皆如此。后凿石者请教道士指点迷津，道士教其采石时，当场杀白狗以血淋之于石，石不复长矣！如今高耸突兀的"玉玺石"虽已不复存在，但其高出溪滩一米多的石基仍傲然屹立。

"石柱山"上好风光

在葭浮花潭东北面至正北面有一巍巍大山，名曰"石柱山"。其顶尖削直立刺向蓝天，名曰"石柱尖"。往北是一片百余亩的缓坡平山，北高南低，南面有长 100 余米的屏风石壁屹立，自然生成的"石龙""石马""石龙潭""石龙王庙"就在其中。缓坡宽广平坦，土地肥沃，上有茶园，畦畦井然，翠色欲滴，茶香扑鼻。山下是水面平静、水清如镜的葭浮花潭。临水一侧，青灰色的大崖壁峻峭排列，高 100 多米，宽 300 多米，是一处天然的攀岩胜地。一丛丛扎根于岩缝中的灌木顽强地生长着，山色翠绿，真如明人袁中郎所语："山色如娥，花光似颊，温风如酒，波纹如绫，才一举头，已不觉目酣神醉。"有一垅背，像大象的头和鼻子，自东向西延伸，直至到大塔山对面古称二山夹峙是狮、象守水口，引坑是块风水宝地利大发。古人曾作诗赞美："相持上下二高峰，间断中流一水溶。秋月春花多景色，行人遥望映江红。"自古"华山一条路"，而石柱山亦是自古只有一条路，从上高峰山脚向着垅背一步步向上跨越，经过象鼻到象背，再到石扶梯，由石扶梯往上再攀"石天门，跨越"天门"后才能到达石柱坪，才能去欣赏那天然的"石龙""石马""石椅""石屏风"等景致。据古人传说："石龙潭中居住着一性善青龙，每逢天旱，人们只要沐浴更衣，虔诚往求，青龙必施甘霖，以救苍生。"后因山路险峻，人们又从石柱尖下山湾中开辟一小径上山。但山湾下是一波深潭，于是便在龙潭对面南边造了三间龙王庙，塑了龙王神象，求雨人改在庙中祈祷求之。

站在石柱坪山巅之上，慧眼所及，山峰连绵，云雾缭绕，如梦如幻。真可说"登山临绝顶，一览众山小"。石柱坪坐北朝南，北高南低，因而常年气候温和，冬天最早化雪，春天最早百花绽放，夏天酷暑高温，它仍只有20多℃，从不会上30℃。若在此山投资建造避暑山庄，相信一定会游人不断。若是用作佛教建寺，那一定会香客如潮络绎不绝，可与浙江诸多名山名寺齐名。

引坑村自然风光景观绚丽多彩，内容丰富，历史文化人文景观同样毫不逊色。在古代，有陈氏贞节孝道的故事；在当代，一门双烈被传为佳话。

孝道的故事 "陈氏贞节牌坊"

清康熙年间，钟氏茂公次子纯，字载阳，号东严。娶独石陈凤林公之幼女为妻，婚后生下一女。不久，钟纯便英年早逝。其妻为赡养公婆，延续钟纯一脉，便把钟茂公三弟的第二个儿子钟士权过继抚养，并将他培养成附贡生，光耀了祖宗。后钟士权在县衙谋事期间，多次在县令面前提出要褒奖他的养母陈氏。乾隆葵丑年（1793），县令把陈氏的事迹上报朝廷，要求颁发褒奖陈氏德行的节孝匾，并准许其在家乡建造节孝牌坊。

第二年（1794），朝廷批复到达，结果出乎预料，褒奖陈氏德行的匾额竟然有两块。一块是"钦褒节孝"，另一块是"钦旌节孝"。两块匾的意思差不多，之所以发两块下来，意思是：两块里面，如遇到周边有一样的匾，就选另一块。引坑人知道皇上钦赐的匾很名贵，他们就将这两块匾都悬挂在钟氏祠堂里，用以教育后人。钟士权因得到了建造牌坊的恩准，就在现今大礼堂后面，学校后墙脚位置，大兴土木，给他的养母建造4个石柱，中间两根石柱脚边前后贴着两对狮子的"贞节牌坊"。

当年牌楼建造在进出引坑村道路的中间，多少年来，引坑村的子民从这牌楼下面经过，都会想起陈氏贞节孝道的故事，而用以教育后人。外人经过此地，也会询问其来历，故事就会随口而出。只可惜，这座气势宏伟的牌楼，在20世纪60年代中期被当作四旧给拆除了。4只石狮子两只移到了大礼堂前。一只碎掉了，还有一只因为基座断了，至今还被遗弃在村中的一个角落里。

你如果去引坑村游玩，可以看见在大礼堂门口有两只古色古香的石狮子，驻足细看，你就会发现，这是一对"夫妻"狮子。左边的，用前肢搂着一个绣球的，是公狮；右边的，两只前肢搂着一只小狮子的，是母狮。据村中老人介绍，这便是陈氏贞节牌坊的遗留之物。

一门双烈传佳话

引坑钟柏友家，是革命的红色家庭。

父亲钟柏友，1900 年出生于引坑，大革命时期曾参加革命活动。解放战争时期，在金萧支队担任联络员，并任联络站站长。

1948 年 6 月，国民党浙江保安三团突然流窜四管乡，因叛徒指认，钟柏友不幸被捕。敌人用"老虎凳""老鹰扑天飞"等各种酷刑，逼迫钟柏友吐露金萧支队的秘密。但他坚贞不屈，誓死保护党的机密。敌人不死心，又将他押送到浦江县城。当时正逢酷暑，为了逼钟柏友交代机密，敌人让他穿上棉袄，站在溪滩石子窠里曝晒，钟柏友几度昏死过去，宁死不屈。敌人无计可施，最终将钟柏友杀害于浦江县城。

儿子钟本金，受父亲影响也早早走上了革命道路。

1945 年 6 月，18 岁的钟本金参加了金萧支队路西县平湖区中队，担任警卫员工作。同年 9 月，金萧支队主力北撤，钟本金与平湖区区长毛冰

山、区中队长潘芝山及部分武工队的同志留守，坚持革命斗争。

1945 年 10 月初，武工队与前来清乡围剿的诸暨县国民党自卫队许长水一部在山河岭遭遇。钟本金因腿部受伤，无法及时撤离，遭到敌人抓捕。敌人对其多次审讯，见其宁死不屈，就将他捆在一根树上，丢入雅坊的大角潭，试图将其淹死。后来钟本金虽然被村人救起，却因枪伤溃烂，没能及时给予医治，于当年 12 月光荣牺牲。这正是：

一门双英烈，户开英雄花。不愧钟厚裔，光耀后来人。

非物质文化遗产引坑腾龙

引坑腾龙在桐庐小有名气，为将非物质文化遗产的引坑腾龙进一步发扬光大，每年县城闹元宵，必有引坑腾龙前来助兴扬威。

引坑人自古以来热衷于舞腾龙，这源自于一个美好的感恩故事。据传，引坑村东、西、南、北方向各有一个深水潭，4 个潭中，藏着 4 条龙，因而村旁的溪流才能终年不断。若遇到久晴不雨，深潭里的龙就会腾空上天，展姿起舞。天空就会乌云汇聚，大雨磅礴。腾龙飞舞，能给百姓带来"风调雨顺、五谷丰登"，村民为感

恩，遂将那4个水潭称之龙潭。并制作4条彩龙，在每年的春节举行舞龙迎新活动。

引坑腾龙表演时，队伍庞大，浩浩荡荡，气势磅礴，激荡人心。制作上，须准备6米高的长旗5面，3米长的彩色棋牌30面。余外是4条腾龙，这4条龙颜色不一，分别为大红、金黄、紫红、瓦蓝。舞龙时先由2人肩扛开锣开道；5个高举大彩旗的紧随其后；30面棋牌10人一排，排成3列跟随在彩旗后。压轴的便是舞动的4条彩龙。为助声势，一边15人组成的锣鼓队一齐敲响，声音响彻云天。表演时要求舞龙队员齐心合力、相互配合默契，才能使整支队伍在表演时灵活多变。舞龙的阵式众多，有盘龙陈，有双龙抢珠，有游龙陈，有跳龙珠等。

2003年桐庐县城闹元宵，全县多龙齐聚县城比舞技，引坑腾龙扛回"优秀创意奖""优秀表演奖"。同年9月，引坑腾龙参加杭州市庆祝新中国成立54周年暨第三届广场民间艺术展，捧回"组委会大奖"和"表演金奖"。同年10月25日，引坑腾龙参加"中国杭州市2003年娃哈哈西湖狂欢节"，荣膺"最佳表演奖"。2005年2月，参加桐庐县民间艺术展示活动，获"最佳表演奖"。

引坑村的祖先们经数百年肩挑背扛，用双手为后辈留下独石畈、后畈、观音堂畈、乌鸦岭脚畈、高峰畈、陈家畈、大关口等500余亩耕地。为确保各畈农田灌溉，先后筑起独石矴步堰、高峰堰和可蓄水10.5万余方的田青蓬水库。为解决汛期溪水上涨时与周近交通不便，相继修通了乌鸦岭和瓦檐山脚至浦邑杨家畈的盘山栈道；又有村人在独石堰瓦檐潭下创设义渡船，摆渡来往于浦桐二邑行人，成为壶源溪上有名的荡江义渡；为方便路人歇脚和避风雨，在村周边建造独石亭、高峰亭、乌鸦岭亭。还建有资福庙、龙王庙、乌龙庙、观音殿等庙宇。

上世纪50年代末60年代初，引坑人曾引独石堰水在石桥头建小型水力发电厂，用于全村照明和粮食加工，从此告别了用手工舂米、磨粉的历史。70 年代 10 千伏高压电接通，农田灌溉和群众生活发生根本性的改变。公路的贯通，并建起壶源溪上新合地段的第一座钢筋水泥大桥，再也无需等壶源溪发水才能将竹、木、柴编排送富阳场口埠了，连独轮车也闲而不用成了摆设。水竹坞、黄泥湾、来龙山和石柱屏荒山变为高产茶园。引山泉水到户，家家都用上了洁净的自来水。1982 年至 1987 年，建成 1000 多座位的大礼堂；2000 年冬，独石畈筑起长 200 余米水泥砌护岸坝。

引坑村之所以能如此兴旺发达，其重要的原因在于引坑钟氏族人历来有崇教尚学的传统，家家户户都努力培养子女让其读书求知识，长大为国效力。早在明清就出过多名举人、文武秀才和贡生。据不完全统计，历代以来引坑村共有邑庠生 39 名，太学生 18 名，国学生 1 名，钦授卫总府恩骑尉 2 名，例授职员 2 名。

上世纪 20 年代末，在厅楼上办起私立初等小学校。60 年代村校先搬到后殿，后又在旁扩建，还短时设过初中班。

进入 21 世纪，随着全民族的进步和科技《云》时代的来临，上大学已不稀罕，人们向往的是更高的教育和更高的学历。据统计，现引坑村钟氏有硕士 9 人，正科级干部 5 人。

总之，引坑村钟氏子孙已占全乡钟氏家族的三分之一，是桐江义门钟氏祖地最大聚居村，亦是全乡经济条件最好的小康村之一。

深山珍果——香榧

何正东

　　香榧也叫玉山果或者野极子，属于红豆杉科，是一种该科植物成熟的种子。香榧大小和小红枣差不多，两头尖中间大，成橄榄形，外层有坚硬的果壳。成熟后的香榧为紫褐色，果肉为黄白色，去掉外壳有浓郁的自然香气，加工后可以当坚果食用。香榧是一种含有油酸、棕榈酸、甘油酯、甾醇、硬脂酸等多种脂肪油的坚果食品。具有润肺止咳、润燥通便、杀虫消积的功效，可以增进食欲，益气健脾，改善肠道功能。香榧不仅营养丰富，可以为人体补充多种营养，还可以排除体内毒素，起到提高机体免疫力、强身健体的作用。

　　2007年7月，原来在外地办厂的新合人钟早荣经过多番考察，承包了引坑村小王坑860亩林地50年的产权，种植了14000株香榧。并在2009年成立桐庐兆丰

香榧专业合作社，2011年成立桐庐翡留香农业开发有限公司，以"公司+农户+合作社"的模式，带动香榧农户及香榧产业的发展，使新合乡香榧

的种植规模达到 2000 多亩，小王坑则成为香榧产业开发和种植基地。

2012 年，"榧留香"商标正式注册成功，基地有了一个颇具文艺色彩的名字"榧留香谷"，这是一个四面环山、环境优美的"乡村家园"。

在系统学习了香榧种植知识后，为促进学到的理论知识与实践相结合，钟早荣手把手教农户人工授粉，告诉他们应注意的事项以及修剪的频率、嫁接的要诀，等等。在钟早荣精心指导下，农户的香榧树开花了，第二年开始挂果，第三年树上的果实已经可以采摘。公司以高于其他地区的价格收购农户的香榧鲜果，有了希望和保障，农户从抵触心理转变为到基地购买香榧苗种植。公司在每一棵树上挂上"榧留香"的牌子，"你托我管，实现年年分红；产业兴旺，助推乡村振兴"，农户们再也不需要自己去管理，施肥、授粉、采摘、销售，所有的一切标准都有榧留香公司承包，只需在每年 9 月底站在树下称重采摘下来的香榧鲜果，就可即时分享到丰收的喜悦。

公司每年免费为社员提供至少两次的农业技术培训，并以保护价收购社员的产品，解决了农户的销售问题，保证了农户的利润最大化。一个什么也不懂的门外汉，实现了育种、栽培、嫁接、炒制、成品上市的全套产业流程。目前，公司"榧留香"香榧作为杭州市名牌产品，在上海、杭州、宁波、南京等城市已拥有不错的品牌效应。

2016 年，为了公司更稳定、扎实的向前进，响应中央提出的乡村振兴战略，钟早荣成立了杭州榧留香谷旅游开发有限公司，在原有的林地里开始尝试发展民宿与农业旅游，并推广香榧文化。2018 年 4 月开始试营业，生意一直不错。发展民宿与农业旅游的初衷就是为了在农业的这条大路上两条腿走路，并让大美环境的香榧基地吸引香榧客户，让他们成为"榧留香"的铁杆粉丝。

在 15 年发展过程中，桐庐榧留香农业开发有限公司荣获了浙江省农村科技示范户、浙江省现代农业园区精品园、浙江省森林食品基地、浙江省农业博览会优质奖、浙江省无公害果品产地、中国义乌国际森林产品博览会金奖、浙江省科技型企业、杭州市农业科技企业、杭州市企业高新技术研究开发中心、杭州市名牌产品、桐庐县农业龙头企业等诸多荣誉。

2020 年 7 月 21 日

新合索面

新合乡引坑村农家小院里，村妇有节奏地拉着面架上的索面。古老的面架被拉得嘎嘎作响，拉成细丝的面条如层层白纱，在暖风中轻轻摆动，整个农家小院到处弥漫着淡淡的面粉香。新合引坑手工索面历史悠久，它是一种千年祖传食品。据记载，公元 1043 年，北宋皇帝派宰相吕夷简来新合册封钟厚为忠救王时，族人即以索面招待朝廷大臣，离开时也以索面作为礼物相赠，新合索面也由此名扬京城。

新合索面长而韧性好，不易折断，因而有"长寿面"之称。亲朋好友中每遇寿辰，村民们即以索面作为祝寿礼物赠送，寓意健康长寿。每到大年初一，家家户户不论男女老少，早餐必吃长寿面，祈祷新年里健康平安。

新合手工索面的制作有其独特的工艺。和面时间规定放在晚上。面能不能拉好，绝招在盐与水的配比上。晚上和面，是因为和好的面粉需要一个醒面的过程。一晚上过去，面醒好了，做面的人也休息好了，第二天早晨起来拉面。拉面，靠的是手上功夫，手巧的妇女，能将那面团玩得如同变戏法，揉呀搓的，就那么上下几回拉扯，这长长细细的面丝就挂在架子上了。晒面也大有讲究，"日上三竿出晒，日差三竿收面"。

引坑手工索面有"色白如雪，细长如丝，口感绵软而劲道"的特点。过去，村民在余暇之日自己做自己吃，或当作礼物送给客人。如今，索面深受广大市民的喜爱，市场前景广阔，已成为村民们农闲时致富的第二产业。

红色基因传承基地——仁村

在新合有一座被桐庐县教育局命名、全县独一无二的红色教育特色项目学校——新合小学，学校坐落在仁村，从而仁村也成了红色基因传承基地。

仁村位于乡政府偏东，东邻曹家，南邻高峰，西邻店口，北邻高枧。据宗谱记载，明嘉靖初年（1530年前后），嵩山洪一公之孙昇四公之子志彩公迁居此地，命名"盛村"，取繁衍昌盛之意。后人以"仁"代"盛"，亦标以仁义之道。明天启年间（1621~1627），旧庄钟元尊、钟元鼎兄弟迁入盛村，后称前台门。从始祖志彩迁至仁村，至今已近500年历史。

仁村人非常热心于支持各项公益事业，哪怕是牺牲自己的利益也在所

不惜。1958 年，乡政府在仁村畈中央创建乡第一座水电站，供全乡粮食、茶叶加工和部分村照明之用。1976 年和 1998 年，无偿奉献出良田和耕地，分别建造了新合乡完全中学及春丝丽希望小学教学楼（现新合小学教学楼）。

新合小学的前身是创办于 1910 年的水滨乡志成学堂，1928 年改为私立四管小学。1959 年改名为新合公社小学，旧址是新合乡原钟姓祠堂（该祠堂于上世纪 70 年代失火焚尽，现新合乡政府办公楼所在地）。1984 年又改名为新合乡中心小学，新的教学楼于 1990 年 11 月落成使用。2006 年 7 月更名为桐庐县新合小学。2007 年 8 月新合小学迁入仁村现址。

现在新合小学的校址是原新合乡初级中学所在，创办于 1967 年，名为新合公社"五七"中学，1976 年迁现址。1976 年仁村无偿奉献 13 亩田和地，建造新合乡完全中学，1984 年更名为新合乡初级中学。1998 年又献出小学校址以及部分良田和耕地，建造春丝丽希望小学教学楼，于 2006 年 7 月撤并，并入凤川初级中学。

红色小导游

迎着新世纪的曙光，沐浴着课程改革的春风，桐庐县新合小学如同一颗散发着诱人芬芳的蓓蕾在新合乡仁村徐徐绽放。新合小学是桐庐县教育系统唯一的红色文化教育特色项目学校，是桐庐县新四军研究会红色教育基地。学校依托本乡独特的红色文化，充分利用革命老区的红色资源，把革命传统教育作为学校德育工作的核心内容，提出了"红色魅力新合韵，绿色山区精品校"的口号。

新合乡地处杭州、绍兴、金华三地和桐庐、富阳、诸暨、浦江四县交界中心，独特的地理环境，成为战争年代革命队伍聚集之地和可靠的后方基地。新四军金萧支队、路西县平湖区新民乡民主抗日政府和浙东人民解放军金萧支队后勤基地均建立于此。最为崇高和伟大的自然红色深藏于新合老百姓心中，铸就了怀念先烈、教育后代、继往开来的红色文化。

为了充分利用这一独特的红色资源，传承红色文化，新合小学适时提出"弘扬革命传统，创建特色教育，提升教学品质"的总体目标，带领学生开展红色之旅体验活动。同学们重走金萧路，徒步 5 公里前往山桑坞，寻访金萧支队老战士，听革命老前辈讲那硝烟弥漫的战斗故事，探寻金萧支队被服厂、修械所和后勤部遗址。到丁家岭、湖田、旧庄，寻访周秋水殉难处及金萧报社、后方医院、干训班、千人大会等多处金萧支队革命遗址。从革命老战士的零距离接触，到金萧支队遗址的寻访，所探寻的每一处足迹，无不可以呈现当年革命队伍苦战的岁月，无不洒满了先烈的热血，他们的生命染红了新合的每一寸土地，他们的付出最终赢得了家乡的胜利解放。追访红色足迹，同学们深刻感受到了革命前辈强烈的民族责任感、使命感和不屈不挠英勇献身的伟大爱国主义精神。

2006 年 6 月，浙东人民解放军金萧支队纪念馆建成，每当清明节、"七一"建党纪念日、"八一"建军节等重要节日前后，参观者纷至沓来。而纪念馆由于缺少讲解员，瞻仰者不能深入细致了解更多情况，聆听生动的故事情节。学校得知这一情况，主动与乡政府联系，承担起纪念馆的讲解任务。2007 年，学校启动"红色小导游"活动，把培养"红色小导游"作为爱国主义教育的一个重要载体。学校根据金萧支队纪念馆的内容，将革命史分成三部分，撰写成讲解稿。并通过演讲、讲故事等比赛选拔出"红色小导游"人选，其后再进行有针对性的培训，合格后上岗。

此后，每当纪念馆有重要的参观活动，学校都按乡政府的预约，派出

"红色小导游"进行讲解。学生因此不仅更加了解家乡这一段珍贵的革命历史，从中受到深刻的爱国主义教育，而且开阔了眼界，锻炼了口才，对孩子的成长将起到积极的影响，在社会上也收到良好效果，并多次在市、县报刊上刊登，至今已为千余名游客进行讲解。

小小新四军研究会

新合小学的教学模式和成功引起了桐庐县新四军研究会的重点关注。2009年4月中旬，在桐庐县新四军研究会的指导下，新合小学成立了"小小新四军研究会"，这在全县学校中也是一个独一无二创举。2011年4月，桐庐县新四军研究会正式发文吸收新合小学"小小新四军研究会"为团体会员，并举行"红色教育基地"的挂牌仪式。

小小新四军研究会以浙东人民解放军金萧支队纪念馆为活动阵地，以"红色小导游""战争访谈""战斗故事演讲""诗歌朗诵""寻访遗址""祭扫烈士墓"等活动为载体，进一步挖掘当年新四军在家乡活动和战斗素材，整理出适合小学生阅读的革命斗争史小学版本，使学生在阅读的同时进一步接受深刻的爱国主义教育。

新合小学创建红色文化教育特色项目可谓让人耳目一新，在当今由大教育向强教育迈进的新时期，校园文化建设已逐渐成为一所学校综合素质的体现，成为学校全面发展的重要组成部分。基于学校所在的新合乡是一个革命老区，是新四军金萧支队红色根据地，是浙东人民解放军金萧支队的后勤基地，这片曾被革命志士鲜血浸染的土地，为创建红色文化特色项目学校奠定了深厚基石。2011 年 12 月，新合小学正式被教育局命名为红色教育特色项目学校。

2012 年，"小小新四军研究会"成立了文工团。文工团以精品社团建设为龙头，为学生综合能力发展创建平台，创新活动形式和内容，为学校特色文化建设服务。社团组织健全，活动内容丰富，活动时间、场所以及师资力量有保证。小小新四军研究会文工团成立以来，其团员已经成为学校各项活动的生力军。

为了更有效地开展"红色"教育，传承和发扬特色文化，2014 年和 2016 年，在县教育局教研室专家们的帮助下，先后编写了学校地方课本《金萧红》和《红星路上》，把新合的"三色文化"（红色文化、红色传承，绿色环境、绿色经济和古铜色的民风民俗）有机地结合起来，让学生更加了解自己家乡的特色文化。地方课本在五六年级实施，在教学过程中方法多样，课堂地点也不局限在教室里。同学们经常以组队的形式，走出教室、走出校门，面向社会，锻炼学生。有些时候，甚至师生角色互换。如上到"金萧纪念馆"这一章节时，老师利用班级里红色小导游的资源，让小导游来当这节课的小老师，让他们来介绍纪念馆。这样，不仅学生听得入神，"老师"讲解得认真，让更多的同学羡慕小导游，积极参与到学校开展的红色主题活动中去。

革命老前辈对"小小新四军研究会"也给予高度关注。2014 年 3 月 25 日，70 年前曾经战斗在一线、用自己的鲜血守护着新合这方红土的金萧老战士杨彬（原浙江省人大常委会副主任、省新四军研究会会长）在有关领导的陪同下来到学校，给孩子们送来了一批红色书籍，为学校的红色主题教育提供新的内容，同时把自己平时省吃俭用节约下来的一万元钱捐献给学校，寄语学生要好好学习，把红色文化代代相传，争取做一个德、智、体全面发展的有用人才，长大了报效祖国。此情此景令同学们感激万分，学生代表发言表示，在老前辈的关心和爱护下，一定会倍加珍惜来之不易的今天，加倍努力，好好学习，锻炼身体，认认真真做事，踏踏实实做人，成长为一名健康的、有特色的、团结向上的好少年。

红色传承育新苗

江山飘红，薪火永承。2016 年 3 月 14 日，新合小学开展了红色教育周活动。桐庐县新四军研究会、中共新合乡党委及县委党史研究室、县教育局等有关领导和金萧支队老战士萧文等参与了启动仪式。桐庐县党史研究室向新合小学捐赠图书，为学生送来了红色的精神食粮。书中的革命故事固然精彩，从金萧老战士口中娓娓道来更具韵味。一个老兵，一群学生，战火纷飞的年代便凸现眼前，宛如昨日重现。

为延续红色精神，发扬革命传统，2018 年 4 月 11 日上午，桐庐县关工委及县新四军研究会宣讲团到新合小学进行红色教育讲座。县新四军研究会、新合乡党委政府有关领导参加了此次宣讲活动。面对济济一堂的学生，90 岁的杨金土爷爷和 92 岁的吴莲英奶奶慷慨激昂地给同学们讲述了战争年代自己亲身经历的艰苦岁月和光辉历程，把一个个真实、感人的事例鲜活地展现在学生面前。听到这些生动的事例，同学们不免发出惊叹的声音，片刻的静默之后现场响起了一阵阵热烈的掌声，掌声中饱含着学生们对革命老前辈的深深敬意。作为一名历史的见证人，新四军老同志告诫同学们不要忘却过去的艰难岁月，要坚持发扬艰苦奋斗的精神，珍惜当下，只有更好地学习，才能为祖国发展奉献智慧和力量。

县新四军研究会现场给红色小导游送上了新四军服装和扩音器，鼓励学生继续继承和发扬革命传统，讲述好金萧支队的发展史和金萧战士在新合战斗的英雄事迹；学校要以"小小新四军研究会"为活动载体，以"桐庐县新四军研究会"为指导平台，充分挖掘当地红色教育资源，创新德育载体，通过系列主题活动，引导学生知家乡、爱家乡，爱祖国，提高学生实践能力，增强面向时代、面向世界的意识，全面培养学生的爱国主义情感。

有人说，金子是最纯美的，但比金子更美的是人的心灵。

何俊杰是学校公认的阳光少年，他有一颗洁白无瑕、善良真诚的心灵。通过学校的红色传承教育和传统文化学习，心灵得到进一步升华。对于困难同学，他总是乐于伸出援助的小手，真诚奉献，从不计较个人得失；与同学有矛盾时，他总是谦让，得到同学和老师的好评。在家里时，经常帮父母做些力所能及的家务活，打扫卫生、整理房间、洗衣服等，让亲情其乐融融，在邻居眼中是个新时代的乖孩子。

张灵欣是众多小小志愿者中的一员，她从三年级开始就踊跃参加小小讲解员的练习，这个工作对三年级的孩子来说，需要一定的毅力和勇气，但她从不气馁，克服种种困难，放弃游玩的时间进行长期的练习，终于脱颖而出，成为了一名真正的讲解员。每当纪念馆有需要，她都会积极主动、毫无怨言地参加这个志愿服务，讲解落落大方，语言流畅，声情并茂，赢得了参观者和广大师生的赞扬。三年时间里，她共参加了20多次的讲解任务，相继被评为"杭州市优秀红领巾志愿者"，获得"桐庐县火炬金奖""桐庐县优秀三好学生"等光荣称号。

敬礼，金萧岁月

　　新学期又开始了，新合小学一如既往地在开学伊始举行了红色传承教育活动。今年是中国共产党建党 100 周年，新合小学的开学第一课选择了"敬礼，金萧岁月——主题学习"的活动。

　　2021 年 2 月 28 日，春日迟迟，春花朵朵，新合学子们洋溢着灿烂的笑容，随着老师们一起踏上金萧路，开始了回忆红色历史、畅想缤纷未来之行。

　　首站来到了浙东人民解放军金萧支队纪念馆。"同学们，让我们一起走进金萧支队纪念馆，重温金萧岁月，感受解放军战士那顽强的斗志与深沉的爱国之情。"方永丰校长在纪念馆前对同学们情真意切地说道。走进纪念馆，红色小导游纷纷上场，为同学们带来了精彩的讲解。翻阅历史，感受老一辈无产阶级革命家抛头颅、洒热血的无畏精神；反思当下，共产党领导人民艰苦奋斗才有如今的幸福生活。我们一定要加倍珍惜，继承老一辈的优良传统，铭记英雄，心怀感恩。

　　走出纪念馆，紧接着的是重走金萧路之毅行活动。微风拂面，有着花开的气息；队旗飞扬，感受祖国的呼吸。学生们排成了一支长长的队伍，在老师的带领下，沿着金萧战士们曾经走过的道路前进，身后留下了一串串小小的脚印。他们像金萧战士们一样保持着优良的纪律，穿过小溪，沿着山崖，心里沉甸甸的，似乎有什么东西在流淌。这曾是一条战斗的路，如今已成了幸福之路，我们可以边走边看风景，感受山林之美，赞叹乡村之新。是谁带来这美好生活？是你们啊，英勇无畏的金萧战士！

　　毅行活动结束后，随之走进了集历史文化于一体的印象新合馆。这边方校长正绘声绘色讲述着金萧支队在主力北撤后进行的武装斗争，那边周利群老师又声情并茂地介绍起一件件文物。新合学子一面看一面听，不时发出阵阵惊叹。场馆里还陈列着各类农产品，从雪白的索面到碧绿的春茶，从香脆的香榧到甜美的蜂蜜，无不展示着新合特色文化。

了解新合历史与文化，从历史中学习什么是奉献、什么是热爱，从毅行中体会什么是艰苦、什么是感恩，从文化中确定什么是责任、什么是未来，这就是新合小学的开学第一课。红色是我们血液里流淌的基因，历史指引我们来处与归途。地球绕日，汲取生命之光，生生不息；红星向党，歌咏红色精神，代代相承。

通过红色文化的弘扬和传承活动，使同学们更加了解先烈的丰功伟绩和艰苦卓绝的战斗历程，更加了解家乡的革命史，深刻感受到革命老前辈强烈的民族责任感、使命感和不屈不挠英勇献身的伟大爱国主义精神，深切领悟到今天的幸福生活来之不易，纷纷表示要用实际行动缅怀先烈，发扬革命传统，树立为祖国服务的崇高理想，牢记历史，居安思危，勤奋学习，为实现中华民族的伟大复兴而努力奋斗！

仁村不仅是红色基因的传承基地，而且还是有山、有水、有平畈，一个风景优美、景色宜人、人才辈出的美丽村庄。

诗情画意双虹滩　艰苦创业谱新篇

仁村地处桐庐、浦江、诸暨、富阳四县通道的三叉口，嵩山溪汇入壶源溪的交汇处。村前的仁村畈非常平坦，有水田近 200 亩，为祖祖辈辈的村人提供了耕作的良好条件。壶源溪在这里来了个急转弯，将仁村冲刷成半岛形，中间形成了一个长 500 余米、宽近 200 米溪滩。为方便南北通行，先人们分别在滩的两头建起高 4 米多、宽 80 公分的木桥，在蔚蓝清澈的壶源溪水倒映下，两座木桥隐隐约约，如同天上的彩虹，双虹滩、双虹桥由此而得名。将桥化作"虹"，这富有诗情画意的名字，体现了先辈的智慧和对美好生活的憧憬。现在滩还在，"虹"不见，取而代之的是两座公路桥。此地天地广阔、依山傍水，有急滩，有深潭，溪水粼粼，双桥倒映，山色秀丽，风景宜人。可供野营、登山、涉水、游泳和篝火晚会，是一处天赐的多功能野外娱乐场地。若能恢复旧时模样，其实也是一个很有自我特色的景点。

双虹滩北桥头的乌鸦岑脚有个邻近闻名的"炭场"。通公路前，新合乡大宗货物运输全依靠壶源溪涨水后用竹筏进出，乌鸦岑脚数间陋房作转运站，光木炭有时堆积达 500 余吨，全以竹编炭篓包装堆放，一直热闹至公路开通为止。

1950 年夏调整乡级建制，原四管乡分为新四和新民二乡，新四乡下辖外松山、里松山、旧庄、湖田 4 个行政村，乡政府驻地设在外松山。新民乡下辖下坊、坑口、何家、高枧、盛村、引坑 6 个行政村，乡政府驻地就设在仁村。

艰苦创业是盛村人的光荣传统。1961 年前后，困难时期，利用国家 1000 元的微薄扶贫款为契机，全村齐心协力造了一座大礼堂。1964～1969 年间，把 70 多亩外山头脚芒滩改造成良田，筑坝 500 余米以防洪护田，且以渠道抽水机房配套，该畈取名为新田畈。1976 年，壶源溪暴发特大洪水，村前防洪堤坝被毁。1977～1979 年，在清渚堰壶源溪改道中由乡政府资助，组织全乡人协助，筑成 300 余米长拦护大堤，既改溪为田，又利于畈脚电站正常发电。

公路开通促进了村民的造桥意识，1981 年冬，村民自发筹资投工，又争取到国家技术和财物的资助，花两年时间在乌龟畈建造了两座钢筋混凝土公路桥，从此解除了汛期交通阻塞靠木桥过溪不安全的隐患。

1983 年，利用山泉水建成的自来水工程改善了全村用水条件。1989 年正月，村里 20 多位男女青年用过生日庆生的钱投资修筑村道路面，在村民的协助下花了半个月时间，把村前 300 多米长的泥泞机耕路铺成水泥路面车道，形成绕村可行车。进入 21 世纪，村里先后对村前沿溪防洪堤进行加固改造，拓宽了道路，美化了环境，方便了交通。

峥嵘岁月勇担当

历来以厚道传家、仁义为本的仁村人，也经历过天灾人祸。据钟宜志、潘寿星两位老人回忆：民国三十八年（1949）三月十九日（农历），国民党二〇三师部队在桐庐、富阳、诸暨、浦江、义乌 5 县自卫大队的配合下围剿扫荡浙东人民解放军金萧支队后勤基地，失败后，从旧庄源出来向诸暨方向逃跑。金萧支队早已料到敌军行动，在仁村周围山头上布置兵力。当金式匪军到达蒲坂溪滩时，我军歼敌枪声打响了。这边山头有，那边山头也有，吓得敌人四处溃逃，他们用机枪和炮装胆疯狂回击，结果空打了一场，我金萧支队早已安全撤走。敌军气急败坏，恼羞成怒，就在仁村烧屋、绑人、抢东西，钟南泰、钟洪泰两家 5 间两居头房子被付之一炬，钟本楫家的财物也被抢劫一空。

同样，仁村人也不缺乏铮铮铁骨者。

早在抗战时期的 1945 年，新民乡抗日民主政府成立后，仁村有钟柏书、钟本楫、钟本悌、杨洪濡等人在三保农抗会任职，他们积极配合民主乡政府在本保进行反霸减息的斗争，并在保内征集军粮以实际行动支援前线新四军将士。

钟文书（1918～2003），1937年被国民党军抽壮丁，分别在安徽安庆和浙江宁波镇海参加了两次大规模抗日阻击战，并在镇海戚家山阻击战中身中两弹负伤。

抗日战争结束后，国民党于1946年发动了全面内战。由于国民党军对老百姓的烧杀抢掠，钟文书一直心怀不满，终于在1948年上半年伺机逃回了家乡，并于当年下半年参加了浙东人民解放军金萧支队，历任排长、司务长。1952年转业，参加地方社会主义建设工作。

钟本东，1923年12月出生。1946年参加中国人民解放军，1949年9月入党，参加过解放战争的淮海战役和抗美援朝战争（志愿军独立团），荣获一等功2次，三等功1次。1955年4月复员务农，享受复退军人优抚金待遇，现还保留有各式证件数本、军功章5枚及打满补丁印有"人民功臣"字样的衬衣1件。

何家有位革命烈士何寿康，他牺牲时居然和仁村、高峰有极大的关联。1945年10月，国民党二十一师联合诸、富、桐、浦四县自卫队向新民乡抗日民主政府进行清乡围剿，中共地下党员、路西县平湖区联络员何寿康不幸被捕。敌人数次严刑逼供，何寿康虽几度昏厥，仍坚贞不屈，拒不招供。匪军无计可施，于当天下午把何寿康带到了仁村，把他绑在伪四管乡乡长家八仙桌档上。次日凌晨，自卫队奉命回山河村"剿匪"。何寿康趁无人看管之机解脱绳索过堰逃到高峰，躲进村边的一猪栏稻草内。上午8时，敌人得知寿康失踪，就在仁村及周围村庄大肆搜捕，终于在高峰杨柏凯母亲的猪栏内寻获，随即将何寿康捆绑后用竹筏运至高峰潭，推入水中数度折磨至死，牺牲时年仅30岁，无子无嗣。

1986年，仁村被桐庐县人民政府命名为革命老根据地荣誉称号。

人才辈出留芳名

大概由于仁村田地平坦肥沃，以耕作种地为业生活安逸少了些念头，历来大儒不多，但也出过不少高端人才。清嘉庆十八年，孙茂为癸酉科举人，邑庠生太学生数人。民国时期，钟宜镇贫寒志坚顽强拼搏，以优异成绩赢得了国立北洋工学院土木工程系就读，后获中华人民共和国人事部、建设部首批颁授的教授级高级结构工程师，曾任上海市建设委员会、科技委员会建筑设计招投标评审专家，一生承担过不少国家重大项目的设计和评审。钟凤林，1949 年 8 月进华东军政大学，后来在部队长期从事报务工作。转业后曾任湖北省水利厅政治处副处长之职，1990 年由湖北省水利厅正处级调评员离休。

仁村有位邻近闻名的根雕艺人钟胡庆，笔名金千里，毕业于杭州高中，曾做过小学教师，干过修配厂绘图师、描图员、俱乐部管理员。钟胡庆有颇高的艺术天赋，从小酷爱美术，悟性极高，特别钟情于根雕这种集自然、雕琢及造型于一体的独特艺术。钟胡庆当时根雕创作，一方面是对根雕艺术的热爱，另一方面也是为解决家庭生计。他在根艺这方面没有正式拜过师，完全是无师自通。他翻阅大量的根艺书刊、杂志，又到邻近县市参观他人优秀作品，回来后找到合适根材，再细细揣摩，融入个人思想，构刻出各种形态的人、物、景、兽等，作品栩栩如生，得到行内专家的认可，作品非常畅销，根艺专技也日趋成熟。作品《鲁迅先生像》"横眉冷对千夫指，俯首甘为孺子牛"被鲁迅纪念馆收藏；作品《大禹像》"大禹治水，功垂千秋"被绍兴市文物管理处收藏。

抗日民主乡政府所在地——高枧村

　　高枧是桐江钟氏发祥地，坐落在新合乡的东部，以前曾是一片荒凉壁滩，杳无人烟。此地虽然是处荒芜蛮地，可风景却是非常幽美。

　　公元 889 年（即后唐龙纪己酉元年）10 月，始祖珊公为躲避战乱，与夫人郭氏一起带着儿、媳从江苏丹阳尚德乡（今胡桥镇）迁移过来，看中了高枧独特的地理环境，于是开基建房，安家立业，开枝散叶，开创了桐江钟氏的千年历史，成为中华钟氏浙江最大的支脉。因而现在高枧村中大多为钟姓，另有少数曹、周、骆、张、胡、于、何、陆等姓氏。

高枧是个美丽的小山村，由高处往下看，四周青山环绕，壶源溪似柔软的缎带从村南由西向东蜿蜒而过，整个地形就像一只展翅的金鸡，由溪流沉积沙滩改成的百多亩良田藏纳在肚中。村北山梁上耸立着一头石狮，昂首迎着朝阳，隔着壶源溪的阴霄山挡在村前成为一道天然的屏障，身临其间，但见"石狮昂首迎旭日，来水入怀不见去"，整个村宛如处在桃花源中。

据《桐庐县地名志》记载：高枧位于乡政府驻地东，东邻曹家，南邻仁村，西邻外松山，北临和尚尖东麓山脚，村处田畈中，昔村民用木质水槽（枧）引山水饮用，以其枧悬空高架而名村。

钟氏族人在桃花源中安享太平，繁衍生息，随着人口的增多，土地的拓展，日常用水问题日益凸显。于是村里出现了悬枧引水的创举。枧字本义是"木槽"，"引水木槽"即为水枧。钟氏先祖采用在石仓角高高的峭壁上凿眼悬挂水枧的方法，成功解决了用水问题，为纪念水枧这个创造性发明，取高枧为村名，意义特殊。不过还有一种说法，因高枧四面环山，要登高百步岭才能看见村庄，见、枧同音不同字，合而为一，称为高枧。

自从珊公迁居高枧以后，和子孙后代发扬"愚公移山"精神，围溪造田，拓园植桑，筑坝造堰，开沟做渠，引水灌溉，勤奋开拓，历经千年创出了新天地，造出了高枧村前畈、清渚畈、汲港畈三畈旱涝保收的高产良田200余亩。

由于地理环境优越，人口发展很快。从珊公开基到第五世，高枧已有24户家庭百余人口。先祖见多识广，鼓励儿孙走出家门开拓创业。后代子孙继承先祖遗风，不断迁移到外地去开枝散叶，由近及远，先迁到嵩山、石井坑（坑口），后迁往三管（今三源）厚坞、上虞、兰溪、临安、钱塘等地，很快成遍布浙中的钟姓大族。

历史给钟氏祖基开了个玩笑，根据老谱记载，由于向外迁移太过频繁，到第九世高枧钟姓尽剩几户人家。时间不长，钟氏居然绝迹高枧，中间有近100多年无钟姓居住。直到嵩山十九世钟英六的大儿子钟永祥为了光复祖业，奉母之命毅然回迁高枧，继承祖基，恢复祖业，再次繁衍，使得高枧钟氏又中兴起来，重新回归钟氏天下。历经千年，30多代人的不懈努力，艰苦奋斗，高枧村终于开创出一个崭新的新天地。

我们不妨将高枧的钟姓历史划为两段，珊公迁入至钟姓外徙消失为古高枧；钟永祥复迁高枧到现在，历经近20多代人600多年的艰苦创业和坚忍不拔的奋斗，钟姓重新恢复鼎盛，可称今高枧。

重教崇文是钟氏一贯的传统，从珊公第三代起就有功名入仕，科举时有邑庠生18名。民国初，村民筹贤自助办私塾学校一所，何家、下坊亦有学生到高枧读书。

一直以来，高枧非常重视保护古墓、古庙、厅、堂等文物古迹，已经历了近千年的珊公墓址的确定就得益于此，骨架圣体还是完整地保留了下来，为古墓修复提供了良好条件。古庙亦已连续整修了好几次，目前还与石狮共存。明、清代的部分古建筑依然完整地保留着，厅、堂中的浮雕栩栩如生。盘山大石门的雄姿不减当年，石仓角的镇妖石依旧坚挺地屹立着。修缮了里疙头建筑面积400平方米的清中晚期古建筑——抗日民主乡政府旧址，并进行提升改造，充实完善相关史料和文物，绿化、美化周边环境。

近千年来，高枧人耕读传家过着平静的农耕日子，但独特的地理位置注定高枧会发生一些不平凡的事件，日寇侵华时，这里曾建立过共产党的支部，也是后来抗日民主乡政府所在地。

中共高枧支部成立

高枧的革命斗争工作开展的比较早。1938年春，富阳县大章村人蒋忠自上年冬省陆军监狱获释后，受党组织派遣来马剑一带进行革命活动。他由住浦江湖山的里松山人钟道生介绍，认识了四管乡（现新合乡）高枧村钟春山，并通过他结识钟本兴。再由钟本兴介绍至鲍家朱葆仁处，先后与朱葆仁及潘芝山熟悉。

1939年9月，当时任中共浦江县委书记的蒋忠以小学教师和商人的身份为掩护，经常跋山涉水，经四管乡往返于浦江、富阳之间，指导基层党组织开展工作，高枧村是蒋忠经常落脚之地，何家村的何柏华则跟随左右，明为脚夫，暗为保卫人员。1940年8月，蒋忠在高枧村钟本兴家楼上吸收潘芝山、钟本兴、何柏华、何寿康、何万高、何万泳、周开金等人为中共党员，建立了中共高枧支部，蒋忠兼任党支部书记，隶属于中共金衢特委。党支部成立后，积极宣传抗日，发动群众进行"二五"减租，反对封建霸权的斗争。

1945年5月，抗日战争已处于最后胜利的前夜，为把浙西与浙东、会稽山和四明山的敌后抗日游击队根据地连成一片，活动在浙西北一带的苏浙军区新四军四纵队一部，遵照华中局的战略部署，先后两渡富春江，与战斗在浙东的新四军二纵（即浙东纵队）及金萧支队胜利会师，并肩转战于金萧路西地区，使这一地区出现了蓬勃发展的大好局面，抗日的烽火以燎原之势迅速地向四处蔓延。

1945年5月下旬，新四军四纵十一支队一渡富春江后，金萧地委和金萧支队在诸暨、富阳、桐庐、浦江 4 县交界处成立了中共路西县委和路西县抗日民主政府。6 月，在浦江的马剑（今属诸暨市）、平湖和桐庐的四管（今新合乡）等乡的交界处新开辟了平湖区。

7 月 27 日，为迎接新四军二渡富春江，开创路西敌后抗日游击队根据地的新局面，平湖区委书记张月珍率领区民运队到桐庐四管乡开展征粮、筹款和筹组农抗会等工作，突遭国民党桐庐县自卫大队的偷袭，张月珍等 4 位同志不幸落入魔掌，时称"松山事件"。

新民乡抗日民主政府

"松山事件"发生后，金萧支队决定对那些比较顽固的土豪劣绅采取一定措施，以打开新区的局面。一些平日作恶多端、欺压百姓的地绅闻讯后，大的躲到桐庐县城，寻求保护；小的也纷纷避往邻乡亲戚家；过去曾为我服务的一些开明绅士也怕出头露面了。这样一来，反而给我们的工作带来了诸多的不利。根据这一情况，上级决定在四管乡建立一个抗日民主乡政府，以此出面来开展各项工作。并由毛冰山代理张月珍的区委书记职务，杨亦民亦以区委负责人兼区中队指导员的身份被派往平湖区工作，以加强这一地区的领导力量。同时，物色何关宏担任抗日民主乡政府的领导工作。何关宏，四管乡何家村人，当时在马剑区龙门脚村小任教。由于路西县民运队负责人张月珍和寿承涛等同志经常到该村小进行抗日救亡宣传，教唱抗日革命歌曲，因此彼此比较熟悉。嗣后，何又结识了毛冰山和潘芝山等同志。毛和潘见何的思想倾向革命，就将他作为培养对象，有意识地将《论联合政府》《新民主主义论》等革命书籍借给何阅读，以启发其阶级觉悟；在课余饭后，还经常深入浅出地给何讲一些革命道理。在这些同志的引导下，何走上了革命的道路，做一些周边的情报工作。

8月初的一天，抗日民主乡政府成立大会在四管乡高枧村钟本镇家的楼上召开。参加会议的有四管乡各村的代表和区政府的毛冰山、杨亦民、潘芝山、寿承涛及何关宏、钟本信、郑本生等四五十人。会上，区长毛冰山宣布：路西县平湖区新民抗日民主政府正式成立，何关宏同志任乡长。他说："这是我们穷人自己的政府，是专门为我们穷人说话、办事的，大家要热情地支持她、拥护她，团结在她的周围，努力完成各项任务，用实际行动支援在前线英勇抗敌的新四军，同心协力将日本侵略者赶出我国国土。"接着，又成立了乡农民抗日协会，由郑本生任主任，钟本信任副主任，钟本镇任乡文书。

桐庐县第一个抗日民主乡政府就这样顶着战斗的风雨而诞生，并迈开了她坚强而又艰难的步伐。

抗日民主乡政府成立后，在县、区政府的直接领导和区民运队的具体帮助指导下迅速开展各项工作，并取得了卓有成效的进展。

一是发动和组织群众，开展抗日救亡活动。乡政府先后帮助各村成立了农抗会、青抗会和游击小组等抗日群众团体。通过这些组织向人民群众宣传抗日救亡的伟大意义，把群众组织起来，投身到如火如荼的抗日救亡运动中去；动员群众有钱出钱，有力出力，为抗日救亡贡献自己的一份力量。乡政府在全乡范围内掀起了募捐活动，群众都将自己平时省吃俭用节约下来的钱钞捐献给在抗战前线英勇杀敌的新四军；许多家庭妇女也自动组织起来，为新四军做军鞋；广大青年则踊跃报名参加游击小组，拿起武器保卫根据地和新生的民主政权；雅坊村的赵志高、潘怀其等5位青年还冒着生命危险，将在曹宅战斗中光荣负伤的14名新四军战士用竹排送至富阳场口。

二是有组织地领导贫苦农民开展减租减息和反霸斗争。农抗会针对当时地主对农民的高租剥削和反动政府不顾人民疾苦的巧取豪夺、税收多如牛毛的实际情况，提出了"抗交高租、抗交公粮、抗交苛捐杂税"的口号，得到群众的支持和拥护，但也遭到一些地绅的反对。雅坊村国民党县参议员潘某、引坑村大地主钟某和何家村曾当过国民党军官的何某，在减租减息运动中放出空气，说什么"十年河东，十年河西，别看共产党在这里闹得凶，共产党一走还是我们的天下，今天减一担租，明天加倍还"。长期处在国民党反动统治下，受尽了欺压的贫苦农民听到这些话，思想上产生了"怕"字，一些胆小的开始在斗争中退却。乡政府了解到这些情况后，为了打击反动势力的嚣张气焰，解除群众的思想顾虑，根据我党团结抗日的统一战线政策，对那些支持抗日的开明绅士和国民党乡、保长动员他们为抗日多做有益工作；对那些公开反对和破坏抗日，压制群众的恶霸地主则坚决地开展斗争。乡政府派出游击小组将这几个反动势力的代表"请"来，当众进行说理斗争，彻底揭露他们剥削压迫农民的种种罪恶，向他们指出：只有老老实实按我党政策办事，接受群众的要求才有出路；与人民为敌，顽抗到底绝无好下场。在事实和人民的威力面前，这些顽固的反动分子只得低头认罪。反霸斗争的胜利鼓舞了群众的情绪，促进了减租减息运动的深入开展。大家高兴地说："有共产党给我们作主，民主政府给我们撑腰，我们还有什么可怕的，跟着共产党干！"人民都自觉自愿地把节约的粮食挑到乡政府。到秋收，征收到公粮3万多斤。

　　三是配合区中队，完成虎口夺粮任务。新民乡各村的游击小组建立后，游击队员使用的大多数是土枪土刀和少数老毛瑟步枪，虽然武器较差，但游击队员干劲十足，特别是雅坊村和何家村的游击小组，不仅按要求进行了基础训练和夜间训练，而且还配合区中队到远离家乡50华里的浦江县大岭口乡一带，在敌人的鼻子底下开展夺粮斗争。国民党浦江县自卫大队长洪邦基得知消息，带领大队人马，妄图拦击征粮队伍。我义乌八大队设计埋伏，引诱敌人上钩，结果洪邦基中弹毙命，自卫大队人马也被打得七零八落，敌人龟缩于县城，再也不敢轻举妄动。而我征粮队伍从容不迫，在时间紧、任务重、离敌人老窝近的情况下，苦战七天七夜，胜利完成了征粮任务，保证了新四军渡江部队的军需供应。

新民乡抗日民主政府的活动，引起了国民党反动政府的惊慌，他们派出特务和情报员，严密监视民主乡政府的一举一动，虎视眈眈，寻机报复。

抗日战争胜利后，为了实现全国人民的和平愿望，中共中央在与国民党的谈判中，决定让出南方 8 个解放区。1945 年 9 月 26 日，我金萧支队主力、路西县党政机关、县大队、各区中队及地方上已"面红"的地下党员奉命北撤。平湖区领导毛冰山、杨亦民、潘之山等奉命率区武工队坚持原地斗争。由于路西的主力是在平湖区一带集中后北撤的，所以，这一地区成为敌人清剿的重点。9 月底，我主力部队北撤不久，国民党二十一师就从桐庐、诸暨兵分两路，在桐、富、诸、浦 4 县国民党自卫队的配合下，由反动的国民党乡、保长和反动组织"十兄弟"带路，气势汹汹地对我新民乡进行"联合围剿"，妄图将我地方党组织和民主政府领导人一网打尽。匪军一进村，便在反动骨干"十兄弟"指辨下，将村妇陈荷莲由荷枪实弹的匪兵看押着，威逼她交出任民主乡文书的儿子钟本镇。住在乡政府"润新堂"的钟立金、钟立熬、钟立甫三家被查抄，搜寻金萧支队留守人员，钟立甫家谷被抢光。一瞬间村内鸡飞狗叫，鬼哭狼嚎，村民被吓得面无血色。驻乡留守人员与刚从诸暨石门金岗坪山庄撤来的区领导毛冰山、杨亦民、扬一凡、杨花凡等人刚准备吃饭，得知被敌人包围，急忙丢掉饭碗，兵分两路从村后山突围。村民钟立金发现一个姓杨的干部仍困在村里，立即将其引上自己的楼顶，打开"纱帽仓"上层，让其窝藏其中。待钟立金到楼下时，匪兵已冲进屋内，手持枪械向他盘问要人，并举枪往楼上扫射。这时，钟立金为打消匪兵疑虑，急中生智地大叫："别把我家房子打塌掉！楼上没有人。不信你们可以上去搜！"匪兵立即上楼搜索，当打开"纱帽仓"下层时，果然见满仓的稻谷不见人。这时集合号响了，他们便匆匆下楼归队，开赴何家"剿匪"。杨同志在谷仓里听已无动静，出仓打听其他同志去向后，尾随追去，安全撤离高枧。敌人刚进村时，区长毛冰山正在地下党员钟本兴家洗澡，得知敌人将至，急忙手提衣服与左轮手枪，从后山撤出。其警卫员为保护首长，迟缓了一步，突围路线被敌人封锁。钟本兴见状，迅速指引他上自己的楼顶，爬到床棚顶隐蔽起来，躲过敌人的搜捕。等匪军离开后，他手持驳壳枪，满弄堂地寻喊："毛区长！毛区长！"得知区长已安全离开时，便也翻过高枧的后山去寻找部队。

这次"联合围剿"，由于敌人搞的是突然袭击，事先乡政府没有得到一点消息，因此毫无准备，损失较大。民主乡政府遭敌破坏，藏在乡政府楼上的3万多斤公粮被敌人抢走；一批优秀的共产党员和革命同志被敌人逮捕，有的惨遭杀害。引坑村的钟本金和何家村的何寿康二位中共党员就在这次围剿中光荣牺牲。

在"联合围剿"中，敌人没有抓到区、乡政府的主要领导人，就像疯狗般地到处烧杀抢掠，毒打革命家属。乡政府、农抗会主要负责人郑本生、钟本兴、钟本镇、何寿康及何关宏和潘芝山等同志，不仅亲人遭敌毒打，家中东西被敌人抢劫一空，而且亲戚家也因此受到株连，遭到查抄。敌人还当众宣布：凡知毛冰山、杨亦民、潘芝山、寿承涛、何关宏、钟本信、郑本生等人下落通风报信者赏白洋15块；取其人头报功者，赏200块；知情不报或窝藏者按通"匪"论处。

1945年10月以后，由于形势比较紧张，活动一时难以开展，平湖区主要领导同志毛冰山、杨亦民等，有的在敌人的围剿中被捕，有的去四明山寻找党组织，有的就地隐蔽。新民乡几个被敌人通缉的本地领导人也各自外出暂避锋芒。后来，因与上级组织一直未接上联系，民主乡政府的活动也就没有再恢复。

新民乡抗日民主政府虽然活动时间不长，但却做了大量的群众工作，不仅在当时为巩固和发展敌后抗日游击根据地，支援抗战前线等方面做出了积极贡献，而且也为解放战争时期我党在这一地区开展革命活动打下了坚实的群众基础。

1999 年 8 月，新合乡党委、政府在新民乡抗日民主政府旧址立碑纪念。2003 年 1 月，桐庐县人民政府公布新民乡抗日民主政府旧址为县级文物保护单位。2006 年，桐庐县文管会拨款对房屋进行了修缮，现为桐庐县爱国主义教育基地。老一辈的光荣传统和无私奉献的革命精神深入人心，红色基因代代相传。

天险变通途

新民乡抗日民主政府选址在高枧是吸收了经验教训定的，特别是"嵩山事件"的教训。当时中共平湖区委代书记、区长毛冰山同志认为：外松山离杨家岭近不安全，而高枧有隔溪阻敌之利。

以前的高枧出入确实非常不方便，道路崎岖曲折，壶源溪涨大水时，村民要走山麓开辟出的小径盘山路，路上有石门把关，大有一夫当关，万夫莫开之险；水涸时出村也不方便，需要蹚水过溪。后来为了涸水期间出入方便，高枧人在村庄与荫霄山之间筑了条丁步堰。

历年来，高枧人一直在努力改善村民出入困难的现状。1975 年，在人民公社规划的河道改道计划中，在高枧党支部发动和领导下，经过4年的风风雨雨，村民以"愚公移山"精神劈开了百步岭，使壶源溪改道，并开出了一条平坦通道，公路直通杭、诸、富。

1990年5月，在钟柏南（时任武义县委书记，高枧人）的大力协助下，一座水泥钢筋浇铸的公路桥横跨在曹家门口的壶源溪中，从此结束了出门走盘山路、过丁步、划木桶过溪的日子。1999年，钟柏南卖掉老家旧房，捐助22000元，帮助村里解决了资金不足困难，将油路从桥头浇到家门口，把操场浇成了水泥地，还给老年协会买了纱灯、宫灯、电视机、台球桌等。

现在去高枧已经很方便，再也不用盘山涉水了。从乡政府所在地出发，沿柴雅公路前行3公里到曹家，公路左边有醒目的"新民村"路牌及抗日民主乡政府旧址指示牌，过后左转，驶上架在壶源溪上8米阔双车道的高枧桥，进入宽平的村道就看到了高枧村庄。

美丽乡村　精品旅游

站在高枧村头放眼望去，整个村庄就像被镶嵌在一块巨大的翠屏中，进村道路一分为二，左边直道进去是老村庄，古色古香的老屋诉说着历史的沧桑；往右是新的农居点，鳞次栉比清一色的现代农舍似乎在告诉人们，这里已经进入了小康社会。村中道路宽阔而整洁，道路边、农舍旁鲜花盛开，与清澈见底的壶源溪水相互辉映。

近年来，在上级党委、政府的正确领导和有关部门的大力支持下，高枧村统筹谋划，在发展生产、整治环境、改善民风等方面成效显著，特色明显，一个具有独特的山水、人文、自然景观的社会主义新农村已经形成。

在高枧村，尊老爱幼蔚然成风，居家养老照料中心已正常运行数年，结合银龄互助，老人不出村就能享受到老年人食堂、图书室、洗衣、休闲娱乐、医疗等全方位的居家养老生活照料。

通过对壶源江整治，开展河道清理和沿线绿化，已建成水面积达100余亩，分上、中、下三个泳池，可同时容纳千人、水质良好的天然生态浴场。2017年12月桐庐县首届亲水·冬泳巡回赛、2019年5月首届"红色新合"杯皮划艇比赛分别在此举行。

近年来，高枧村投入400余万元，积极开展美丽乡村建设。先后投资150余万元，对壶源江边荒芜的滩涂综合利用，整理成宅基地，完成高枧新居点建设。目前已建成新房30余幢，其中27幢为现代高档民宿，已具有135个房间、270人同时吃、住、休闲、游乐的接待能力。

发挥地理优势，打造特色登山。投资300万元，修建包括丁步桥在内的荫霄山登山游步道3000米，已打造成既可游玩又可健身的休闲生态登山场所。

投资490万元，对新居点后50亩荒废水塘进行综合整治，建成水深2~3米，常年水温为15℃~30℃，水源充沛、水质良好、水温适宜、水面宽敞的鱼塘，平均每亩投放鲤、鲫、鲢、鳙、青、草等各种品种优质、体格健壮鱼种450尾左右。一个集烧烤、垂钓、休闲、游乐，充满乡村情调的多功能休闲园区已经形成且已投入使用。

垦造耕地75亩，引进优质果树品种，种植樱桃55亩，巨峰葡萄20亩。同时，引进稀有品种八月炸，种植20亩。八月炸又名八月瓜，系上乘野生果品，为常绿木质藤本，因8月果熟开裂而得名。果实呈不规则的长圆形或椭圆形，形似香蕉，成熟后为紫红色，富含糖、维生素C和12种氨基酸，以及人体不能合成的缬基酸、蛋氨酸、异亮氨酸、苯丙氨酸、赖氨酸等。八月炸营养丰富，乳白果实，清甜多汁，具有清热利湿、活血通脉、消除体内毒素及皮肤皱纹、色斑、色素之功效，被誉为养颜美容、强身健体的保健果王。以种植业为基础，将高枧村打造成依托种植园发展乡村采摘旅游胜地。

百步岭孔藏的传说

在高枧改变交通现状的过程中，百步岭的劈山改道工程无疑是最为困难的。百步岭位于高枧东面的曹家村旁，站在远处眺望，一条石阶路在山上蜿蜒，时隐时现，犹如一条系在云端里的飘带。据长年生活在这里的村民说，岭上石踏步筑成后，上岭近百档，下岭超百档，因而人们就把这岭叫做"百步岭"。岭脚住着几家曹姓人家，他们还在岭脚造了一个庙，庙里供着菩萨，以作祭拜。

大凡道路的关隘处，都留有强盗剪径劫货、谋财害命的故事，而百步岭却留有"一孔藏"的传说。据传太平天国时期，有一支义军转战浙江杭州。他们从富阳场口沿壶源江而上。因负载不便，在壶源江沿岸埋藏了不少金银。而后记下埋点，载入藏册，准备等以后胜利了再来取回。义军在经过百步岭时也埋下了一"孔藏"。负责埋藏官银的官兵，那晚与手下就住在百步岭脚一户曹姓人家。因受曹家人恩惠，便隐晦地向曹家透露埋银地点："上百步，下百步，东西落在拜拜步。"曹家人不知其意，待义军走了，他们也就把这事给忘了。后来有一个鸡毛换糖佬来到曹家村，与曹家人说起百步岭的疑惑，上百步数出100多级台阶，但下百步，却只数到了80多级。这话一下点醒了曹家人关于宝藏的事，于是便向鸡毛换糖佬询问义军留下的口诀之谜，但换糖佬也不得其解。

世上的事说巧还来得真是巧。换塘佬这天又来到了百步岭山脚，偏偏老天要落雨了，他连忙躲进百步岭山脚的山神庙里。看到庙里有菩萨，他跪拜一番。这一拜让他想起曹姓人与他说的话来："膝下不就是拜拜步吗?"他立马站起来,看到刚才跪着的地方是一块平板石,就将那石板翻起来看看。天啊,下面居然是一孔藏银。换糖佬包扎好元宝白洋,放在换糖鸡毛箩底。几年后,换糖佬又碰到了曹家人,他主动与他说了口诀的其中含义:上百步,下百步,是银子落在拜拜步,是银子噢。曹家人一听,连忙马上去挖,可石板下哪里还有银子。

百步岭有一"孔藏",增添了百步岭的神秘感,让人在饭前茶后多了一份谈资。

百步岭是新合通往诸暨的最近道,绕道也可以走,但要多走好几里路。在那个交通不发达的年代,又有谁愿意多走冤枉路呢。爬百步岭十分辛苦,一是岭高,二是岭陡。险要处两边绝壁将行人夹在中间,如若行人担着重物,换个肩,掉个头都十分困难,稍不小心就会有危险,行走时必须小心翼翼。至于这百步石阶是谁铺就的,建于何时,已无法考证。时光飞逝,如今一条平坦的公路从百步岭下穿过,连接着东西往来;百步岭山路两旁荒草渐盛,树枝遮掩,但古道石阶仍依稀可见。

新民乡抗日民主政府组织系统

根据国民党桐庐县政府旧档案整理,仅供参考。原文字迹不清之处,用"×××"代替。

新民乡政府

乡　　　长:何关宏

农抗会主任:郑本生

副 主 任：钟本兴

乡 文 书：钟本镇

乡 通 讯 员：何万庭

催 粮 员：何志生

田粮保管员：何柏华

乡 丁：何金宣

炊 事 员：何守六

游击小组

组 长：何万高

组 员：杨阿根 何银海 何钱龙 何关昌 何顺水 何顺来

何关荣 何章龙 何万昌 方柏福 楼来根 何志海

曹柱钊 何万泳 何金水 何文堂 何万裕 何银潮

何柏宏 王金生 金双根 王有元

下属各保

一保（雅坊）

保 长：潘怀俊

农抗会主任：潘怀奇

副 主 任：潘怀子

农抗会干事：潘怀良 潘子兴 潘丙奇 何兴元 赵志高

二保（何家、坑口）

保 长：何文钊

农抗会主任：何万宏

副 主 任：何兴余

农抗会干事：何小土 何志清 何万余 何根财 何万荣 何柏林

三保（高枧、仁村）

农抗会主任：钟本兴（兼）

副　主　任：钟柏书

农抗会干事：钟本楫　钟本悌　杨洪濡　×××　×××

四保（引坑）

保　　　长：钟立旺（兼田粮保管员）

农抗会主任：钟柏友

农抗会干事：钟立恮　×××　×××　×××

五保（湖田）

农抗会主任：钟小其　钟本禧

副　主　任：周用孚

农抗会干事：钟如芳　周宗堂　徐顺水　周宗科　周金水

六保（旧庄）

农抗会主任：钟立桂

副　主　任：钟本会

农抗会干事：钟家续　钟家亨　钟水庭　钟柏松　钟炳炎

七保（外松）

保　　　长：胡承庆

农抗会主任：周金海

副　主　任：胡承寿

农抗会干事：方能才　许长溪　钟凤梧

八保（里松）

保　　　长：×××

农抗会主任：郑本生（兼）

农抗会干事：钟宜迪　钟柏裕　×××　×××　×××

抗日模范村——何家

何家村坐落于新合乡东北部，距乡政府 5 公里，三面有壶源溪环绕，其地形从航拍图来看，极像一个大写的"U"字。蜿蜒曲折的壶源溪上接高枧，下达雅坊，环绕何家这一段，风光绮丽，气象万千，著名景点上方潭和后坨玉屏就处于"U"字形的上方和中下部。

何家村的历史渊源

何家旧名高畈，古时在"U"字形上方的壶源溪南北两岸各有一个以方姓聚居的小山村，南岸俗称"方家居"，北岸为"上方村"。方姓祖先看到古高畈地势高踞，可避水患，地域广阔，有扩展余地，非常适合人类繁衍生息，于是先后迁入定居，逐渐在古高畈形成一个方姓族人聚居地，俗称为方家。

明弘治末年（1501~1506），建德五都石塘源的义门何氏义十五公到高畈定居。据传义十五公年轻时是位挑货郎担的小商人，当年冬天，经商到高畈方家村，天黑后到方姓人家借宿过夜。当夜大雪纷飞，第二天雪止初霁，但积雪盈尺，难以再行。义十五公出门赏雪，偶见不远处（即今礼堂、古众厅遗址）出现烟雾袅袅，隐显一群羊在蠕动。他怀着好奇心近前观看，惊奇地发现这里不仅没有雪堆积，而且还芳草成茵，春意盎然，随即感悟到这是阳气升腾。羊就是"阳"，寓意"阳基"，适合建宅安家，人丁必定兴旺，于是筹划弃商经农。征得方姓人同意后，迁入定居在这里，买地建房，传代繁衍。他的子孙在高畈继承先辈的事业，承前启后，恪守不渝。到清初的百年之间，已发展为50多户的何氏集居地。为了纪念始祖经商到此发迹，故将"高畈"改名为"新店"，隶属水滨乡。随着星移斗转，方姓族群却逐陷衰落，人口锐减，方家变成新店庄中一地域名。到清道光年，建"何氏宗祠"前后何氏人口占95%左右，故就改名为"何家村"至今。

500多年来，何家人素有尊师重教、崇文尊儒之风。据"何氏宗谱"

记载，早在明崇祯十六年（1643）何世有在家中兴办了学堂。清康熙二十六年（1687）何士锦为丁卯科进士。清康熙三十六年（1697）何汝本专门建造"学舍三楹，奂轮宏敞，第角精工"，并不惜重金，聘请暨阳浣溪名宿（今诸暨市区）郤道尊先生给子孙授课。乾隆五年（1740）庚辛科为岁进士的何思麟18岁就考取秀才，为人德才兼备，所写的文章当时被称为"桐南之冠"，受到省学政（相当于今教育厅长）的赏识和栽培。女婿陈松龄在婺州（即今金华市）以诗闻名于一时，是清嘉庆时翰林大学士、帝师戴殿泗的授业老师，师生间常有诗文往来。同治十三年（1874）甲戌科贡元何以洸为县学正堂（相当于今县教育局长）。清朝科举中出进士1名、岁进士2名、太学生2名、文秀才13名、武秀才4名。为表彰他们功名，在村中竖旗杆四对（"文革"中被毁）。何氏历代先祖中，因德义昭著而受州、府、县当政者褒奖的旌表额共14块，"皇恩钦赐顶戴荣身"或"八品耆宾"7人。

作为中华民族文化三大支柱之一的宗谱，何氏先祖早在万历二十三年（1595）就创修了何氏宗谱第一修，至今已经历19修，记载着何氏起源、世系繁行、人物事迹等各种史实，是当今研究何氏人文历史的珍贵遗产。如建于康熙四年（1705）的"存兴堂"（遗址在今大礼堂），为当年村里逢年过节祀神祭祀、聚众议事场所，咸丰十一年（1861）被太平军焚毁。建于乾隆四十九年（1784）前的"逸平庵"和建于道光十年（1830）的"何氏宗祠"至今尚存，是目前全乡仍在的古建筑之一。

先贤创建时的艰辛历程宗谱中有详载。此外，胡头山上"仙鹤庙"、1914年何守潘在象龙坞口独资兴建成的"济世桥"等均载入清道光年间的《桐庐县志》，还有多处厅堂、台门、商号店屋等古建筑无不蕴藏着何氏发展的脉络，呈现着先辈们智慧创业和辛勤奉献的精神。

平湖区的抗日模范村

何家村的革命历史源远流长。早在辛亥革命时期推翻清王朝统治的斗争中，时任浙江新军第二十一镇四十一协班长的何以香（1886~1961，20岁入伍当清兵），随协统朱瑞于1911年1月4日起义反清，编入江浙联军。是年11月22日部队开赴南京与清军张勋作战，12月2日被选为强攻天堡山要塞的120名敢死队，战斗中因旗手中弹牺牲，他毅然接过军旗，冒着枪林弹雨奋勇挥舞大旗，鼓舞斗志，冲向敌阵，占领了天堡山要塞，迫使张勋率兵北逃徐州。此役因其表现勇敢顽强，擎旗有功，授佩军功勋章。民国二年（1913）退伍还乡，受到当时县、乡政府慰问。

第二次国内革命战争时的1930年春，潘芝山为培养革命力量，在浦江寺前"慧音寺"以桃园结义形式组织的"兄弟会"何家就有多人加入。是年4月，潘芝山在何家祠堂门口集结了20多人的农暴队员参与攻打诸暨县城农民武装暴动，何家又有多人名列其中。

到抗日战争时期的1940年8月，蒋忠到新合乡开辟党的工作，何柏华、何寿康、何万泳、何万高4人与潘芝山、钟本兴、周开金等一起参加了共产党，并在高枧成立了党支部。随后4人在何家积极地向穷苦农民宣传革命道理，并在村选举"保队附"事件上与当权者作斗争，提高了村民革命斗争觉悟。

1943年初，潘芝山利用地方杂牌军名义发展党的武装力量，组织了钱南支队第三独立中队，自任中队长，驻地设在何家祠堂，并在祠堂门口道地进行队员训练。队伍成立不久，在诸暨上施村遭国民党挺进队袭击，队员分散隐蔽。

1945 年 8 月初，新民乡抗日民主政府成立，何关宏任乡长。紧接着何家成立了"农抗会"，何万宏为会长，农抗会干部共有 10 人，专门配备了催粮员和田粮保管员。农抗会积极发动群众抗日反霸减息运动，并发动广大妇女为前线作战的新四军战士做军鞋。接着又成立了游击小组，何万高为组长，何家共有 23 人参加，同样在祠堂门口进行日间训练，工作进行的轰轰烈烈，热火朝天。是年秋收后，路西县平湖区署奉命为保证前方新四军的军需供应开展征粮工作时，何家村 23 名游击队员及数名农抗会干部与下坊、上施和鲍溪的 10 多人一起配合潘芝山带领的区中队，于 27 日在何家集合后出发，开赴浦江敌占区大岭口村实施虎口夺粮，连续七天七夜征得粮食 3 万余斤。后来尚健在的何关荣、何万昌、杨阿根、何钱龙等老队员回忆当年情景，仍记忆犹新。当时何家村在民主乡政府、农抗会、游击小组等组织参与人员达到 39 人，在新合算是参加革命工作人数比较多的村庄。

由于何家村各项工作出色，成绩优良，被路西县平湖区誉为"抗日模范村"。在同一时期的抗日战争中，何家村先后有何万根、何柏钱、何柏顺、何银海 4 人应征加入国民党抗日正规军，参加了著名的长沙保卫战，三人战死沙场为国捐躯，只剩银海一人回到家乡，回家后不久参加了游击小组。

然而，反动势力不甘心灭亡。何家"十兄弟"反动组织被红色政权摧垮后，其部分成员随原四管乡反动政客、劣绅、国民党顽固分子共 40 余人先后逃窜到翊岗，有的蛰伏在大财主李裕章家中，有的龟缩在离翊岗不远的华林寺内，拼凑起"四管乡临时乡公所"，何家"十兄弟"反动组织也趁机死灰复燃。在龟缩的一个余月里，还策划组建了臭名昭著的"反共还乡团"，等待时机卷土重来，意欲夺取失去了的"天堂"。

1945 年 9 月 22 日，新四军浙东游击纵队金萧支队支队长彭林接到上级"北撤"命令后，于 24 日率部北撤。新民乡抗日民主政府顿时失去了金萧支队的武装保护。消息传到翔岗，"十兄弟"大喜，以伪"四管乡临时乡公所"之名，写公文呈报国民党县党部，要求火速调集部队"扫荡新民乡，围剿共党政权"。报告中重点指出：高枧是"共党的匪窝"，何家是"匪首"何关宏（民主乡长）、"游击小组头目"何万高（组长）的所在村，也是"共匪活动最猖獗的村庄"云云。于是，一场以高枧、何家为重点，由国民党陆军八十八军新编二十一师步兵六十二团一个营的兵力为先导，桐、浦、诸、富 4 县自卫队为主力的"围剿"新民乡抗日民主政府的"军事大扫荡"开始行动。

1945 年 9 月 26 日（农历八月廿一），四管乡反动骨干与何家"十兄弟"怀着反攻倒算的复仇心态，带着国民党二十一师其中百余人翻过杨家岭，直奔新民乡抗日民主政府驻地高枧村，结果没抓到人，大怒之下把乡政府和乡文书钟本镇家一起砸了，还把藏在钟本镇家楼上的公粮抢走，接着开始了对高枧村的摧残。

中共创建的桐庐县第一个民主乡红色政权被摧垮后，"十兄弟"又带着匪军疯狂地向"抗日模范村"何家扑了过来，到时已傍晚时分。村"农抗会"负责人、地下党员、游击队员都已纷纷撤到村附近的后塔山、后头坞、菜屯坞、青菜坞的山中隐蔽。匪军将村团团围住，为阻止人员外逃，在山河口、黄岭脚、麻栗树脚等通往南、北、西三条大小路口设岗布哨，准进不准出。村民曹如根见到军队进村，惊恐万分，欲从后坞出逃，被岗哨见到，举枪就打，子弹击中其耳朵，顿时血流满面，逃回家中。是夜，村民不顾大雨滂沱、雷电轰鸣，犹如惊弓之鸟东躲西藏，全村顿时笼罩在一片白色恐怖的气氛中。第二天，桐庐县自卫大队赶到，贴出布告，以悬赏每人银元 200 块，捉拿毛冰山、杨亦民、潘芝山、何关宏、何寿康等人。

土顽拿粉笔在"共匪"家门上划上记号，县自卫队按记号抄家搜人。因为没有搜捕到何万高、何万宏，匪徒们恼羞成怒地扒了他们家的灶台，打碎食锅，砸坏八仙桌、方凳，楼上楼下被抄得一片狼藉。在查抄民主乡长何关宏家时，他们以搜寻手枪、子弹为名，不仅砸坏家具，将箱柜中衣物、仓中粮食抢劫一空，还杀吃了一头猪、数只鸡，连种在后坞的芋艿也挖吃精光。何关宏有个最小的妹妹叫金凤被抓去好几次，一次抓到何根财家，一次抓到何九香家，追查关宏的枪，金凤不知道说不出来，就威吓她说要做"老鹰扑天飞"。金凤很害怕躲过不少地方，最后实在躲不下去了，和母亲一起去了富阳。

当搜捕到何寿康家时，匪徒捅开大门，搜查一无所获，便恼羞成怒地抓住其妻邱彩荷，用枪托殴打，逼她交出丈夫的藏身之处。邱彩荷严词拒绝。自卫队将她吊到驻地的门口屋柱上，继续挥鞭拷问。邱氏仍守口如瓶，一言不发。吃午饭时，她趁无人看管之机，在何丁有的协助下，挣脱绳索，逃到何丁有家后楼顶稻草堆中躲藏。随后又被自卫队搜出，再次被打得鼻青脸肿。她仍咬紧牙关，拒不讲出丈夫何寿康、阿公何万高的下落。自卫队还以"通匪"罪名，又将何丁有抓来关押。后经当保长的堂弟何文钊与绅士何九香、何志良等人出面担保才放出。

得知国民党二十一师来村"围剿"消息后，地下党员、农抗会负责人、游击队主要骨干急忙分头撤退，游击组长何万高、乡通讯员何万庭、队员何志清、何万余、何钱龙进入菜屯坞鲍银淦山庄隐蔽。农抗会长何万宏、队员何关荣、杨阿根、何万昌等先后到大力山猩洞，地下党员何寿康为及时向其他同志通风报信，不顾自身安危，潜伏在离头坞、石龙尖岗及青菜坞的外口、里口、岗头等三个草舍躲藏，最后在离村不远的火锹垮观察敌情。民主乡长何关宏、地下党何柏华与其父何志生是敌人主要捉拿目标，为迷惑敌人追捕方向，故意从村西黄泥岭小路出走，渡筏到汲江，随后便机智地从上方岭折回，经大力山到青菜坞，何万昌在为防野猪吃玉米的草舍中躲藏。当夜大雨瓢泼，幸有草舍遮挡，他们冷了生火取暖，烤干了衣服；饿了煨玉米充饥。白天分散潜伏，晚上到各草舍打盹，由何万昌负责到青菜坞口观察动静。

第三天（即28日）天亮前，何万昌潜回村中打探敌情。近午时分，何东元急告万昌："昨日敌人果然中计，往西追至荡江岭仍不见关宏他们踪影，下午敌人准备搜山！"何关宏母亲见到万昌，得知关宏父子三人在山上受苦，流着眼泪做了三斤米粿，盛了一碗米酒，由万昌伪装上山拔玉米草，偷偷地将干粮与衣服送上山。当关宏等人得知敌人要搜山消息后，立即翻山到外梓坞，经山河柳家爬到胡头山腰，躲进平塘对面的柴篷中观察敌情。时间不长，匪军在当地土顽的带领下，手持枪械一路搜山，果然也来到对面平塘的茅草屋附近。何关宏亲眼看他们进了金钱根、金柏根的茅草屋内搜查，并追问金钱根，因钱根说没有见过人上来时，还当即吃了土顽的一记耳光，岂不知关宏等人就隐蔽在对面咫尺之地的柴篷中。这时，土顽得知山河岭脚（诸暨近家山村）有何关宏亲戚，可能藏匿于此，于是他们又翻过胡头山，爬上葱坞岭，经龙头坑到该村。土顽在门口大叫："外公，开门！"外公一开门即被自卫队员打了耳光，又用枪柄打他的屁股，并追问道："关宏在哪里？"外公回答道："不知道，这里没有来过。"敌兵就用枪打断了外公的腿，人当时昏厥过去。紧接着敌兵就上楼搜人，没有搜到人就抢东西，翻箱倒柜，抢走白洋50元和棉布等物，新蚊帐、新被都用刺刀刺得粉破，然后大摇大摆地回去了。而70多岁的老外公连吓带伤在床上躺了一个多月后含怨去世。

何关宏父子三人在平塘看到国民党军队走后，便翻过胡头山进入浦江地界的胡塘村，受到地下党员周开金的掩护。五六天后形势转缓，周开金通过我党在国民党政府工作的内线人员开出通行证，何关宏一行三人化装成贩卖小猪的商贩与脚夫，经过小袄项家、白岩殿、岩头等多个国民党检查站盘问，跳出包围圈，在浦江桐木殿朱宅友人朱根土家落脚帮工。后怕走漏消息，何关宏在浦江县知名人士张咸京的资助下，被迫远走他乡，自谋职业。

敌人的凶残由此可见一斑。民国三十四年（1945）12月17日，国民党窄溪区长丁少候上呈国民党桐庐县长陈文的清乡工作报告中称："伪政权基础略趋稳定，巧因作战补充需要，乃按保组训'游击小组'，各保壮丁接受军事训练，并搜集民间土枪土炮配发各小组，使之与我军作战，实出意料所及，是项工作在四管乡之何家尤为猖獗……要犯潘芝山、潘友恕、潘道喜、潘道良、何关宏、何万宏、何万高、何志生、何柏华、钟立秋、钟本金、胡成根、周生堂、陈家水、郑本生等均攀附失所，畏罪潜逃，照明彰着。区长特手令该乡长详细调查各人罪行上呈作案讯之依据，同时令各保调查逆产详细账目，且罚抄附逆家产……"

从该报告可以看出，当时何家村是国民党反动派清乡的重点，外出长久躲避人员也多达5人，可见当时革命斗争的残酷性。其实，除了报告中提到的人员以外，当时为我党工作的保长何文钊也被迫外逃到了富阳新登为财主家干了三个多月的活，11月底才回家。新民乡抗日民主政府存放在何家书堂楼顶为金萧支队征集的10余担军粮也被搜出，充作新组建的国民党"保自卫队"口粮之用。

忠贞不屈何寿康

何家游击小组撤离时，地下党员、平湖区联络员何寿康以自己负责情报工作的高度责任感与对党的事业的忠诚，主动决定留在村附近监视敌情。为便于及时向撤离的同志通风报信，他过下坊堰坝，藏在村对面的火锨垮。此处柴薪茂密，势高坡陡，距何家村仅一溪之隔，视村内动静一目了然。不料这天下午气候闷热，至黄昏时大雨狂泻。何寿康身着单衣，到深夜挨淋受冻。他眼看下坊也有国民党部队在搜捕，不能前去避雨取暖，加之昼夜粒米未进，身体虚弱，便发起高烧来。天亮后，他挣扎着到平一点的柴窝中想躺一会，谁知四肢无力，一脚滑倒，滚进黄泥塘里又昏了过去。这天午后时分，当地土顽在何家村头樟树脚，见到对岸黄泥塘有东西，定神一看，正是他们要追捕的中共地下党员何寿康，便急忙跑到雅坊堰头，想涉水去捉。因一夜大雨，溪水猛涨，便将停泊在附近的何根财的竹筏拖出，渡到对岸。当土顽来到黄泥塘时，何寿康已是奄奄一息，手无缚鸡之力，只能束手就擒。

何寿康被捕后，匪军为迫使他供出何关宏、何万高等人的藏身之地，及半月前从浦江大岭口征收军粮储存的另一个地方（在畚箕坞口），先后对他严刑拷打、坐"老虎凳"。何寿康虽几度昏厥，仍一口咬定"不知道"，表现出一个共产党员的铮铮铁骨。这时，残忍的敌人又将何寿康四肢反绑在一起，吊在逸平庵门口梁上，身体悬空，腰背上再压上一块十几斤重的石头，并让整个身体迅速旋转。这就是民间称之为做"老鸹飞"的刑罚。这时只听到何寿康一声惨叫，关节脱臼，双臂折断，手腕被绳索勒出血痕，又一次昏死过去……事过75年后的今天，当时围观者讲述此一惨景，仍扼腕而叹为之动容。

当日下午，桐庐县自卫大队开拨到仁村，把何寿康也捆绑着随之带到该村，绑在国民党四管乡乡长家八仙桌档上，因双臂已断无力握筷，只能靠别人喂食。

次日清晨，自卫队奉命回山河村"剿匪"。因何寿康已被折磨致残，无人看管，他趁机解脱绳索逃到高峰，躲进杨柏凯母亲的猪栏稻草内。上午8时，敌人得知寿康失踪，急忙赶到仁村追查去向。他们到高峰挨家搜捕，发现泥路上有几个新脚印往一猪栏延伸，便用野毛叉刺猪栏中稻草寻觅，何寿康人藏猪栏粪下看不见，但被刺一动，被发觉抓住，不幸再次身陷魔掌，被捆起来押到高峰埠头。当筏渡到潭中央时，敌人狠毒地将何寿康推落水，他几次挣扎浮上来想靠近竹筏，都被敌人用撑篙猛击头部复沉水中，最后终于力竭沉落水底而亡，鲜血染红了壶源溪水。这惊心动魄的一幕，被正在对岸等候渡筏去潘周家有事的何九香之妻黄氏所见，吓得她两腿发抖，难以行路。当她回到何家，听到残害何寿康参与者信口雌黄地向县自卫队长汇报说是何寿康自己跳水寻死时，十分气愤，大胆地向自卫队说出她终生难忘的一幕真相，为烈士鸣冤。

第二天，何林堂深怀恻隐之心到高峰收尸，因当时有亡命在外不能进村停尸举丧的习俗，只能将尸体摆在村古樟树附近的仪祭台前，草草地装殓埋葬了事。

何寿康同志在关键时刻敢于挺身而出，为保护战友和军粮甘担风险，被捕后面对敌人的酷刑正气凛然，坚贞不屈，直至为革命事业献出了年仅30岁的宝贵生命，充分展示了共产党人的革命信仰。牺牲后妻子改嫁，父亲冤死，无子无嗣。

三年后（1948年8月21日），会稽山人民抗暴游击司令部第一大队大队长陈湘海一行三人，化装成商人趁夜色来到何家，将当年残害何寿康的土顽首犯抓了起来，当夜押送到浦江胡塘，次日在胡塘被处死，为何寿康烈士报了仇。

著名诗人臧克家曾说过："有的人活着，他已经死了。有的人死了，他还活着。"牢记历史不是延续仇恨，缅怀先烈是为了珍惜今日。还原历史目的在于昭示后辈：当年先辈们在中国共产党领导下，为谋求解放前仆后继、视死如归的革命精神，是今日太平盛世安康富足生活的基石。愿我们永远世代铭记！珍惜！

岁月沧桑逸平庵

走进何家村，迎面而来的是一棵树龄达 550 余年的巨形古樟树在展枝迎客，树下水泥地面上安装着各式的体育健身器材。古樟平均冠幅有 18 米，树高 15 米，胸围达 5 米，要 3 个 1.7 米高的汉子才能牵手环抱，列入浙江古树名录。

古樟旁边有个逸平庵，建造年代不详，但从庙内右侧乾隆四十九年（1784）立的石碑可以看出，逸平庵早在 1784 年以前就有了。石碑上刻有"何香户计开田地于右"的文字，似乎在告诉后人，住庵里的何香为了生计，在庵的右边开有田地，是逸平庵的不动产，如今已被楼房取代。

据村中口口相传，逸平庵原为方氏所建，后因方氏衰落，逸平庵也就日渐颓废。到了嘉庆二十五年（1820），何氏义十世孙何大邦重新筹资对逸平庵进行修葺。并在原有建筑的左侧扩建了三间厢房（此三间屋于 1973 年拆卖，作为造学校资金），工程历时二年完成。修缮一新的庵堂，成为何家村第二大古建筑。逸平庵一排三间，内里高大宽敞，佛座装置精细、栅栏考究。佛座天花板上绘画精工，三堂梁上具悬挂匾额，香案神帐齐备，并备佛桥及阴阳告、签诗等。道光二年（1822）十二月，逸平庵开光吉庆，无疑这时的逸平庵已不再是原来那个了，有趣的是，庵名却依然没改。

古建筑 "源义号" 与何氏宗祠

离开逸平庵，沿着庙门前村道直行来到村中间，大路左面有个大礼堂（存兴堂原址），礼堂南边有座建于清末民初的古色古香老房子，墙面是青砖砌就，外面粉以石灰，东西屋面砌有防火墙。因为房子曾开过小店，村里人习惯称之店屋。店屋面街北侧，双开门上有"乃利贞"三字。"乃利贞"，来源于《易经》干卦象传，"干道变化，各正性命，保合太和，乃利贞。"意思是干道变化，讲的是各种关系的融洽。关系处好了，就大吉大利。生意人告诫自己"万事要以和为贵，和气生财"。"乃利贞"上首有外砌的门楣，用以挡屋檐水的。楼上房间开着一个圆圆洞窗。面街南侧有一个比门还大的窗户，窗户用木头做成方格子窗棂，给人以古朴耐久的感觉。窗户上面有"源义号"三字，这窗户是用来做买卖的。

顺大礼堂门前大路继续前行百步左右，路左边有座何氏宗祠，祠堂建于清道光年间（1821～1850），至今约有近200年历史，现为县级文物保护单位。

何氏宗祠以前厅、中庭、寝堂为主体，三进五开间。两翼依次设有厢房、迴廊、贤功祠、节孝祠。戏台置于中廊。三个天井呈"品"字形，起采光、通风、排水作用。正门上首悬挂"何氏宗祠"，中庭梁下悬挂"敦叙堂"匾额各一块。书写者为"春谷·张佩兰"，其书体端庄、厚重，颇显书法功底。堂前两侧置有水塘。祠内逢梁悬匾，见柱有联，书法各异，寓意高雅。如中廊戏台匾"为人鉴"。右边为"放花"，左边离台为"流水"，其寓意生动、确切。门廊前立柱上的牛腿，中间的顶梁、横梁均刻有栩栩如生的"丹凤朝阳""鲤鱼跳龙门"等透雕、浮雕图案，寓意族人对孝思、仁义、功名等儒学人文理念的追求。

何氏宗祠的建造，是先祖对后辈进行礼义教育、感恩教育的本真需要，是祖辈艰辛创业和革命斗争的重要物证。近200年来，宗祠为促进后世尊宗敬祖、孝顺近亲、规范德行起着良好的教化作用，致使何氏子孙尊儒重教、勤俭创业、耕读传家得以传承。

毛泽东思想宣传队——何家金宣班

何氏宗祠不仅是祭祀先祖礼义后辈的重要场所，也是抗日战争时期进步青年宣传教育的地方。1939年，新合乡唯一的"小学暑期补习班"在何家祠堂兴起，由四管小学校长钟立信主持教务，聘请应金淡等4名进步教师授课。他们利用课余时间，以画刊、板报、小演唱等形式向民众宣传抗日，教唱"流亡三部曲""黄河大合唱"等歌曲，组织排练"木兰从军"戏剧，在祠堂公演，激发爱国热情，鼓励抗日斗志，受到群众一致欢迎。

看来，何家人对文艺演出这种宣传方式情有独钟。1964年下半年，为活跃农村文化娱乐生活，由何金宣负责的村俱乐部成立了。俱乐部由30多名男女青年组成，导演何来生，时称"金宣班"。剧团利用冬闲、雨天、晚上，以自我娱乐为目的，先在逸平庵中宣传"歌唱严如湛"事迹，接着排练演出村民喜闻乐见、短小精干的"三丑会""凉亭会""二块六""送肥记""一家人""终身大事""风雷渡""半篮花生"等小剧目，深受当地村民欢迎。

1966年以后，俱乐部改名为"何家村毛泽东思想文艺宣传队"。当时禁演古装戏，"金宣班"就先后排演了革命样板戏"智取威虎山""白毛女""杜鹃山""红灯记""红色种子"等大型现代京剧。在农村文化生活极度贫乏的背景下很受村民的青睐，同时也在诸暨、富阳、浦江及本县柴埠等地巡回演出。

10多年以来，这支土生土长的"文宣队"，从二三十人扩展到最多时50余人。在创建伊始，白手起家，自制刀枪、道具；自砍柴薪换取煤油、油彩，自捐服装，积极性异常高涨。1975年底，因缺乏市场，文宣队解散。然而，"文宣队"11年演出的历史，将永存当代人的记忆中。

上方潭和后坨玉屏

何家村不仅有着光荣的革命斗争史，还有着不少风景优美的自然景观。何家祠堂大门对面有座卧虎形的独立小山，世称帽山，形如古代官帽（从山背面看），双翼如翅。山上有条曲折小径叫黄泥岭，以前何家人去桐庐、浦江都从此岭前往。帽山右边尽头是悬崖峭壁，高有40多米，宽约60多米，是开发攀岩的理想所在。峭壁下是壶源溪的上方潭，长近200米，宽约50米，上坊堰筑在潭的下游，堰上布有丁步，以便涨水过溪。潭水透明清澈，隐约能看到石斑鱼、清水白条在游动，还有汪刺鱼和沙丁鱼伏在水底沙滩上。晴天时水面风平浪静，微风吹过，碧波荡漾，不时有野鸭子在游动，是人们夏季游泳嬉戏的好地方。如能在轻风拂面的潭上划着皮艇，再喝点小酒唱首山歌，想必其景亦是十分美丽惬意的。

何家村口古樟树下面有两条路，直行经逸平庵门口进村，往左走直达壶源溪。到了溪边首先看到的是下坊堰（也叫塘坞堰），新建的S型曲径丁步堰犹如一条盘踞着的青龙直通对岸的公墓山脚（塘坞坟山），使何家人祭祖增加了不少的方便。沿溪有条 1300 米长 4 米宽的水泥路，每隔 25 米都有路灯安装着，一到夜晚灯光灿若群星，行人在路上漫步，好不逍遥。

沿溪上行 300 米左右，到了壶源溪中的后溪潭。后溪潭对岸水边是后坨玉屏（又名后坨山，也叫后塔山），最高峰海拔 289.9 米，与村西的帽山相互对应呈虎踞龙盘之势，气势宏伟磅礴。山的右边，从岗巅到山麓有巨型岩壁垂直而下，高 145.6 米，面积约 500 平方米。此岩陡峭峻险，俗称"岩盖"，是一处天然攀岩胜地。由于山势险恶人迹难至，岩缝中往往长有某些野生名贵药材，如"滴水珠"就是一种珍贵的蛇草药。采药人用绳索捆身，从岗巅而下悬挂采摘，山下则是壶源溪的后坨潭，水清如镜，是天然的游泳池。数尊巨石立于水中，各个以象形命名，有"将军石""棋盘石""双石"，炎夏季节，成为儿童天然的跳水台，水深清澈，为观光游泳乐园。一到夏天，无论成年人或少年儿童都是在此戏水游泳。这里既可竹筏漂流直至雅坊大角潭，亦可乘船泛波，欣赏两岸美景，真是一处旅游圣景，亦是开发农家游的好地方。

《桐江何氏高畈宗谱》四景诗之一的《后塔山屏》，是古时诗人柴川、皇甫时高赋诗吟所赞：层峦高耸日星齐，郁郁苍苍隔径溪。峰下不闻元豹隐，障前常有子规啼。晴光掩映穿云上，冷色空蒙对阆低。花鸟青山工点缀，骚人到此费吟题。

潘芝山烈士的故乡——雅坊村

　　新合雅坊村是桐庐县著名烈士潘芝山的故乡。

　　雅坊村距离新合乡政府约 5 公里，是桐庐柴雅公路终点，也是公交车终点站。村址坐落在伏虎山脚，左有凉网山，右有隔溪山，苍颜秀壁峙立于村后，平沙漫流环绕于村前，风光旖旎。发源于浦江杭口坪长约 80 公里

的壶源溪，环经村前三面而过流至诸暨、富阳后汇入富春江，以前是山货贸易与人员往来的主要通埠之一，主产稻谷，并产竹、木、柴、炭、茶叶、箬叶。壶源溪水清澈透明，在岸上经常会看到鱼儿在水中穿梭，碰到阴雨天还不时会碰见鱼儿跃出水面的景象。村后面的山上苍松挺拔，黎明时经常会听到各种鸟儿的啼鸣声，令人心旷神怡。有诗赞曰："两三点雨溪鱼跃，四五更天山鸟啼。"

青少年时期的潘芝山

雅坊有座潘姓厅堂，潘芝山家就在慎德堂左边。该厅堂建成约 160 年左右，前面龙凤厅，中间是天井，后边为慎德堂，总面积约 350 平方。共产党人蒋忠在雅坊开展革命工作时就住在潘芝山家，他白天在楼上房间里办公，晚上与潘芝山一起出门寻找进步群众进行革命活动。现在潘芝山曾经住过的老房子还在，是木楼结构，整幢楼房还是古色古香，一楼的大门中档上有个酒盅口大的洞，村里老人说这是反动土顽在潘芝山被暗杀的当天用板枪捅上去的。

潘芝山，名怀升，字芝山，习惯称字不呼名，生于 1900 年。1940 年 8 月入党，曾任路西县平湖区中队长，于 1946 年农历八月十六日遇害，时年 46 岁，解放后追认为革命烈士。

芝山父道本，为人醇厚；姑祖父钟文波节俭好学，讲究实际，不图虚名，当过省参议员，早年曾追随孙中山先生，为国民革命之积极拥护者。芝山青少年时代深受其影响，不拘小节，乐于助人，倜傥大度，好于交游。入党后，对自己要求更加严谨，终生不抽烟，不赌博，为群众所称颂。

芝山的青少年时代，主要在学校中度过，在姑祖父钟文波的影响下，是个矢志读书救国的热血青年。于 1907 年进本村私塾，1915 年读完四书五经，秋天考入县城紫霄观小学读高小，校长潘卓卿、教务主任袁复初均系本县教育界人士，主张新学，积极拥护孙中山先生的国民革命，思想进步。1917 年，芝山 18 岁，以品学兼优的成绩在紫霄观高小毕业，秋天考入浙江省体育专门学校。1919 年，揭开我国新民主主义革命序幕的"五四"爱国学生运动爆发，杭城学生纷纷回应，作为体专高年级学生的潘芝山和同村学友潘寿荣等积极奔走于各学校之间，成为体专学运的积极组织者之一，站在反帝、反封建、反卖国斗争的前列。嗣因军阀统治当局的镇压，芝山被列入异类，开除出校。芝山在家闲住一年后，于 1921 年秋考入兰溪浙东私立体育专修学校。1922 年在兰溪体校毕业后，芝山怀着救国忧民的心情，先后奔走于军界、政界，如报考学生军、去鲁西招抚使等，均未能如愿。那时，他一度思想苦闷，意志消沉，感到忧民徒然，救国无门，终日深居简出，以诗书、养蜂、游猎自娱。

组织农民暴动第一人

潘芝山是桐庐县组织农民暴动第一人。

1930 年春，诸暨县金村人金焕善，受组织派遣来马剑一带进行革命活动，他以在杭政法学校同学名义居住在鲍家朱葆仁家。鲍家与雅坊仅一山之隔，朱葆仁和潘芝山系少年友伴，两人有莫逆之交，随即将潘芝山介绍给金。经金焕善的启发引导，一度对前途业已心灰意冷的潘芝山，开始认识到除国民革命之外，还有为穷苦老百姓闹翻身，消灭剥削、压迫的共产党人，一种强烈的追求革命真理感，在潘芝山心灵里点燃了，他觉得自己应该向共产党靠近，投身到像金焕善说的那种共产党人的革命斗争中去。但这时潘芝山对党的认识究竟还是初步的，他还只是赞成和拥护共产党人的革命斗争，对社会主义的认识也是模糊的。他以"桃园结义""水浒梁山"结义的办法，在浦江县寺前慧音寺结拜 35 兄弟，提出"有福同享，有祸同当，团结起来，打倒土豪劣绅"的口号，集合革命力量，用"打土豪""吃大户"的办法来筹集资金。是年 4 月 17 日，潘芝山在何家祠堂门口集结了 20 多人，赶到相公殿与应金浪会合组成 40 余人的农暴队，会同由金树东在诸暨沈家率领的百余名农暴队共 140 余人暴动攻打下诸暨草塔镇警察所，缴枪 3 支，接着又到藏绿坞开仓分粮。21 日回到相公殿，成立"浙东农民革命军第一大队"，当时队伍已扩大到 170 余人。次日，为配合上海"红五月斗争"，增援中央巡视员卓兰芳策划的各地农暴队攻打诸暨县城，农暴队再次出发向诸暨方向前进。但因事机不密，在洋塘岭遭国民党省防军的伏击，农民军虽然英勇还击，终因武器过劣，又加无战斗经验，暴动失败。

农民武装暴动失败后，国民党反动派大肆清剿，到处搜捕暴动人员及其家属。潘芝山是雅坊、寺前一带的农民军领袖，自然在悬赏通辑之列。霎时间，反动统治气焰甚嚣尘上，村村不安，户户不宁。潘芝山在家乡不能立足，几经周旋后，避至湖州，投靠兰溪体专同学潘宝瑜（当时任湖州公安局长），经介绍，任该县梅溪警察所巡长，未及一月，为浦江县侦探发现被捕。当押解至杭州拱宸桥时，正值夜深人静，潘芝山取钱请解差饮酒至酩酊大醉，乘其不觉，磨断绳索，潜水脱逃，连夜乘太湖班轮船到江苏无锡，投草桥门外旧相识颜克庆处，以充预备警暂避。

1935 年，芝山闻家乡缉捕业已松弛，于是带领家眷返雅坊，拟找关系，进一步开展革命斗争，但终因旧日相知大多被捕或离散，无法继续进行活动。

潘芝山入党

1938 年春，富阳县大章村人蒋忠，自上年冬省陆军监狱获释后，受党组织派遣来马剑一带进行革命活动。他通过住浦江湖山的里松山人钟道生，到四管乡（现新合乡）高枧村钟春山家，通过他结识钟本兴。又由钟本兴介绍至鲍家朱葆仁处，先后与朱及潘芝山熟悉。自结识蒋忠后，芝山觉得自己力量无限，虽他比蒋忠要长几岁，但总感到他无论在革命理论或经历方面都比自己丰富、老练，所以他常说："论年龄我是兄长，论革命他是兄长。"两人志趣相投，性情相合。自此，蒋忠来马剑一带，总是以芝山家为落脚点，而芝山则在蒋忠领导下积极参加各项革命活动。

1940 年 8 月的一天，芝山终身难忘的日子终于到来了，蒋忠在高枧村钟本兴家楼上吸收潘芝山、钟本兴、何柏华、何寿康、何万高、何万泳、周开金等人为中共党员，建立了中共高枧支部，蒋忠兼任党支部书记，隶属于中共金衢特委。入党后，在党组织的哺育下，潘芝山逐渐由一个党的革命事业的赞同者、拥护者，转变成一个为党的事业自觉奋斗终身的坚强战士，在革命的道路上迈出了新的坚强步伐。

1943 年初，浦江县陈芝范、张山河等成立军官队，芝山认为这是一个利用地方杂牌军名义发展党的武装力量的极好时机，即前往参加军官队训练。受训结束后，马上着手组织钱南支队第三独立中队，自任中队长，驻地设在何家祠堂，并在祠堂门口进行日常队伍训练。队伍成立不久，在诸暨上施村（现属浦江县）遭国民党挺进队袭击，队伍分散隐蔽。约过半月，芝山又设法召集失散人员 20 余人，送他们经富阳东梓过桐洲，沿临安方向去苏北参加新四军，为我党输送了武装力量。1949 年在淮海战役中光荣牺牲的连指导员潘怀旋烈士，即为其中之一。

1945 年 6 月，路西县平湖区中队在马剑成立，潘芝山任区中队长，他和区中队指导员杨亦民同志等率领武装，去浦江寺前、中余一带积极开展征粮和"二五减租"工作。在开始发动群众开展支前活动时，当他得悉本村部分群众对"二五减租"心存疑虑后，即回家动员家属、亲友算出自己出租田的应减数字，通知佃户如数扣除，以生动的实际行动向群众进行宣传，解除群众顾虑。芝山的带头行动，对雅坊一带顺利开展"二五减租"起了很大的推动作用。

潘芝山在与反动势力争锋相对坚决斗争的同时，也为贫困百姓做了大量的好事。

潘芝山办私学

雅坊村当时有所国民小学，学校负责人是村里的地主潘时亮，他除了侵吞学田收入外，又自立规章，收取高额学费，要学生家长轮流供养老师膳食。一般穷苦人家，缴学费已是十分困难，何况要好菜好饭供养老师，因此宁可痛心地让孩子做睁眼瞎，也不敢去碰学校的大门。芝山为了让穷人的孩子有上学的机会，向党组织提出了由他出面办私学的方案。方案得到组织支持后，芝山心里比什么都高兴，他自筹资金，自聘教师，自己供饭，与几个党员分工，在本村和近邻进行商议。很快，一所崭新的免费读书的私学于 1941 年秋天在雅坊村出现了。以潘时亮等为代表的土豪劣绅，对私学横加指责，冷嘲热讽，但这些丝毫没有削减芝山锐意办学的思想。学校在何庆和老师的认真教学下，学生用功读书，家长热情支持，一派兴旺景象。潘时亮等见私学办得很认真，并不像自己原先想象的那样就是"兔子尾巴长不了"，于是就煞费苦心地耍尽了破坏的手法。他知道芝山是个天不怕地不怕不好吃的果子，就往老师身上打主意，利用他处世谨慎、胆小怕事的弱点，向他家人和本人施加压力。果然，这位诲人不倦的老师终因怕惹是非，向潘芝山提出辞呈。老师要求辞退，芝山知道是潘时亮捣的鬼。他要老师再坚持三天，给他一个回旋余地，何老师终于答应了。在那几天里，芝山东奔西跑，在高枧村找了一个脾气与自己相仿，也是"三不怕"的钟三大来接替。私学照常坚持下来了，学生越来越多，竟多至 30 余人，满满一屋都坐不下。而那所公办国民小学却相形见绌，越来越不景气，学生由 20 多人减至 14 人。潘时亮眼见自己主持的小学就要办不下去了，只得去乞求上司，联名向国民党县政府起诉，说潘芝山开办私学，蛊惑众心，勾结匪类，破坏国民学校。就这样，国民党县教育科长冯若驹带了一班爪牙，窜来雅坊村，赶走了私学学生，驱逐了老师钟三大，逮捕了潘芝山。私学虽然只办了两个多月就被查封了，可是它在学生的幼小心灵里却留下了深刻的印象，他们都觉得在这几个月里，自己经历了一个见所未见、闻所未闻的新事物。学生家长和广大穷苦群众也都纷纷称赞："芝山舍己为人，吃官司坐牢，为我们穷人办好事，真是难得的好人啊！"。

潘忠俊上学

潘忠俊是桐庐县农业局退休干部，曾在潘芝山所办小学读书。说起潘芝山办私学，当年的一幕犹如昨天发生一样浮在他眼前：1941 我才 11 岁，秋天的某天早上，东方刚发鱼肚白。我赶着牛，向龙门头岭爬去。当快要到岭头时，抬头见芝山伯站在山顶的石头上，正聚精会神地向村子里凝视着，好像一点也没有听见我的吆喝声，直至来到他身边，才猛然回过头来，两眼一动不动地盯着我。过了好一会，芝山伯叹了一口气，既严肃又慈祥温和地问我："忠俊，你想不想读书？"

"伯伯，我想……"讲到后面我就难过得说不下去了。因为我家里穷得揭不开锅，叔叔被抽丁，爷爷劳累加悲愤双目失明，婶婶给人家烧饭，所以只读了一年书就停学牧牛砍柴了。

"你们读一学期要拿出多少米，请几天老师的饭？"芝山伯和蔼可亲地问我。

"去年上学期是拿 20 斤米，请 6 天饭，今年这学期要拿 25 斤米，请 10 天饭了。"我心里仍然很难过地回答。

"我们村里像你这样原来上过学现在进不去的有多少人？"

"大概十来个"。

"他们都像你这样想读书吗？"

"怎么不想？我们在山上放牛打柴还常常背老先生教的书哩。"

芝山伯听我诉述后很有感慨地说："好！上半年我家里粮食不多了，等下半年稻谷一收起，我就办一座学校，你们都来读，不要你们拿一斤米，请一天饭。只要用功读书就好了。"

我认为伯伯开玩笑，既怀疑又天真地问："真的。你不骗我们吗？"

芝山伯笑笑说："小鬼，伯伯哪会骗你？等会给你们那班小朋友说说，看大家是不是乐意？"说着，芝山伯走下石秃回去了。

我这时比什么都乐，回家后就走这家，串那家。不一会儿，村里十来个小伙伴都知道了这件事，大家和我一样，无不兴高采烈。好消息就像关不住的春天，附近的 5 个村子都很快传开了，小伙伴们都眼巴巴地盼望这一天尽快到来。

稻谷登场了，这年老天爷也好像特别帮忙，收成分外好。秋初的一个夜里，敬爱的芝山伯挨家挨户通知家长。当芝山伯来到我家时，爷爷十分感动地说："芝山啊，你心地真好，处处为我们着想……"没让说完，芝山伯就接过去说："阿叔别那样讲，我做得还很不够。难道只能让财主家的孩子读书，让他们霸占祠堂摆酒席大鱼大肉吗？这是很不公平的！我们也要读书，也要这些权利……"他越讲越激动，爷爷则不住地点头说："讲得好！讲得对！"

第二天早晨，雅坊这个百十户的山村显得分外欢乐，来自邻近 5 个村子的 30 多个孩子，在父母的陪同下，连蹦带跳地来到芝山伯小房的堂屋楼上。老师是邻村何家人，叫何庆和，带着一副深度的近视眼镜，他手执教鞭，亲切地向我们说："同学们，大家先来报名登记，然后去位子上坐好。"同学们一齐围向老师，很快报了名，然后对号入座。就在这时，芝山伯来了，他今天特别兴奋，那本来就容光焕发的脸上更加笑逐颜开，一进来就笑盈盈地向大家问好，勉励我们要有志气，要用功读书，将来要做一个有益于社会、有益于人民的人。接着是何老师和学生代表朱祥锋同学讲话。

免费私学办起来了，学生越来越多，一片兴旺景象，而那所国民小学却越办越不景气。霸占学田的恶霸潘时亮，勾结国民党县政府教育科长冯若驹，联名上告芝山伯，诬告他"勾匪"和"办私学破坏国民小学"。

农历八月十四日一早，芝山伯正忙着准备杀猪过中秋节，就在这时，国民党县参议员潘怀庆、地主潘时亮和国民党教育科长冯若驹等带了县自卫队，以莫须有的罪名逮捕了芝山伯。

芝山伯被逮捕了，老师被赶走了，学校被封闭了，可是芝山伯那高大的身影在我幼小的心灵里已产生了不可磨灭的影响。

大宗祠产业管理权的斗争

雅坊村都姓潘，潘氏大宗祠有祭田、谱田、学田约 40 余亩、山 30 余亩，岁收入折稻谷约 120 担。这些产业都为村里的南霸天潘时亮经营。本来老太公留下这笔产业是为子孙着想，可是实际上却为潘时亮一人侵吞。他有权有势，谁也不敢惹他。人们只能背地里诅咒他，骂他"吃太公、用太公，来生粪坑作蛆虫"。1942 年初春，潘芝山刚从监狱保释出来，就和雅坊进步群众商量，要发动群众，把大宗祠产业的管理权夺回来，为人们办好事。进步群众在村子里商议，不仅广大贫民竭力拥护，就是一些中小地主，也因为自己沾不到大宗祠产业的光而对潘时亮不满。芝山分析研究后，认为形势很有利，决定联合一切赞成夺回大宗祠产业管理权的人，由每房摊派董事两人，向潘时亮开展斗争。开始，潘时亮还是威风凛凛，不以为事。经过潘芝山为首的董事会的说理斗争，群众又要向他清算历年的账务，人言鼎沸，使他感到众怒难犯，只得在大众面前低头，承认是"吃太公、用太公"。最后，以赔偿 2 亩田、交出管理权了事。

争夺大宗祠产业管理权的斗争取得了胜利。从此，财物集中，账务公开，遇灾荒年月，还可以无息贷款，群众说："过去是太公田一人甜，现在是太公田大家甜。"在大宗祠产业管理办法的影响下，全村各房小宗祠产业也都竞相仿效，广大群众得益很多。

帮雇农娶亲

芝山有句名言："宁为孺子当牛马，不向权贵一折腰。"他是这样说的，也是这样做的。1942年春节过后不久，潘芝山刚从县监狱释放回来。一天，本县三管乡（原三源公社一带）的国民党乡长钟庆三，为了笼络潘芝山，手提两个礼包，专程来芝山家拜访。当时，芝山正在吃中饭，一见这个骑在人民头上作威作福的土皇帝就火冒三丈，晓得他是黄鼠狼给鸡拜年不安好心，劈头就问他："乡长先生今日怎么光临寒舍，对不起，这里没有你的座位和茶水。"钟庆三讨一脸没趣，吃了闭门羹，憋着满肚子气灰溜溜地走了。他对土豪劣绅，腰板是那样硬，心是那样恨，可是对穷苦人却体贴入微。村里的雇农潘忠化，幼年丧母，父子俩靠帮工度日，相依为命。他们吃的是糠菜半年粮，睡的是破烂棉絮稻草窝，穷苦得一无所有。1943年的一天夜里，芝山找到他的稻草窝，和他睡在一头，先是聊家常，接着谈到娶亲成家的事。对于成家，忠化当时虽然年已过30，却是从来不敢去想的，因为自己家里穷得揭不开锅，哪来的钱娶亲呢。忠化父亲虽然有给儿子成一门亲事的想法，但也只能付诸梦想。所以尽管芝山一再滔滔不绝地说着，忠化却只是叹气。后来，芝山了解到忠化这位未开口先脸红的老实人不是不想成家，而是无钱娶亲，于是爽直地告诉他："钱我给你筹划，姑娘我给你去找。"并且说："世上哪能只让财主娶妻讨妾，生儿育女，我们穷苦人也要娶妻，也要后代。"这一夜，忠化让芝山说得活了心，他侧过身来，紧紧地搂着芝山，激动得热泪盈眶地说："芝山叔，你对我们穷苦人实在太好了，以后有什么重活、脏活、累活，哪怕是上刀山入火海都叫我去好了。"接着，芝山又给他讲了穷人为什么苦和要翻身、要革命的道理。在潘芝山的主持下，就在当年，忠化与外松山的穷人袁彩球成亲了。现在忠化的大儿子贤能是公务员退休干部，媳妇是供销社退休干部，小孩也已长大成人，一家人过着幸福美满的生活。虽然这已经是很久以年前的事了，可是只要一提起芝山，他们就会感慨万分地说："没有我们党哺育出来的好干部芝山叔，哪有我们这一家啊!"

铁血忠魂

1945年冬，在国民党反动派的扫荡、缉捕下，路西县平湖区完全转入地下斗争。区中队已奉命北撤，作为区中队长的潘芝山，留下和区长毛冰山、县大队负责人蒋忠等同志坚持地下斗争。这是一个极其艰苦的时期，他食不宁、寝不安，有时一碗饭要分两三次吃，经常露宿山头、洞穴。在这十分困难的环境里，芝山仍然豪情满怀，热情洋溢。他乐观地说："黑暗即将过去，光明就在前头，为了将来的胜利，现在吃点苦算什么。"他跑东村，走西村，去宣传群众、组织群众，集合革命力量，向上级送去一个又一个敌人动态的情报。

对于潘芝山的革命活动，敌人视为芒刺。国民党建德专署的清乡督察官钟诗杰，向桐庐县县长胡庆荣迭发训令，指责他"剿共无方，捕匪不力"，令其限期捕获。一场谋害潘芝山的罪恶勾当在胡庆荣授意下，由雅坊村的国民党县参议员潘怀庆等人付诸实施。

就在凶手密谋杀害潘芝山的时候，党的领导人蒋忠已觉察雅坊情况有异，先后由鲍家的朱家良等人送信，要他提高警惕，及早离开本村隐蔽。

但当时正是稻谷登场之机，小宗祠的租谷是潘芝山等人经营的，且小房里的人又大多不会书写和计算，他要是离开就会给大家带来麻烦，他宁愿自己苦点、累点，担点风险把它处理好。因此，他对前来送信的人说："我抓紧在这两三天里收好租谷马上转移。"

八月十五日中秋节，大宗祠按例办酒席。潘怀庆和保长潘道援等派人邀潘芝山入席，原想在这个时候下毒手。芝山由于事先得到党的警告，思想上有所戒备，知道这是一个"鸿门宴"，这班人对他不会安好心，便打发爱人去参加。第二天上午，天气特别沉闷，潘芝山和堂兄潘怀瓒一起正在堂屋前扬谷入仓，他热得汗流浃背，打了赤膊，一边使劲地扇谷，一边愉快地和女儿菊荷谈笑。就在这时，潜伏在村里已伺机两天的国民党县府警察巡长毛润庆乘芝山无备，射出了罪恶的子弹，潘芝山饮恨倒在血泊之中。芝山同志遇害的消息传到金萧支队，同志们悲痛万分。特别是蒋忠同志，是潘芝山的入党介绍人，多少年来，俩人患难与共，在芝山家楼上，他们谋划了一次又一次的革命斗争，他为失去一个好同志而悲痛、愤慨。

1947 年的农历正月初三，天下着鹅毛大雪，金萧支队留下坚持斗争的同志，在蒋忠和杨光等同志率领下，于大年初四黎明前就地镇压了民愤极大的杀人凶手潘怀庆、潘道援等 4 人。"为潘大哥报仇！""打倒国民党反动派！"等标语，贴遍了全村。天亮后，人们得此消息，男女老少奔走相告："我们的人回来了！""金萧支队回来了！""凶手受到应有的惩罚了！"群众兴高采烈，拍手称快。

潘氏宗祠

明宣德年间（1425），金华永康市五指岩前的潘仕正带着儿子潘永成、潘永澄两人迁移到诸暨市马剑镇相公殿村落户。到成化年（1465～1487），潘永澄又迁到了下坊（今雅坊）安家立业，繁衍生息，为雅坊潘氏始祖。

雅坊地处新合境内壶源溪最下游，所以取名下坊，后来雅化为现名雅坊，又称雅溪。原来相邻有个楼家，因扩展连成一村，楼家村名废除。

湖源江又名湖源溪。源出浦江县，于瓦檐山东入新合乡，曲折北流经引坑、高峰、仁村、曹家、何家、坑口，至雅坊北入诸暨县，又入富阳县境，于清江口入富春江。境内流长10公里。

雅坊伏虎山脚虎头位置有座古老的建筑。清康熙年间，潘氏第七世太祖潘东崖，从楼氏手中买来2亩3分7厘地基，打算用于建造祠堂，由于财力物力比较困难，一直没有如愿，拖延了下来。直到康熙五十年（1711），才将建造宗祠一事落实，除了所需的银量按房头平均摊派以外，又进行了全族捐助。有捐田、捐山的，有捐树、捐银的，全部一一核实，登记造册在档。

潘氏宗祠占地面积约1500平方米，从嘉庆戊午年（1798）到庚申年（1800），祠堂基建基本完工，隐堂、四祠、拜厅、中庭、显厅、左右门廊、边屋等建造整齐，但还没有装修。这年村里先遭遇洪灾，后又遇到大旱，庄稼歉收，祠堂建设停工。到了癸亥年（1803），领头负责建造祠堂的几位前辈先后去世，建祠之事半途而废。一直至丙寅年（1806）秋，才又重新开工。丁卯年（1807）祠堂终于圆满落成完工，前后花了 9 年时间。

潘氏宗祠建成后，成为潘氏族人商议族中大事、祭祀祖先的重要场所，也是潘氏族人力量凝聚的象征，更是让当下的人们明白，先辈创业真的是不容易。

1988 年春，潘氏宗祠遭遇火灾，除了隐堂，其余建筑都被烧毁，让雅坊人痛彻心扉。

数个世纪以来，雅坊人一直以孝为本，注重耕读，清白传家，形成了淳朴的民风，发扬着勤劳的传统。1945 年新四军浙东游击纵队金萧支队倚借新合山重水复、交通阻塞、易守难攻地形特点，把新合开辟为游击革命根据地，由于中共平湖区中队队长潘芝山是雅坊人，因此雅坊的潘氏宗祠也是当时金萧支队重要的活动地点。

工业中心——坑口村

坑口原名石井坑，由于村址设在龙门坑汇入壶源溪的坑（溪）口，村民们便将石井坑改为坑口村（乡间俗称山间小溪为"坑"）。南宋绍定年间（1229~1230），高枧钟珊公第九世孙钟鉴六迁移居住在这里，成为坑口始祖，开基创业，经过8代繁衍，达到47户人家，形成村落。并曾在省试、乡试中，出过省元2人，解元2人。到明、清二朝，有张、邵等姓氏逐渐迁入。明朝万历年间（1572），有个叫邵友谊的人迁来这里居住。邵姓人前四代由4、9、17、27呈几何级数发展，但到了第五代突然衰落，只剩下3个男丁。而钟姓住户为了追求更好的发展环境，从明朝起逐渐向外迁移至诸暨草塔一带，到了清朝末期钟姓已全部迁出。

1949年全国解放后，坑口与雅坊村共同组建农民协会成立行政村。现今坑口村由坑口、山河二村合并而成，原山河村民已大部分迁入坑口和何家。现在常住有张、邵、潘、何、余、周、王、汪、胡、叶、金、柳、江、卢、寿等15个姓氏，和睦同居，是新合乡姓氏最多的村，可称得上是个多姓氏共处的模范村。

深植于村民心中的革命精神

坑口村虽然是个山区小村，但在周边先进分子的影响下，人们具有较高的阶级觉悟和勇于斗争的革命精神，有着优良的光荣传统。

1930年，村民张若鹏等参加了潘芝山领导的农民军，响应以诸暨为中心的农民武装暴动。暴动队伍一度攻下诸暨县草塔镇警察所，在臧绿坞开仓济贫，并随其他农暴队一起攻打诸暨县城，遭国民党省防军伏击失败后，被迫分散回家。1945年，新四军浙东游击纵队金萧支队在新合开辟了革命根据地，桐庐县第一个抗日民主乡政府在高枧村成立，坑口村民积极参加农抗会组织的"二五减租"斗争和游击小组的征粮活动，妇女们则缝制军鞋慰问前线新4军战士。抗美援朝中，先后有四名青年踊跃参军，其中3人在部队光荣入党。

在离坑口东南方向五六里路的山河坞尽头，有个归属于坑口的山河自然村。小山村四面环山，村民出入只有一条沿山河坑而出的道路，独特的地理位置成为革命斗争时期共产党人活动的好去处，因此当年村里也有许多村民参加了革命。1945年，王金生、王有元、金双根等人参加了游击小组，前往浦江开展征粮活动，支援在前线英勇作战的新四军。1948年底，该村王祝生参加了浙东人民解放军金萧支队，被分配在通讯组，经常和武工队一起参加活动。有一次，王祝生和武工队员杨作人、王宝生等4人到诸暨十二都国民党乡长家征收粮食，到了后杨作人先进去，对国民党乡长说明来意，谁知话音未落，突然冲出一批预先埋伏的国民党自卫队人员。杨作人见情况不对马上转身就走，不料却和后面进去的人撞在了一起，撤退不及被敌人抓住。其他几个人一起转身拼命冲出，安全撤回，而杨作人却被敌人杀害英勇牺牲。从此以后，每次征收粮食不再按原定日期去，往往迟几天，落实好再去，避免再出现于我不利的情况。

1949 年 4 月中旬，王祝生参加了荡江岭伏击战，回忆起当年的战斗情景，仿佛历历在目，他说："那天半夜 1 点钟，张参谋带领机枪的战士埋伏在壶源溪对岸荡江岭的小山头上。第二天早上 8 点钟左右来了 10 多个敌人，机枪手不等张参谋命令，见到穿黄军装的人开枪就打。敌见有埋伏，马上滚到了田旁的水渠里，集中目标打我方机枪。此时一部分战士在机枪掩护下冲过壶源溪，武工队也从独石堰矴步冲过去，敌人光顾打我方机枪没注意，被我方当场打死 7 人。有 4 个敌人枪丢一旁，人躺着装死，战士们识破，只说一声'打'，他们马上坐起，举手投降，另有 4 人往引坑方向逃回。不久敌人的大部队来了，张参谋命令部队向山河撤退，胜利返回根据地。"

王祝生机智脱险

王祝生曾被王之辉部队抓走过，他曾在 1986 年 6 月回忆说：那是在打轮船前，我妹妹要出嫁，我穿着便衣从诸暨回来。到家刚喝茶，我们的部队到了，当时已住在山河村里。李群叫我去外面买点菜（为了保密，部队一到，人只进不出），我挑着箩到凉亭里，见一买炭人，手提印桶、印子，见我就问："里面好不好去？""好去。"他进去也没人盘查他，谁知我一回村，王之辉部队过马岭（浦江）方向来，一到山河就将我们 6 户人家包围（因住过部队）。我一看情况不对，马上脱掉衣服塞进灶炉口，脱掉胶鞋换上草鞋，挑了担粪桶去舀粪。那个买炭人出现在我面前，说："你还在这里，你不出发……"我知道这人是（敌人）的情报员，就说："我是老百姓，到哪里去？""去！见我们王队长。"我被押到王之辉处，他高叫："王队长，土匪抓牢了。""带来！"他将我交给了王之辉。王之辉问："匪军部队在哪里？""我不知道，我是老百姓。""匪军来过没有？""来过就去了。"敌人用计，"买炭人"说："把他打死算了。"王之辉说："什么？""吊起来。""不用吊。"王之辉又装模作样和和气气地说："老百姓没关系……来过已有几天了？""半个多月。""多少人？""1000多，村里住不下，住在外面。""枪多不多？""木佬佬，放在一起。""过哪里去了？""翻过岭去的。"他就叫我带路，到溪边要涉水，我主动背他，过溪口后同去嵩山方向。我们有部队同志从旧庄翻山过引坑到乌鸦岭，敌人一见开枪，王之辉到仁村问我："那里不是匪？""我看不是，匪白天不敢走的。"王之辉命令不要打。到仁村过溪时，我见一个伙夫挑担脚起泡在哭，我说："王大队长，让我帮他挑。"起初，王之辉一定要伙夫自己挑，经我一再要求，王之辉同意了。我接过担子，见王之辉对伙夫耳语了一下走开了。我帮他挑一阵后问："你是抽丁还是自己来的？是哪里人？"他说是抽丁来的，浦江西门外人。我问："匪军被抓牢怎么办？""枪毙。"我要求他做做好事救我一命，他说："好。"我说："担子还你，我就走好不好？""不可以，我担待不起。"我又问："大队长刚才和你说什么？""叫我管牢。"我看他老实就再要求，他说："到了里松山见我来你就跑，不见我不可跑。"后来到了里松山洋房里，一放下担，见伙夫来了向我一眨眼，我就说："王大队长，我小便一下。""去好了。"我慢慢地、大大方方走出。部队两边坐着休息，此时未放好岗哨，一出骑龙庙，我飞快跑起来，未到外松山祠堂，见敌人赶出来，就上山逃过龙公坞到坑口。当时天黑得伸手不见五指，听到有声音，马上伏在澳里，后来听清楚是诸暨口音，接上关系同回部队，向部队汇报。

解放大军来时与部队一起同去富阳，因母亲病得厉害，李群同意后我回家了。大军来以前两个月，山河王有元、王有富参加了金萧支队，在诸暨住两个月后回家。回来后，白匪陈汤团部队来抓过，王金生被抓去坐老虎凳。

1986 年 5 月 31 日，桐庐县政府批准坑口村与新合其他 9 个村一起为革命老区根据地。同年 7 月 7 日，杭州市民政局下文，批准当时新合 10 个行政村全部为革命老根据地村。

工业园区的创建

自古以来，新合乡的百姓都过着"靠山吃山"的俭朴生活，日子过得十分清贫，新合的工业经济以前可以说是接近于零。俗话说："无工不富，无农不稳。"1999~2000 年，新合乡政府利用各村原有闲置空房低价出租给附近浦江中余一带一批开办家庭式的作坊业主。随着时间推移，这种作坊生产的弊病暴露了出来，没有营业执照，也没有生产许可证，更没有自己的注册商标。所以生产出来的日用小商品，虽然质量上乘，但一律被视作假冒伪劣商品，无法独自销售，如果挂贴别人商标，利润就大打折扣。这种小打小闹的小作坊生产模式显然不是新合乡政府所追求的初衷，要吸引正规企业前来办厂，一定要创建新合自己的工业园区。

2002 年，新合乡政府开始创建工业园区，位置选在原坑口红砖厂的旧址。园区选址确定后，乡领导就齐心协力准备前期工作，落实三通一平（通路通电通水和平整土地）事宜，出台招商引资的优惠政策：每亩土地费仅 5000 元（是当时周围县市的十几分之一），税收实行前两年全免，第三年减半，如果业主能同时引进其他企业入驻，还可享受特殊优惠。根据乡政府当时工业园区招商的标准要求（投产快，效益好，能较好解决当地农业剩余劳力），最后选定以亚环制锁厂为龙头的 4 家外县企业首批入驻，形成集聚制锁行业优势的特色经济，从中探索创建工业园区的雏形。

第一批入驻新合乡工业园区的厂家，建厂快，投产快，受益快，烦心事少，很快挖到了第一桶金。为了适应形势发展，新合乡在坑口红砖厂对面山坡区域，开始了第二期工业园区拓展，平整土地 80 多亩。第二批入驻企业共 7 家，都是经过筛选的产值比较高、效益比较好的企业。第二期扩建工业园区的目的是：加速发展，厂民和谐，共建共荣，企乡共富。

在工业园区建设取得一期二期阶段性成果后，新合乡政府又开始筹建第三期工业园区扩建工程。高枧沿公路一带还有 400 亩土地可用于企业扩建，一是沿公路一线，交通便利，适宜建厂。二是现在干群都看到了工业园区给新合乡带来的实惠，征地的群众思想工作容易做。三是现在就要未雨绸缪，预留今后工业发展的空间。随着时代脉搏的跳动，节能、环保、高科技工业是企业今后发展的方向。新合乡领导审时度势，对第三期企业入驻的条件做了全面整改：效益服从环保，生产注重节能，产品讲究科技。所以第三期入驻工业园区的企业都是环保的科技含量高的可持续发展的企业。新合工业发展真正实现乡镇和企业的双赢，可持续发展，环境变美，效益提高，当地政府税收增加，老百姓收入增多。

新合乡工业从无到有，从小到大，从粗放型到科技型，从低效益到高效益，从诚请别人进来办厂到别人主动要求上门办厂，从小小家庭作坊起步到创建宏伟大气的工业园区，工业生产欣欣向荣，老百姓从出门打工挣钱到在自家门口上班致富，从工业零起步到跨入有工业园区之乡的门槛，一举甩掉了落后乡的帽子，这段路走得很艰辛，但走出了精彩，走出了老区人民的革命精神

盘活拓空间　激发新动能

新合乡工业园区占地总面积 323.95 亩，建筑面积 12.8 万多平方米，入驻企业 25 家，园区产业主要为制锁、制尺、水晶及数控机床等，大多建于 21 世纪初，一度成为全县山区乡镇的典范。然而简易的生产场所、陈旧的生产设备、传统的加工工艺、不完善的环保处理设施使得企业环保、安全生产等安全隐患长期存在，加上低效的土地率，亩均税收仅为每亩 7000余元，远低于全县平均水平。因此，新合工业园区整治提升势在必行。

区域要发展，空间是前提。2019 年，新合乡结合《桐庐县工信经济高质量发展三年行动计划》工作要求及《全县低效工业用地盘活处置办法》《关于切实加快小微园区建设十条意见》等两大政策利好，经乡党委、政府研究决定，对工业园区进行提升改造，实施小微园区建设项目，并且成立新合乡小微园区建设领导小组。小微园区建设项目计划一期收储 13 家企

业，收储土地面积 162.8 亩，将收储土地预留 30 亩（桐庐方圆锁业有限公司地块）规划建设小微园区，新建成的小微园区内规划包含标准厂房、职工宿舍、职工食堂等建筑，建筑面积达 30500 平方米。

2020 年 3 月，新合乡启动了小微工业园区攻坚战，加快推进制锁小微园区项目建设，加快园区入驻项目招引，同时招引符合产业规划，具有研发能力、科技含量的企业入驻园区，助推全乡产业转型升级。此外，在 2019 年度完成收储 109.79 亩的基础上，继续加大低效利用、供而未用土地收储，为下一步县级重点产业项目的落地和本乡农旅产业的精准布局提供必要的用地保障。经初步测算，制锁小微园建成后，园区企业年均税收可到 600 万元以上，亩均税收将由原先的 7000 元/亩提升至 200000 元/亩，税收增长 30 倍。

截止 2020 年 3 月底，全部计划内企业的收储评估及小微园区设计方案中的 10 家已成功签约，3 家初步达成收储意向，其中桐庐方圆锁业有限公司已整体腾空搬迁，厂房拆除工作量已完成 90%。小微园区建设 4 月份完成施工单位招标，5 月份进场施工，2020 年完成主体工程的 60%。

工业园区内已按计划收储低小散企业用地，除了用于建设小微工业园区，其余腾出的土地将进行复垦，为县级重点产业项目的落地和农旅产业的精准布局提供必要的用地保障。接下来，新合乡将精心编制全域土地综合整治方案，实施覆盖所有行政村的 58 个整治项目。通过"三跨三集"（即跨村流转、集中经营，跨村整治、集约用地，跨村布局、集中建居），破立结合，重构生态、生产、生活的"三生"空间，深入实施醉美茶乡、古村保护、生态修复等项目，进一步整优空间、整美环境、整化矛盾、整出指标、整兴产业，从"红""绿"二色产业着手，激活"红色新合、绿色崛起"新动能，打响老区红色招牌。

坑口发展新气象

坑口村地处雅坊、何家、高视三村中心，是新合行政村两委的驻地所在，东邻诸暨，南邻浦江，西邻新民村、新四村，北邻诸暨，距乡政府4公里，环境优越。1950年，新民乡完全小学办于此，后又相继建立乡卫生所、供销社、信用社、粮站等公共设施。1985年2月，县道公路柴雅线建成，经过坑口，后又通浦江中余至诸暨公路和新合至富阳、杭州公路，均从坑口经过，坑口成为交通要道。2001年乡政府又在坑口征用土地设立工业园区引进锁厂多家。2003年，又征用土地扩大工业园区，故而坑口已初步形成一个小集镇型。2002年首届物资交流会在此召开，以后每年至少召开一届或多届交流会，一直沿续至今未曾间断。2004年村行政区划调整后，由原何家、坑口、雅坊三村合并为新合村。新合村是新合乡经济、文化中心，有工业企业20余家入驻，其中恒大数控、电镀、亚环五金、方圆锁厂等5家为规模工业企业。同时也是高山蔬菜规模化栽培、定点销售基地。

坑口人民是勤劳的，在上级和村干部领导下，发扬艰苦创业的精神，一步一个脚印地向前迈进。1958年置办高压水泵抽水机，确保西山、后畈100余亩田灌溉，促使粮食丰收。1966年建起了村粮食加厂。1972年造了大礼堂。1973年共建了坑口小学。1976年建造了村储备粮仓。

自从党的十一届三中全会精神宣传贯彻农村实行联产承包到户后，村民的生产积极性空前高涨，产业结构得到调整，从单一的农业、家庭副业发展到林业、牧业、商业、运输业、工业和服务业等多种行业，进城务工人员不断增多。尤其是乡工业园区在坑口建立，妇女劳动力得到充分发挥，可以就近进厂务工。由于经济收入大幅度增长，生活质量明显提高。

交通的变化很大，过去出行跋山涉水，如今无论去杭州、富阳、诸暨、浦江、桐庐，只要在家门口即可上汽车，1~2小时即可到达。

日用品也有变化，解放前是松树明子、青油灯盏照明，殷实户才能用蜡烛。1965年起全村用电照明。过去睡竹片床、木板床，而今是棕绑床、席梦思。过去烧柴草，如今煤气灶、电饭煲。过去日出而作，日落而息，以太阳计时，而今钟表家家有。过去通信靠书信往来，如今用手机可以即时联系，彩电和冰箱已是平常。解放初所宣传描绘的远景："耕田不用牛，点灯不用油""楼上楼下电灯电话"等，早已成了现实。正是由于经济迅速发展，人民生活在提高，2000年被县人民政府命名为"小康村"。

坑口村过去曾迎过板龙和草龙。解放后的20世纪50年代，每年的农历正月十五元宵节，上从浦江潘周家，下从诸上施、相公殿、马剑，北从富阳的汤家、溪口、中溪以及本乡的10个村龙灯，都到坑口的胡公庙前竞舞赛高，最多一年达18条龙灯竞舞。此外，坑口人更重视发展教育，培养子女成为国家的有用之材。1950年新民乡完小在坑口建立；1969年各村办小学下放到村，破格吸收6~18岁学生入学，白天教小学，晚上办夜校，兴起了学文化热潮；1994年，与雅坊、何家、山河、高枧4村一起，共同在坑口办起联谊小学（现新合村行政楼所在）。

无头山和三府寺

后坨玉屏尽头有条五六里长的深坞，叫山河坞。坞底有个叫山河的小村（以"山坞"土语谐音得名），山河村两边各有一条山溪到村口汇合形成一条小溪，叫山河溪。小溪沿着深坞蜿蜒而出汇入壶源溪，两溪交汇处现建有天然浴场，深水和浅水之间有隔坝分离。走过隔坝，可直达后坨玉屏山。

山河村东边有座海拔693.6米高的大山，叫无头山，旧名叫湖头山、鸳头山、兀头山。因为山顶平坦，没有突起的山头，故村民还在山顶种番薯、玉米，是古《桐庐县志》记载的名山。山顶建有仙鹤庙（后改名三府寺）一座，是附近著名的佛教圣地。明清时期，经常有山贼强人占山为王，不时下山抢劫扰民。据传，上高峰村庄就是被无头山强盗在壶源溪发洪水时，利用月黑风高的夜晚放火抢劫而被废。无头山峰顶平坦，分上下二级，有40亩左右土地，古寺早已湮没。自2002~2003年，经新合乡与诸暨二地民间人士共同协商和筹资，重建了庙宇，每逢农历初一和十五，香火旺盛。在山巅之上，往南可通浦江，往东则通诸暨，往西下山则至山河何家坑口至富阳、杭州。巅上远眺，可望见诸暨市区和草塔镇。尤其在春秋二季到此游览，景色无比优美。春天季节满山都是映山红，间或还有黄色和白色杜鹃花点缀在万花丛中。远处油菜花一片金黄，青青麦苗尤似碧波荡漾。不时还有山鸟啾鸣，显现出山野的生机勃勃。而到秋天，则又别样风景，山上出现黄色红色点饰在绿色中，极目远眺，金色稻浪滚滚，预示着农民一年辛勤的劳作将得到丰硕的回报。

无头山之所以出名，皆因它所在的位置特殊。无头山位于新合、马剑、檀溪的交界处，而新合、马剑、檀溪归属于桐庐县、诸暨市、浦江县三地管辖，这三地又分别归属于杭州、金华、绍兴三府管辖，故三府寺又赋予它特殊的意义。

从三地界的界碑位置上看，三府寺是建在桐庐地盘上的，因为桐庐这边地形平坦。三府寺坐北朝南，三开间，大门上方悬挂着"三府寺"门额，匾为潘周家潘瑛先生所书。大门前道地开阔，门前有一口古井，以供僧侣洗涮之用。旁边有两棵碗口大小的榨树，榨树果成熟时，也能供僧人食用。

进入三府寺里面，中堂高挂"佛光普照"大匾。下面神龛上，塑着如来、观音等19尊菩萨。神龛前三张大小供桌上，放着各类祭品。正中供桌前，放着一只功德箱。东西两边墙上，画着道教人物八仙。东边墙上有一镜框里居然还写着"仙鹤常在"大字。据说三府寺明朝时叫仙鹤道观，曾住过李自成的义军。如今的三府寺是后来新建的。

三府寺神佛同住，东西两边的墙上是清翰林院编修戴殿泗题写的两首五言、七绝诗。嘉庆元年（1796）重阳节，戴殿泗为金殿传胪，回到马剑老家，约了几个好友游无头山寺，回家以后即作了《重阳游无头山寺》：逍遥意如何？良月已逮九。疏风拂襟袖，日出断崖口。穹窿百里间，选胜孰为首？湖头白鹤庵，峰顶黄花酒。攀萝起四顾，烟云尽余友。俯却千微尘，卓立参元黝。间随三二公，佳晨副长久。负囊且共携，薜荔此多有。追欢吾事毕，来岁知谁剖？

道光二年壬午秋（1822），年纪七旬的戴殿泗又在重阳节来到了无头山寺，这次他提笔直接在墙上写下了一首七律《游无头山寺题壁》：崖侵壁削四无踪，绝顶横垂三两松。藤杖拨云寻小经，芒鞋踏石到高峰。迎人已识仙家犬，晓事还寻事外佣。暂对斜阳挥彩笔，来游时节记初冬。

胡公庙

坑口原本有座胡公庙，不知建于哪个朝代。庙里供奉的菩萨为胡公。据说胡公为金华府太守，为官清正廉明，得到百姓拥戴。胡公离世后，百姓们非常怀念他，就给他塑成菩萨，请进庙里祭享香火。

胡公庙的结构与众不同，里面有戏台，有前后厢房，还有两个小天井，有点像村子里的祠堂，给人的感觉空间特别大，很气派。坑口附近方圆几十里的百姓都祭祀胡公。昔时各村春秋祭祀都要舞龙灯，是约定俗成的规矩。附近20来个村子，龙灯竹马都得先来胡公庙报个到。最多的一次，胡公庙里聚集了18条龙。风俗一直延续到今日。据村里老人介绍，1983年，胡公庙中的龙头还有14个，可见胡公庙在当地的影响之大。

上世纪50年代，胡公庙里办过小学；60年代，庙成了新合粮站。前半部分被保留，后半部分做仓库。到了80年代，胡公庙因终年失修，破败不堪，终于被拆光，但在附近百姓心里多少留下了一份淡淡的乡愁。

后　记

为了进一步弘扬革命老区的光荣传统，努力挖掘红色文化、历史文化和自然景观，为新合全域旅游的发展提供有用素材，经过近 10 个月的努力工作，《革命老区新合之旅》一书终于付梓出版。

《革命老区新合之旅》的编纂工作，以马克思列宁主义、毛泽东思想、邓小平理论、"三个代表"重要思想、科学发展观、习近平新时代中国特色社会主义思想和党的十九大精神为指导，坚持辩证唯物主义和历史唯物主义原则，坚持党的实事求是的思想路线，以历史为主线，结合现实，用图文并茂的形式，全面、真实、生动地再现了新合人民在中国共产党的领导下为桐庐的解放事业和社会主义建设事业，以及改革开放的伟大事业，前仆后继、英勇奋斗的革命精神。

本书编纂出版过程中，自始至终得到了中共桐庐县委宣传部、桐庐县社会科学界联合会、中共新合乡党委、乡政府的指导和帮助，得到了新合乡各村党支部书记、村委会主任、村干部、退休教师、知情村民及驻村第一书记的大力协助，在此谨表示衷心感谢！

《革命老区新合之旅》的编纂，虽已经反复调查、核实，但由于我们编辑水平有限，编写文章的同志个人的接触面不同，特别是对有些事件的回忆，由于时间已久，对时间、地点、事件经过的表述错漏难免，恳请读者、知情者不吝赐教，给予批评指正。

编者

2021 年 3 月